谨以此书

纪念吴秉熙同志诞辰 105 周年

平潭综合实验区革命史研究会

铁骨丹心
——吴秉熙传

◎ 冯秉瑞 著

海峡出版发行集团
THE STRAITS PUBLISHING & DISTRIBUTING GROUP

海峡文艺出版社

图书在版编目(CIP)数据

铁骨丹心:吴秉熙传/冯秉瑞著. —福州:海峡文艺出版社,2020.7(2024.3重印)
ISBN 978-7-5550-2314-2

Ⅰ.①铁… Ⅱ.①冯… Ⅲ.①长篇小说—中国—当代 Ⅳ.①I247.5

中国版本图书馆 CIP 数据核字(2020)第 122667 号

铁骨丹心
　　——吴秉熙传

冯秉瑞　著

出 版 人	林　滨
责任编辑	林鼎华
出版发行	海峡文艺出版社
经　　销	福建新华发行(集团)有限责任公司
社　　址	福州市东水路 76 号 14 层
发 行 部	0591—87536797
印　　刷	三河市兴博印务有限公司
厂　　址	河北省廊坊市三河市杨庄镇大窝头村西
开　　本	787 毫米×1092 毫米　1/16
字　　数	210 千字
印　　张	14.75　　　　　　　　　插页　8
版　　次	2020 年 7 月第 1 版
印　　次	2024 年 3 月第 2 次印刷
书　　号	ISBN 978-7-5550-2314-2
定　　价	76.00 元

吴秉熙（1916 年 12 月 10 日—1996 年 6 月 28 日）

年逾古稀的吴秉熙在他开发的大嵩岛上（1987年）

林惠（1922 年 10 月 14 日—2016 年 11 月 3 日）

吴秉熙、林惠夫妇（1949年）

吴秉熙、林惠夫妇（1972年）

苏澳镇民主村玉屿游击队碉堡

吴秉熙在劳改场

平潭玉屿民主小学远景

平潭正旺水库近况

吴秉熙夫人林惠在大嵩岛近岸船上留影（1988年）

新闻记者到大嵩岛采访吴秉熙（中，1989年）

吴秉熙、林惠伉俪战斗在大嵩岛上（1987年）

平潭县委原副书记俞裕昌（右二）到大嵩岛慰问吴秉熙（左二）时留影
右一俞裕昌夫人，左一老干部林厚基

吴秉熙（前排中）和工友在大嵩宫门前合影

五姐妹参观父亲当年战斗旧址——永泰洋尾寨

左起：老五吴云玲、老大吴云英、舅舅谢可义、老二吴云华、老三吴云钦、老四吴云平

平潭县委原副书记俞裕昌（后排中）及部分老干部到大嵩岛慰问吴秉熙（后排右三）

吴秉熙在大嵩岛上刻字励志

红色大嵩行留影（2020年5月5日）

中共平潭县委正确处理地下党问题座谈会留影（1982年）
后起第三排中吴秉熙，前起第二排右二林惠

序

王祥和

冯秉瑞先生新近撰著的《铁骨丹心——吴秉熙传》一书即将出版了。这是一件贯彻习总书记关于"把红色基因传承好，确保红色江山永不变色"的大好事。作为传主吴秉熙的老战友和作者冯秉瑞的老乡亲，我感到由衷的欣慰。

冯秉瑞先生和我都是平潭流水镇人。我早年下乡曾经到过他的君山村柳厝底老家，面见了他的勤劳厚道父母和当中学教员的夫人。他在平潭工作19年期间，同我也有友好的往来。他比我小7岁，但他也已跨上87岁的高龄。作为一位耄耋作家，他恪守文气，笔耕不辍，为一个又一个平潭革命前辈树碑立传，缅怀先烈，崇尚英雄，传承红色基因，发扬革命传统，做了一件对故乡人民功德无量的好事，真令我感动。

特别是他新著的《铁骨丹心——吴秉熙传》这本书，书稿一出来，就好评如潮。《平潭县志》主编吴金泰先生说："老冯新著《铁骨丹心》全稿读毕，感觉甚好。一是思路清晰，二是事件集中，三是文笔流畅。

能够很好地把握传主吴秉熙的精神、性格、作风，写出了精气神，彰显出真善美。吴秉熙同志一生的传奇色彩，是许多英雄模范人物所罕见的。读罢全稿，甚为欣慰。"平潭民俗专家赖民老师说："冯先生所写的《吴秉熙传》语言质朴，情真意切，娓娓道来，一个耿介忠贞的革命者形象跃然纸上，令我心中油然而生崇敬之情。吴老形象堪为人生楷模标杆，是平潭民众，尤其是青少年们的学习榜样。"这两位平潭文化名人所言，我很赞同。的确，这部《铁骨丹心——吴秉熙传》，史实性和可读性兼备，情节合理、逼真、生动、精彩，成功地塑造了一位真正造福苍生百姓的英雄吴秉熙形象，体现了他的正气与韧劲，展示了他对党的铮铮铁骨和赤胆忠心。

吴秉熙同志和我是一对志同道合的老战友。在平潭游击支队前期，他是分管军事的副支队长，我是支队下的一连指导员，我们俩如影随形般战斗在一起；他复员转业回县后，我们又多次在一起工作，并且不断交流不在一起时的各自情况。所以，我对他一生的情况是比较了解的。

吴秉熙同志给我总的印象是，他的党性特别强。他是一位大公无私，一心一意跟党走，全心全意为人民服务的优秀共产党员。他不但带领妻子、婶婶、弟弟、妹妹等全家成员一起参加革命，而且还卖掉全部田厝，捐献给党组织，以解决游击队的经费困难。像他这样卖掉田厝全家革命的情况在我县是独一无二的。

吴秉熙同志作战勇敢而机智，具有很高的军事天赋，是一位以少胜多、以弱胜强的常胜指挥员。无论是在解放平潭的战斗中，还是在福清菜安战役中，还是在永泰洋尾寨降服徐钦发、击败徐国财和霞拔村逼降徐三一的战斗中，还是在安平寨保卫闽中司令部的战斗中，以及多次的剿匪作战中，都是有战必胜的，从而名扬全省。他所指挥的平潭游击队被称为"钢军"，他本人则被上级组织誉为钢铁战士、剿匪英雄、反特高手。这是他认真学习运用毛泽东战略战术和祖国传统兵法的成果。由于屡立奇功，表现突出，他于1950年12月就被党组织批准重新入党。他是城工部党员中重新入党的第一人。

吴秉熙同志为人正直，侠肝义胆，敢讲真话，喜欢打抱不平。在国民党军队服役8年间，由于敢揭国民党军官的腐败，敢为弱者打抱不平，他屈蹲监牢6次，后都无罪释放。参加革命后，他站在党和人民利益的立场上，敢于批评某些领导的不正之风，因而受到打击报复，遭到"左"的路线迫害，无端被审查、批斗、开除、判刑，以至判处死刑，曾两度入狱，苦挨8年牢狱之灾。然而他坚贞不屈，始终相信党的伟大英明正确，无论受多大的委屈和冤枉，他对党的赤胆忠心从来没有动摇过。他一生坎坷，承受着错案冤案迫害的无穷压力，一般人都会扛不住被压垮，然而他理想信念特别坚定，革命意志特别刚强，终于熬了过来，直到为他彻底平反，恢复党籍、军籍、职务和工资级别的那一天。

吴秉熙同志不但是不忘理想信念初心的典型，也是牢记为国为民献身使命的模范。中华人民共和国成立后，特别是他平反重新工作后，他始终坚持愈挫愈勇、生命不息、战斗不止的共产党人斗争精神。

吴秉熙同志来自底层，与那些挂在嘴上说说为人民而已的政治人物不同，他肯舍身为民，他是一位真正造福苍生百姓的草根英雄。

他担任县老区办主任和县卫生局副局长时，多数时间都是下乡与群众接触谈心，了解民情，倾听群众要求，千方百计为群众办实事，解民愁，可以解决的问题就及时解决，不好解决的问题但需要解决的，他也千方百计想办法帮助解决，特别是公益的事，他都是创造性地解决。如他在正旺村蹲点时为了解决当地十年九旱的灾情问题，他发动群众白手起家建筑起一座50万立方米的水库，使农田得灌溉，保丰收。为了提高老区群众的文化生活水平，在国彩村建电影院，在玉屿村建造船厂和小学。甚至在办理了离休手续之后，他仍然离而不休，不顾年老多病，全身心地投入到开发大嵩荒岛的战斗中去，立志下好人生"最后一盘棋"。他引进抗风力强的木麻黄和黑松在岛上种植绿化面积达67%，他从不同的气候环境地引进贻贝和鲍鱼试养都获得了可喜的成功，在全县以至省内外推广。他还在岛上搞风力发电解决照明问题；并且打了一口机井，解决了生活、生产用水的难题，使大嵩岛成为海洋景区的品牌，被列入省级自然保护区，为平潭国际旅游岛增添一朵旅游览胜的奇葩。

吴秉熙夫人林惠更是女中豪杰。吴秉熙为革命变卖田厝，在外屡次立功受奖，都是她这位革命伴侣在背后支持的结果。由于他在外地战斗和后来受冤假错案迫害而坐牢，有11年时间夫妻不在一起生活，全家大小8口的生活重担，全靠她一人临街摆摊逢补衣服的微薄收入来维持。丈夫吴秉熙冤案的平反昭雪，无罪释放，恢复党籍、公职，也是依靠这位不离不弃的夫人长期奔跑申诉的结果，这都显示了这位女共产党员的英雄本色。

吴秉熙林惠夫妻生前的光辉事迹，是我们后人的学习榜样。

是为序。

（王祥和，1927年10月11日生，曾任平潭县教育局长、农委主任、水产学校校长等职，地厅级离休老干部）

赤诚忠勇吴秉熙

——深切缅怀平潭游击队领导人之一、我的启蒙老师和第一位领导人吴秉熙同志。学生、老游击队员周而福永远怀念您。

光阴似箭，岁月悠悠，弹指一挥间，我革命的领路人、老上级、好领导吴秉熙同志离开我们也已 20 多年了。

回想自己的革命生涯，从 1948 年与秉熙同志相识，并在他的引领和教育培养下，逐步成为一名无产阶级战士，成长为中国共产党、中国人民解放军中的一分子；从一个贫苦的 17 岁少年到投入伟大的历史洪流，参加了解放战争，见证了中华人民共和国的成立、社会主义建设和改革开放的各个时期。2019 年，耄耋之年的我，还喜获由中共中央、国务院、中央军委颁发的庆祝中华人民共和国成立 70 周年纪念章，作为军队离休干部享受党和人民给予的待遇和荣誉，与老伴安享幸福的晚年。这些，都让我非常知足和感恩。

走得多远也不能忘记来时的路。多少年来，每当回想起 70 多年前踏上革命征途的往事，回想起在革命斗争岁月并肩战斗、出生入死的战友故旧，我内心激荡涌动的崇敬之心、怀念之情，不但没有被岁月流逝所带走，反而成了镌刻在心中永远的追忆和思念。

今天，我的回忆画面将定格在吴秉熙领导平潭游击斗争中足智多谋、冲锋在前、英勇善战的光辉形象，以及他视党和人民的利益高于一切的坚定信念。他给我的启迪和教诲，对我一生的革命生涯影响至深。

1948年，我17岁了。由于家贫，读小学时年龄较其他孩子偏大，后虽考取了县城的初中，还是由于家庭贫困，无法到县城读书，于是在伯塘小学复读。此时，吴秉熙同志担任该小学校长，时常对我嘘寒问暖，宣传进步思想，从那时起，我就开始接受了革命的启蒙教育，逐渐埋下了追随中国共产党，为人民的当家做主奋斗终生的种子。因此，秉熙同志是我革命的启蒙者和领路人。

1948年9月，共产党人高飞、张纬荣、吴兆英被上级党组织委任为平潭县游击支队领导，不久，吴秉熙同志也被委任为县游击支队的"四巨头"之一，以伯塘为中心，开展秘密地下工作。当时，由于秉熙同志善于发动群众，伯塘地区犹如干柴一般，革命的火焰很快就熊熊燃烧起来了。许多苦大仇深的渔民纷纷参加游击队，其中有吴国彩、吴章福、吴翊成、吴翊金等26人，年龄较轻的吴玉钦、吴国共、吴兆璋、吴兆杰和我等10多人参加少年队。当时我们的主要任务是白天抄写革命标语，趁夜间到附近乡村张贴。此时，玉屿村是游击队根据地。革命队伍已发展到300多人，革命羽毛开始丰满，队伍不断发展壮大起来。

1949年4月22日，上级领导下手令给平潭游击支队，要求限时攻下平潭最大的反动堡垒"中正堂"。中正堂是敌重要据点，内驻有三支反动武装，即县自卫队、接兵连、盐缉队共200多人。四位领导认真分析敌我双方力量，制订奇袭方案，从游击队中挑选117人参加战斗，队伍由支队长高飞和副支队长吴兆英、吴秉熙率领，向县城进发。为了作战需要，还根据自愿报名，精选40人参加攻城敢死队，由吴国彩为敢死队队长，只提大刀和少量短枪，走在大队前面。当夜，趁敌兵换岗时，迅速潜入中正堂内的大礼堂。紧跟敢死队长左右，还安排了身高体壮的队员，以备哨门关时，大力破门而入。战斗按计划打响，40名敢死队员奋不顾身，相继冲进屋内与敌人肉搏。敌接兵连、盐缉队，在游击支队的大刀挥舞下，全部成了俘虏。此次战斗也付出很大代价，敢死队长吴国彩因负伤失血过多牺牲，还有吴翊成、高扬寿、福清人庄家祥受了伤。

打下"中正堂"，敌人投降，游击队又派部分队员到县警察局，缴获了大量武器。初战旗开得胜，大家心情振奋，一鼓作气，游击队迅速占领平潭全境，后来还建立了第一个县级红色政权。这场战斗，吴秉熙同志是指挥员之一，在当时敌我力量悬殊，吴秉熙等老领导智勇双全，以卓越的军事指挥才能和丰富的游击实战能力，带领队伍以弱胜强，顽强拼搏，取得了胜利，书写了平潭革命斗争史壮丽篇章，值得后人永远铭记。

1949年7月3日，国民党残兵败将73军、74军、天九部队从北方败退到平潭。平潭县人民游击支队奉命于6月底主力撤离平潭，并抽调150人转移长乐、福清、永泰地区，开展敌后游击战争。当时，由于敌军在福清一带大肆进行白色恐怖，游击队领导研究决定，派出两个分队突袭，其中一个分队由秉熙同志带领，恰巧在菜安山与敌相遇，与敌人展开山头争夺战。在秉熙同志指挥下，我们在山上打，敌人在山下向上打，双方打得很激烈。我们大队集中起来抵抗，打到次日中午，吃了群众送的馒头继续战斗。敌人步步紧逼，我方人员英勇顽强，无惧牺牲，其中英雄吴翊耀，手榴弹扔完了，没有武器弹药了，就用石头打，最后壮烈牺牲在山头上。吴咸用，鼻部受了重伤也牺牲了，还有任祥、高哲载也受伤。由于我们在战斗中不怕死，勇敢杀敌，上级在司令部驻地——莆田大洋，为平潭游击队举办祝捷大会，给每位队员发一套黑色哔叽面料的服装，以示奖励。这在当时物质匮乏的战争岁月，是很鼓舞人心、很高的奖励！

在此之后，平潭游击队一分为二，分为两队，由高飞、秉熙带领117人队伍跟分区前往永泰山区洋尾寨、霞拔村等国民党兵危害人民之地，开展游击斗争。经过多次战斗围歼，我们才将敌人全部消灭，收缴了几百支长短枪、六七挺轻重机关枪，取得胜利。

最后，我们游击队在运送部队渡海攻打金门的战斗中，高扬文、高志俊、吴吓自三人牺牲在金门岛上。

记忆所及，在平潭游击队历次大小战斗中，秉熙同志都能身临第一线，奋不顾身，许多同志称秉熙为"张飞"式领导人。我认为，他是一位有坚定信念、坚韧不拔的领导者。中华人民共和国成立后，根据工作需要，我离开了平潭并到外地工作。据我了解，秉熙同志在地方工作时，大局观念强，服从组织安排，把党的利益放在第一位，不图名不图利，一心为人民，是共产党员不忘初心、牢记使命的真实写照和杰出代表，也是激励我参军后一心向党、始终坚定理想信念、始终保持对党忠诚的政治品格，甘为公仆、努力工作的好榜样。

今天是中国共产党成立99周年纪念日，抚今追昔，砥砺奋进！秉熙同志和许多将一生献给革命、顽强奋斗的英雄，他们的光辉形象，在平潭游击斗争的历史丰碑上永放光芒！值得后人永远学习铭记！

周而福 敬拜

2020年7月1日于广州永福苑

（周而福，1932年5月生，原平潭人民游击支队队员，军队离休老干部）

目　录

第一回　抗日救亡投笔从戎

　　1937年10月的一个星期日上午，海坛岛天气晴朗，阳光明媚，但呼啸的海风却像受了重伤的野兽，发出阵阵撕心裂肺的吼声，卷起层层汹涌澎湃的波涛，撞击着潭城西部海边的一片金黄色沙滩。100多位身着草绿色军服的人正在沙滩上进行军事训练。他们仿佛同海浪有仇，一个个高喊着"杀杀杀"举起手中的大刀向滚滚而来的浪涛狠狠砍去……

　　罕见的是，这些身着草绿色军服参加军训的人并非吃"皇粮"的国家军队，也非脱产的地方游击队，而是还在上课读书的潭城中心小学高年级学生。

　　原来，三个月前的"七七"卢沟桥事变发生后，日本帝国主义发动的全面侵华战争爆发，我泱泱中华面临着亡国的危险。为了配合县上"抗日救亡"运动，潭城中心小学校长刘伯华把高年级学生组织起来，成立抗日"少年团"，自任团长。下编4个大队，由老师任大队长，副大队长以下由学生担任。男团员一律穿草绿色军服，系腰带，打绑腿；女团员全部着蓝色上衣青色裙，背急救包。发给每位团员木制的长枪一支、大刀一把，利用周末和课外活动时间进行严格的军事训练，学习实际战斗和战地救护等基本知识，使他们初步掌握使用刀枪的技术，为日后参加抗击日伪军的战斗打下基础。潭城中心小学"少年团"受到了驻岛省保安团的赞赏，奖其步枪 20 支和子弹数箱，让他们进行实弹练习。

这日上午的军事训练正在进行。他们练完"大刀砍杀"之后接下来的项目是练习"拳击格斗"和"实弹射击"。

在后两个军事训练的项目中，有一位少年团员的训练成绩特别优秀。你看他，拳击格斗步步到位，实弹射击弹无虚发。同学们看了无不佩服得连声喝彩。

这个训练成绩特别优秀的少年团员，就是吴秉熙。

吴秉熙于 1916 年 12 月 10 日（农历丙辰年十一月十六日）诞生在平潭县苏澳镇玉屿村。

玉屿村，中华人民共和国成立后改称为民主村。1952 年经福建省委、省政府认定为省级老区革命基点村。该村居民以吴姓为主，乃 400 年前的明嘉靖年间，由吴氏祖先从福清玉塘村搬迁到这里繁衍生息的。因此，玉屿村是一个富有红色记忆的古村落。

这个名为玉屿的古村落位于海坛岛的西北角，与土库、看澳两村毗邻。整个村落依山傍海，山海相间，风景别致。村后山头田野，连绵起伏，气势磅礴；村中古建筑石头厝，鳞次栉比，蔚为壮观；村前海坛湾海域，湛蓝清澈，浩渺无垠。那素有"天下奇观"之称的"石牌洋"（又称"半洋石帆"）两块巨大柱石，就巍然屹立在处处可见的村西临近海面上。

值得一提的是，村北侧有一座保存完好的古老石屋。它是一座砖石混合结构、门梁高挑的闽南风韵古厝。这座古厝的建筑为平潭典型的"四扇一落两护堂"结构布局，内部精雕细刻，面墙红白相间，整体看起来既古朴又气派。这座保存完好的古厝是清代著名女诗人林淑贞的故居。林淑贞生于1835年清道光年间，平原乡朴秀下村人，嫁给玉屿村儒士吴徽瑶为妻。她出自书香门第，幼承家学，博学能诗，曾写下磅礴大气、立意高邈的《石帆绝句三首》：

> 共说前朝帝子舟，双帆偶趁此勾留；
> 料因浊世风波险，一泊于今缆不收。

> 双帆饱尽古今风，刻石为舟总化工；
> 十三万年同此渡，渡残日月转西东。

> 千寻耸拔大江中，树立遥知造化功；
> 谁谓末流无砥柱，且看障得百川东。

此三首绝句脍炙人口，流传百世，代代传诵不绝。

更值得提及的是，在村中的一处小山丘上耸立着一座碉堡。这座碉堡是玉屿村的历史遗迹，能勾起人们的红色记忆。碉堡那斑驳的圆柱状外墙上还有当年留下的弹痕，让人仿佛触摸到那段硝烟弥漫、枪林弹雨的年代。昔日革命游击队的战备碉堡现在已经成为该村开展红色旅游的景点，吸引了大量游客前来参观。

堪称天下奇观的石牌洋，古韵悠悠的石头古厝村落，回肠荡气的红色记忆，构成了玉屿村一幅得天独厚的自然与人文相映成趣的风景画。

然而，在吴秉熙出生的那个年代，中华民族正陷入内忧外患的深重苦难之中。由于日寇入侵，山河破碎，政府腐败，平潭岛民不聊生。

而玉屿村更是一个贫穷落后的偏僻"死人脚尾"（平潭方言指凄凉之地）。村上的山头土地干燥贫瘠，只适宜种植番薯、花生和麦豆杂粮。村民们赖以生存的主要支柱，还是来自茫茫大海的馈赠。但是，海上的鱼虾不会不"请"自来，向海讨生活是一项高难度的艰苦作业。不用说出海打鱼要冒着暴风骤雨同惊涛骇浪拼搏，就是那造船置网的高昂资金也不是一般村民承受得起的。加上政府花样百出的苛捐杂税，村民们过着的是"三片薯钱一碗汤，野菜烂虾塞肚肠"的苦日子。那出门行乞，卖儿鬻女，饿死路边，是司空见惯的事。如果遇到自然灾害，更是苦不堪言。据《平潭县志》记载，吴秉熙出生的1916年（民国5年）4月至8月共5个月，全县连续干旱138天之久，那些无水灌溉的山园，几乎颗粒无收。于是，许多青壮劳力被迫漂洋过海谋生，却往往有去无回。

1916年出生的吴秉熙，这年已经21周岁了。他的这个年龄段与大多数教师的年岁相仿。由于他个子高，身材魁梧，气宇轩昂，站在同班同学之中犹如"鹤立鸡群"，往往被误认为是该校的老师。其实，他只是一个小学六年级的学生，比多半只有十四五岁的同班同学，大了六七岁之多。

吴秉熙比一般同学年龄大许多的缘由，并不是因为他笨拙不会念书常留级，而是由于他家境贫穷，迟迟不能入学读书。

吴秉熙家的贫穷不是一般的贫穷，也不是只他这一代的贫穷，而是祖祖辈辈的贫穷。其祖父吴华朝曾被认定为平潭县第一穷人。然而机缘巧合，吴华朝的长子、吴秉熙的父亲吴咸庆却娶了全县第一富人林庆云的千金孙女为妻。在那讲究"门当户对"婚嫁年代，这一对异常的婚姻自然成为轰动全县的奇闻。

奇闻的始作俑者是那位闻名海坛岛内外的算命先生。据说，他上知天文，下知地理，中知人事，前后300年的事无所不晓，经他算过的命是没有一例不准的。1914年的一天，他应约在助手的牵引下颤巍巍地来到平原白沙垄村林庆云家，为其老五林逢庚的16岁女儿测算婚姻大事。这位算命先生是个盲人，但他只问小姐的生辰八字后就肯定地说："这位小姐年方二八，长得天仙般美丽。"听众人一阵赞叹后，他动动手指头煞有介事地说："但是，小姐的命却像野草一样的贱。她必须嫁给平潭第一穷人家的未婚青年为妻，方可保她一生平安无恙。否则她一出阁过门，就会遇到灭顶之灾。"

算命先生说的这几句话显然是走江湖的诡言，但那时小姐的母亲王玉钗、祖父林庆云、堂兄林福如等一家人都深信不疑，忙命人四处寻觅全县第一穷人家的未婚青年。经过半个月的努力，终于找到玉屿村的一户"家贫如洗"的渔工吴华朝家。他"上无片瓦，下无寸地"，全家4口挤在一个破庙里生活，真正是全县第一穷人。而他家刚好有一个1894年出生、年方20的未婚长子吴咸庆，同时还有一个1898年出生、年方16的未婚次子吴咸秀。

林庆云得知时喜不自禁，因老五林逢庚早已过世，林庆云便果断地决定将其16岁的孙女嫁给玉屿村20岁的穷小子吴咸庆为妻，以保其一生平安无恙。他当即请一位能言善道的媒婆随带100块银圆的馈赠到玉屿村向吴家提亲。白沙垄林庆云是平潭"以勤致富"的第一富人，也是"积善之家"，海坛岛无人不知。听媒婆说林庆云的孙女要倒贴下嫁给穷小子吴咸庆，吴华朝开头根本不信，他以为是媒婆找他寻开心，同他开个天大的玩笑。但后来见媒婆从褡裢里倒出的银圆哗啦啦在他面前堆成了一座小山包，方如梦初醒，惊叹天上真的突然掉下了大馅饼。媒婆说："这100块银圆是赠送给亲家翁购置田厝用的，至于办喜事用的银圆等明天再派人送过来。"

有钱好办事。3 天之后，吴华朝就用这 100 块银圆购买一座四扇石头厝和 3 亩 5 分山园地。5 天之后，林庆云家的千金小姐就吹吹打打嫁进了玉屿村，入了吴咸庆的洞房。2 年之后的 1916 年，长孙吴秉熙出生了。随后，吴华朝夫妇相继撒手人寰。

吴咸庆、吴咸秀兄弟，虽然有 3 亩 5 分地，但只是贫瘠的山地，产量很低，年产的番薯米等粗粮还不够一家 6 口人吃 4 个月。虽然有一门大财主亲戚，但随着林庆云的谢世，赞助吴家的零星钱早已断了。因此，吴咸庆、吴咸秀一家依然十分贫穷。在吴秉熙 9 岁时的 1925 年，为了养家糊口，吴秉熙的父亲吴咸庆就到日据下的台湾岛做工谋生。至吴秉熙 15 岁时的 1931 年，其父吴咸庆曾回家探亲，两年后的 1933 年又去台湾做工，不久就传来惨死在日本兵铁蹄下的噩耗。1936 年，叔父吴咸秀刚结婚没几天就被国民党强行抓去当壮丁，从此再也没有了音讯，留下 22 岁的新婚妻子杨玉珠同吴秉熙母子相依为命，苦熬时光……

因此，贫穷的吴秉熙一直失学在家乡参加渔农业生产劳动，负担寡母、寡婶和弟弟吴秉华（1924 年生）、妹妹吴月送（1932 年生）等一大家子的生活。然而，吴秉熙从小就喜欢读书识字，常常做着"读书梦"。他崇拜邻近土库村高名凯（1911 年生）、高诚学（1897 年生）等有学问的名人；也羡慕背着书包从他面前走过的同村少年吴秉瑜（1920 年生）。他憧憬自己将来成为有知识的读书人；他不甘于做一个目不识丁的"青盲牛"（平潭方言指文盲）；他敢于同自己的命运抗争。因此，1934 年 2 月，已经 18 周岁的他，不怕别人笑话，勇敢地到苏澳小学报名当学生，插班读三年级。一年后的 1935 年 2 月，19 岁的他考入潭城中心小学念四年级上学期。如今，他正在读六年级下学期，即将高小毕业。

那么，高小毕业之后的吴秉熙将何去何从呢？

吴秉熙本来就天资聪颖，悟性高，又由于他深知自己求学不易，所以他学习特别自觉，读书特别勤奋，成绩特别优良。老师们都说，"别看吴秉熙读书起步晚，但他却是一块很会读书的料"。吴秉熙有很强的求知欲，他对读书不但有浓厚的兴趣，而且觉得轻松自如。因此，他本想高小毕业之后报考平潭岚华初中，继续升学，走"读书救国"之路。然而，国难当头，他不能无视国家危亡、民族苦难而偷安读书。为了抗日救亡，他毅然决定投笔从戎，到前线拼杀日本鬼子。

诚然，吴秉熙能够做出投笔从戎的果断决定，是同其恩师刘伯华对他的教育有很大关系。换句话说，他是受抗日爱国志士刘伯华的影响，而走上投笔从戎之路的。

刘伯华，原名刘文田，四川彭山县人，1914 年 4 月 15 日生，四川东方美术专科学校毕业。毕业后回彭山县任小学教员，常在《介田田画刊》上发表抗日题材的漫画。1935 年，他任教于重庆四维小学。在此期间，他受马列主义书籍熏陶，被入川红军的英雄行为感染，对日本侵略者无比愤恨，便决定投笔从戎。不久，国民政府军事委员会别动总队招生，刘伯华怀着报国热忱，前去报考。考取后受训，才知道别动总队无意抗日救国，而是研究如何"剿共"，乃愤然逃离。为此受到国民政府军事委员会的通缉，遂改名刘伯华躲回彭山。1936年冬，应重庆四维小学同事、时任平潭县教育科长的来文华之邀，离开新婚之家，千里迢迢来到东海之滨平潭岛，就任潭城中心小学教导主任，不久改任校长。

为了唤起学生觉醒，刘伯华在潭城中心小学将爱国主义与抗日救亡的教育渗透到课堂教学中去。他自编教材，在学校开设社会发展史课，向学生传播马列主义，介绍中国共产党，演绎共产主义社会一定会实现的原理，讲述岳飞、文天祥、戚继光、郑成功等英雄的故事，讲述红军万里长征的可歌可泣事迹，教诲学生要"常怀报国心，永立救民志"。他利用介绍历代民族英雄与各国伟人的机会，将中国共产党领导人毛泽东、朱德的肖像也张挂出来。他利用音乐课，教学生唱"起来不愿做奴隶的人们""大刀向鬼子们的头上砍去""工农商学兵，一起来救亡，走出工厂、田庄、课堂，到前线去吧，走上民族解放的战场"等抗日救亡歌曲。他利用美术课，指导学生画抗日救亡的漫画，在校内外广为张贴。他还亲自绘画"起来不愿做奴隶的人们""冒着敌人的炮火前进"等两幅漫画，分别贴在学校大门屏风和操场的围墙上。他在课堂上揭露日本帝国主义的侵略本性和罪恶暴行，指出中国正处于最危险的时候，他强调"天下兴亡，匹夫有责"，号召爱国青少年学生，在国难当头要投入到"抗日救亡"的伟大斗争中去。

吴秉熙的父亲被日本兵所杀，造成其母年轻守寡，苦度时光。因此，吴秉熙从小就痛恨日本鬼子，发誓要为父亲报仇雪恨。现在又听恩师刘伯华饱含深沉忧虑亡国的慷慨陈词，更加激发起他投入抗日救亡的爱国热情，义无反顾地投笔从戎……

刘伯华在潭城中心小学的表现，受到开明县长罗仲若的赞赏，成为县政府抗日救亡工作的得力助手，被公推为平潭县抗敌后援会总干事。1939年8月，日伪军活动猖獗，平潭危急，刘伯华组织年长体壮的少年团员20多人持枪协助军警巡逻警戒。6月29日晚10时，他从县政府议事完只身回校，中途被预先埋伏的叛军杀害，年仅25岁。这是后话。

刘伯华是平潭县传播马列主义和介绍中国共产党的较早几个人之一，他是吴秉熙的启蒙人，他那"常怀报国心，永立救民志"的教诲，深深地铭刻在吴秉熙的心坎里，成为鞭策吴秉熙一生的座右铭。

1937 年 11 月，为了抗日，国民党军队扩军。根据《战时征兵实施纲要》，平潭县政府在全县大力招收适龄青壮年入伍当兵。吴秉熙借这个机会主动报名参军。经过体检，身体合格，他被录取，成为全县首批 170 多名入伍壮丁中的一人。录取之后在县里集训，吴秉熙被编入国民革命军 80 师教导大队第一中队。

　　1938 年 2 月春节过后，吴秉熙离开生他养他的故土平潭，前往驻扎在福州郊区的国民革命军 80 师教导大队报到，开始了他那长达 8 年的国民党军兵士生涯。

第二回　打抱不平屈蹲监狱

没想到的是，在国民党军队当兵 8 年的时光里，一心为了抗日救亡而投笔从戎的吴秉熙，不但没有机会亲手杀死一名日本鬼子，却因爱打抱不平，反恶犯上，先后 6 次屈蹲国民党的监狱……

1938 年 2 月，吴秉熙报到后参加 80 师教导大队第一期"军事教育班"培训，至 1938 年 9 月培训结束。由于他学习军事积极，考核成绩优异，表现出色，被留下来担任第二期"军事教育班"班长，负责带领并辅导新学员军事训练。

吴秉熙虽然只是高小毕业，但他平时喜欢读书看报和练习写作，所以经过一年多的勤学苦练，他已经能够写很通顺的"训练总结"等应用文章。因此，第二期"军事教育班"于 1939 年 4 月结束之后，他被选拔到福建省保安干部训练所接受为期一年半的学生大队（预备军官）培训。

1940 年 10 月，学生大队培训结业之后，已经受过 3 年军训的吴秉熙被派往福安县自卫队第三中队任少尉分队长（排长）。

这是 24 周岁的吴秉熙第一次从学生、学员走上工作岗位。

此时，全国抗日斗争的形势依然严峻，故乡平潭已经4度被日伪军侵占而沦陷，至今年（1940年）8月29日第4次光复。平潭岛处于抗日斗争的第一线，很有可能第五次、第六次落入日伪军之手，成为沦陷区。但此时的闽东福安却未见日本鬼子的影子，抗日的烽火还没有烧到吴秉熙的眼前，因此他还没有机会实现击杀日寇报仇雪恨的愿望。抗日心切的吴秉熙曾几度突发奇想，把自己所率领的有30多位英勇善战的队员开回平潭岛，投入到抗击日伪军的战斗中去。但是，"服从命令是军人的天职"，没有上峰的命令怎能擅自行动？莫奈何，他只能坚守福安，保境安民，等待战机。

光阴荏苒，不觉到了一年后的1941年9月。

这日傍晚，吴秉熙吃饱晚饭之后，独自上街散步。路过一家关着店门的小食店时，无意间听到店里有女人嘤嘤嘤的啼哭声。他觉得蹊跷，便停下脚步静听，越听越觉得哭声不对劲。

那时福安县城并不很大，这家小食店吴秉熙当然来过。店老板是一位不到30岁的年轻寡妇。她人长得甜美可爱，服务态度特好，一见来客就笑，有些心怀不轨的男人来店喝酒，往往萌生一亲其芳泽的冲动。但她却是一位正经的良家女子，坚守卖酒卖笑不卖身的经营宗旨。

"不要，不要，来人啊！"

店里又传出急促的呼救声。一向爱打抱不平的吴秉熙闻声顿时血脉贲张，陡地飞起一脚把门踹开，看到了一幅令人羞耻的不雅画面。

见有人进来搭救，受害的女老板犹如脱网的鱼急急挣脱而逃；无耻的作恶者虽不情愿但也被迫披衣而起；愤怒的吴秉熙正要挥拳向作恶者的头颅猛击下去之际，不料看到的却是一张熟悉的涎皮笑脸，使他不禁犹豫了一下，把已经举起来的右臂停留在半空中。

原来，这位站在眼前的无耻作恶者，竟是吴秉熙现在的顶头上司、中队长石孔惠。

石孔惠干了坏事毫无羞愧之意。他见是他的部属吴秉熙坏了他的好事，更无畏惧之心，厉声责骂道："你来干什么？"

"你强奸民女，违反军规，我来教训你！"吴秉熙虽然很气愤，但此时却是笑笑地说。

"笑话！"石孔惠突然呵呵大笑道，"我是你的长官。你目无上司，出言不逊，理应由我来教训你！"

"你是长官不假，但长官就可以强奸民女吗？"吴秉熙正色道，"长官更应该以身作则，带头遵纪守法，可你贪污公款，勒索百姓，私饱腰囊，强奸民女，腐化堕落，无恶不作，我早就想教训你。你信吗？"

"我不信你敢造反，我不信，不信！"色厉内荏的石孔惠欲开步逃脱。

"我伸张正义，维护军纪，为民除恶，有何不敢？"吴秉熙挡住了石孔惠的去路，大义凛然地说。

"你说得好，说得好！"恼羞成怒的石孔惠一时忘记了自己不是吴秉熙的拳击对手，竟然借着酒色胆气，说声"我先来教训你"便一拳挥了过来。

吴秉熙轻轻地接过他挥过来的拳，顺势把他掀翻在地，狠狠地揍他一顿，打得他痛哭流涕，饮泣求饶。

其实，吴秉熙气归气，却很有分寸，打得并不重。石孔惠身上既无头破血流的外伤，也无伤了内脏的内伤。吴秉熙只是想让他的腐败长官尝一顿皮肉之苦，以便改邪归正。再说，这个腐败长官有罪在前，出手在先，本来是打得好，打得妙的。但是，分队长敢打他的顶头上司中队长，这在国民党专制的军队里，是极其罕见的叛逆行为，怎能被容忍呢？县自卫队大队长说："会弑父也会弑君，吴秉熙今天会打中队长，难保他明天不会打我这个大队长。"于是，县里以"故意伤人""以下犯上"罪，将吴秉熙逮捕收监。

这是吴秉熙第一次蹲国民党的监狱，也是25岁的他平生头一回被关进失去自由的牢房。在那暗无天日的黑魆魆监狱里，其痛苦、煎熬的滋味，是难以忍受的。但是，吴秉熙意志刚强，他坚信自己无错有功，他不信世上没有公道，他信心满满地等待着重见光明的那一天。当然，眼前要面对现实，安下心来坐牢，吃饱睡好，看看书报，打打拳术，练好身体。

吴秉熙为人正派，对事公道，爱打抱不平。平时他尊敬长官，爱护兵士。他忠肝义胆，侠义心肠，喜欢帮助人。他从不欺侮人，也容不得他人以势压人。一旦发现有恃强欺弱现象，他必然挺身而出，保护弱者。因此，兵士们都拥护他，敬畏他，视他为"保护神"。许多战友一旦被人欺侮殴打，便高喊"吴排，你快来救我啊！"

这次吴秉熙因教训作恶多端的中队长石孔惠，身陷囹圄，许多战友都为他打抱不平。第三中队有位姓郑的分队长是福安县长的亲戚，他和吴秉熙很要好，见好友吴秉熙含冤入狱，决心出手相助。他向县长讲了实情，引起了县长的重视。这位县长颇为公道，立即指示有关部门深入调查，终于弄清了案情的来龙去脉。因此，吴秉熙只关一个月便无罪释放了。而那位贪污腐化的中队长石孔惠受到了开除军籍、清洗回家的处分。

1941年10月，吴秉熙无罪释放出狱之后，无升也无降，却被宣布调离福安县，派往松溪县任县自卫队第一中队少尉分队长。

吴秉熙来到松溪县后，上峰布置他的主要任务是"剿匪"，其实是"剿共"。吴秉熙对上峰布置的这个任务很不满意，公开抵制道：

"现在是国共合作抗日时期，'剿共'就是帮助日本鬼子杀害自己的同胞，我吴秉熙打死都不会干这种事。"

吴秉熙见无"匪"可剿，又没有抗日的机会，便把自己的主要精力放在帮助松溪群众兴办教育和发展生产上面来。在一年多的时间里，他先后发动群众在郑档和梅口两个大乡建设中心小学校舍，在洋档、凤銮、新亨等三个村庄兴建初级小学校舍。他还说服群众破除迷信，将破旧的庙宇修建为校舍。他组织农民读夜校，动员妇女剪头发，做了许多深受当地群众欢迎的好事。

但是，又发生的一件事再次给吴秉熙带来牢狱之灾。

1942 年 6 月的一天上午，吴秉熙携两个自卫队员到松溪县大布乡巡视。刚走到大布村口时，他就看到一位半边头脸绑着纱布的中年人，很像从前线作战回来的伤员，其一只手搂在一个矮个子女人的肩膀上，一瘸一拐地迎面而来。出于关心，吴秉熙便上前一步问："你为什么受伤？"

"被良民他……他的……咬破脸。"这位矮个子女人有严重的口吃毛病，讲话含糊不清。

"你说什么？"吴秉熙耐心地问，"你说良民咬人？那良民是人，还是狗？"

"不，不，不！"矮个子女人很努力地纠正道，"是良民……良民的狗……咬破他的脸。"

"哦。"

后来，还是那位半边头脸绑着纱布的中年人对吴秉熙说清了事情的原委。

原来，绑着纱布的中年人是大布乡联保主任。他发现许多群众买不到粮食挨饿，就于今天早晨到大布乡富豪兰良民家，动员他将多余的谷子出售给缺粮的群众度荒。可是，这位名为良民实为刁民的富豪，不但不听，反而说了许多难听的话，把联保主任羞辱了一番，之后还放出他饲养的狼狗把联保主任的脸咬破致伤。是可忍，孰不可忍？

具有古代侠客遗风的吴秉熙，一向路见不平则拔刀相助。他听了联保主任的叙述，气得两眼出火，七窍冒烟，忙命他手下两位自卫队员将兰良民抓来绑在村中的一棵榕树下暴打，引来了村上许多群众前来围观。吴秉熙用他那在风里浪里长大的响雷般声音对群众说，"这就是'囤积居奇'，害民挨饿的下场"。他命两个队员轮番打，直打到兰良民认错求饶，表示回去立马开仓放（售）粮，方让他的儿子保释回去。

吴秉熙打了一个"囤积居奇"的富豪兰良民，起了"杀一儆百"的作用。其他富豪财主由此都怕了，也纷纷开仓卖粮，大大缓解了当地群众缺粮挨饿的局面。

可是，过了一个月之后，吴秉熙却被县上以"无端打人""欺压良民"的罪逮捕法办，锒铛入狱。

这是吴秉熙第二次蹲国民党的监狱。

在那国民党统治时代，官场腐败，黑白颠倒，滥抓无辜，不足为奇。那位大布乡姓兰的富豪，明明是一个"囤积居奇"的"刁民"，却因有钱贿赂县上某一位执法长官，就变成了名副其实的"良民"了。

"吴秉熙，你一个小小排长，谁给你无端殴打一位富贵良民的权力呢？"审讯吴秉熙的执法人员说，"你犯法，你有罪，知道吗。"

"……"吴秉熙听了没有辩解，只是冷笑，他不屑回答。

但是，松溪县许多有正义感的官吏和百姓，都对吴秉熙受冤坐牢，深表同情。他们奔走相告，纷纷到县里为他辩解，说吴排长为民做主，他打的兰良民不是"良民"，而是一个欺压百姓的"刁民"。

一个受贿的县上执法长官不可能一手遮天。朗朗乾坤，自有公理。这次，吴秉熙又是只坐了一个月的牢，就被宣布无罪释放了。

吴秉熙虽然无罪释放，但不免心寒。他无心留在松溪县当自卫队分队长。他便通过省保安干部训练所的一位老师关系于1942年9月调回该所学习。

1942年12月，吴秉熙经过努力终于调回家乡平潭，担任县军事科科员，参加抗日。不久，吴秉熙改任县保警大队少尉副官。

1943年10月10日，吴秉熙参加歼灭窜入平潭流水盘团澳的日本运输军舰"多多良丸"号的战斗。这次战斗获得全胜，击毙日船长永田嘉佑男，俘日副船长及以下7人，缴获"多多良丸"号军舰1艘，以及整船的物资。但是，作为副官，吴秉熙要坚守在担任指挥官的县长林荫身旁，随时传达命令，没有机会亲手开枪杀死日本鬼子。这给他留下一个遗憾，但他在战斗中的勇敢和机智，得到了林荫的赏识和称赞。

林荫，平潭县平原镇官井村人，1908年生，1941年12月就任国民党平潭县长。他数次指挥县自卫队袭击日舰和围歼日军，获得很大胜利，被誉为"抗日英雄"。但他坚持蒋介石的"反共"立场，培植私人势力，大肆杀害共产党员、进步青年和"异己分子"，为平潭广大人民群众所不齿。

吴秉熙是个崚嶒磊落的人，历来心直口快。他坚决反对林荫滥杀无辜的行为，说了一些对他不满的话。不料被睚眦必报的林荫知道，于1944年6月，将吴秉熙逮捕关押。

这是吴秉熙第三次蹲国民党的监狱。

在平潭监狱关押10天之后，吴秉熙被转移到省军法处受审，尽管受到刑讯逼供，但吴秉熙坚贞不屈，从不认怂，吃了许多难以忍受的皮肉之苦。不过，在审讯3个月之后，便以"事出有因，查无实据"

为由无罪释放了。

1944年10月，无罪释放的吴秉熙不愿再回仍然在林荫统治下的家乡平潭工作，调到省第一行政区自卫队任少尉分队长。1945年8月，吴秉熙被编入国民党青年军208师，开往山东青岛驻防。

此时，抗日战争已经胜利结束。为了抗日救亡而投笔从戎的吴秉熙再待在国民党军队里已经毫无意义。他又发现国民党正在策划打内战"剿共"，更使他觉得一天也不能再在国民党军队里混下去了。因此，他多次向上峰提出退伍回乡的申请，但都不被批准。1946年8月，他以结婚为由请假回乡，不归，从而脱离了国民党军队。

1967年，吴秉熙亲自执笔写了一本以《革命的生涯，难忘的岁月》为题的3万多字的"回忆录"，其中写道："由于不满旧社会现实，不愿随波逐流，爱打抱不平，在国民党军服役八载，坐牢6次，饱尝铁窗之苦。"由此可见，吴秉熙蹲国民党监狱除了上述3次之外还另有类似情况的3次。

第三回　党指引走上正确路

1947 年 8 月 29 日（农历七月十四日），海坛岛天气晴朗。

这日傍晚，倒映着绚丽晚霞的"石牌洋"广阔海面上，闪烁着密密点点的细小金星。一只海鸟迎着晚霞从泛金的湛蓝波浪间徐徐飞翔而过，留下一串欢快的嘎嘎嘎鸣声。就在这"落霞与孤鹜齐飞，秋水共长天一色"的意境中，一艘钓鱼的小舢板如同一片树叶荡漾在"石牌洋"的两块海石柱侧畔间。一位身穿褪色军服、头戴竹笠的壮年钓鱼人，犹如一座铁塔屹立在小舢板尾舱的底板上。他怀着垂钓丰收的喜悦，一边朝内港缓缓地摇着一杆木橹，一边用洪钟般的声音哼唱着一曲渔歌：

> 东海水哟，绿涟涟，
> 惊涛骇浪望不到边。
> 海岛人民黄连苦啊，
> 刮（国）民政府罪恶滔天。
> 苛捐杂税花样多啊，

百姓敢怒不敢言。

抽丁抓夫不停歇啊，

谁敢反抗吃皮鞭。

……

一曲渔歌唱罢又唱一曲后，玉屿澳就出现在这位钓鱼人的眼前了。正当澳岸若即若离之际，小舢板欲停未停之时，一位腆着大肚子的秀丽少妇突然出现在澳岸上。她朝着正要靠岸的小舢板招招手之后，便用那甜脆的声音呼唤道：

"秉熙，秉熙，你可回来了！"

这位少妇所呼唤的秉熙，就是去年8月脱离国民党军队回乡的吴秉熙。

为了摆脱"剿共"打内战的国民党军队，吴秉熙于去年8月以结婚为由请假回到玉屿村老家，不归，当了一名国民党军的"逃兵"。

由于担心国民党军可能对"逃兵"采取通缉手段，这一年来，吴秉熙抛却了外面世界的喧嚣，悄悄地躲在偏僻的玉屿老家，做园钓鱼，亦耕亦渔，过着陶渊明"采菊东篱下，悠然见南山"式的休闲生活，倒也觉得顺心惬意。

更惬意的是，去年已经30周岁的他，回到家里没几天就同本县的一位小他6岁的美女喜结良缘，完成了人生的一件甜蜜大事。

同他喜结良缘的美女名叫林惠。

1922年10月14日（农历壬戌年八月廿四日），林惠诞生在中楼乡大中村的一户姓谢的家庭里。由于谢家的子女特别多，家庭经济拮据，她刚刚满月就被送给平原乡西楼村的一户林氏亲戚家为养女。林家夫妇视林惠如同己出，疼爱有加，其家庭经济也较宽裕，思想又开明，林惠 7 岁时就送她上学读书。读到 6 年级高小毕业之后，又让她进教会培训班学习两年文化，使林惠成为一位具有初中毕业文化程度的女秀才。

那时节的平潭，一个初中文化的女子凤毛麟角，少之又少，而林惠天生丽质，长得秀美，人又聪明伶俐，知书达理，上门求亲的媒婆络绎不绝，简直踏破了林家的门槛。尽管有许多条件很好的富家子弟，但都不入林惠的秀眼，任凭媒婆说破了嘴，她就是不肯点头。冥冥之中好像远处有个男神要她耐心地等待他的出现。岁月蹉跎，等呀拖呀，直到 24 周岁大龄，村上同龄女子生的儿女都上小学了，而林惠还在待字闺中。也许是前世有约，去年 8 月，她苦苦等待的男神终于出现了。这个男神就是大她 6 岁的吴秉熙。林惠只见过吴秉熙一面，就被他那英俊而诚实的高大形象所吸引。林惠后来说："只看他一眼，就给我留下了极其美好的印象。（当时）直觉告诉我，这个人是完全可以托付终身的。"往后的岁月证明了林惠当年的断语是多么正确。而林惠本身人如其名，美丽、贤惠，而又坚强。吴秉熙和林惠这对革命伴侣、患难夫妻，生死与共，相濡以沫，整整半个世纪，其不弃不离的坚贞爱情，日月可鉴，成为海坛人的一节佳话。

不久，他们就有了爱情的结晶。其预产期就在几天之后的 9 月 1 日……

"林惠，你分娩在即，行动不便，怎么一个人跑来这里？"吴秉熙手提一只盛满鲜活石斑鱼的小鱼篓，从已经靠岸的小舢板上跳了下来，心疼地对他的爱妻说。

"家里来客人了。"林惠说，"这位客人午饭后就来，一直等你等到现在，我特地来催促你快一点回去。"

"什么客人从天而降？"吴秉熙边走边问，"这位客人是谁？"

"我不认识。"林惠说，"他说他是你的老同学。"

"我的老同学？"在回家的路上，吴秉熙一直在心里盘问自己，"会是我的哪一位老同学呢？"。

然而，吴秉熙和他的妻子林惠回到家里时，却不见那位自称是他老同学的客人。

"客人说，他有急事要办先走了，今晚他还会来。"说这话的是婶婶杨玉珠。

杨玉珠这年 33 岁，是叔叔吴咸秀的遗孀，始终和吴秉熙一家共同生活。而吴秉熙的母亲林氏 5 年前就已经过世了。

果然，吃罢晚饭之后，这位自称是吴秉熙老同学的客人就来了。吴秉熙定睛一看，惊呼道："啊，是你，张纬荣！"

张纬荣，平潭县潭城镇人，1923 年 9 月 14 日生，1937 年 6 月平潭县潭城中心小学毕业，是一位比吴秉熙小 7 岁、高半级的小学同学。1946 年 9 月加入中国共产党，1947 年 3 月任福长平工委委员兼学委书记，5 月赴台湾协助筹款，8 月下旬从台湾撤回福州……

"秉熙同学，你我一别十年，今天我冒昧来访，你欢迎我这位老同学吗？"张纬荣谦然说道。

"欢迎，热烈欢迎，快请坐！"吴秉熙热情地说。

"谢谢，但我没时间坐。"张纬荣说，"曾焕乾同志托我对你说一些话，请借一步说。"

"好呀。"吴秉熙爽快地道，"那我们就趁着月色到海边谈谈吧。"

张纬荣和吴秉熙两人都是身高体壮、魁伟英俊的"海山哥"。他们俩虽然年龄不同、经历有异，但老同学久别重逢，十分亲切。见客人和丈夫并肩走入如水的月夜之中，林惠心里不禁萌生一股仰慕之情。

自从去年8月新婚之夜以来，林惠每天晚上都要等丈夫回来一起上床睡觉。今天晚上，她想知道客人和丈夫到海边谈话的内容，就更是要等他回来一起休息了。可是，等呀等的，一直等到公鸡头叫了，吴秉熙还没有回来。考虑到自己正怀着身孕，熬夜对胎儿不利，她才不情愿地和衣躺下。但由于太困，刚躺下就进入了甜蜜的梦乡。不料。一觉醒来，天已大亮，她赶忙起床漱洗。

忽见吴秉熙欢天喜地从外面走进来，林惠感到惊讶，便问："怎么？你们两人昨晚在海边谈话谈个通宵？"

"是的，他很健谈，一谈就是一个夜晚。"吴秉熙笑笑说。

"他现在人呢？你怎么不留他吃早饭？"

"他走了，他很忙，他要赶回福州。"吴秉熙异常兴奋地说，"林惠，我要出去做事了。"

"你说什么？"林惠以为自己听错了，故又接着问，"你是说你要出去做事，对吗？"

"对。"吴秉熙很肯定地说，"我要去伯塘，当小学校长。"

"是张纬荣介绍你去伯塘当小学校长，对吗？"

"对。"吴秉熙很自豪地说，"这是革命工作的需要嘛！"

"革命？"林惠惊诧地问，"你参加革命了？"

"是的。"吴秉熙不想对爱妻隐瞒自己现在的身份，便明确地说，"林惠，我已经是革命队伍里的人了。"

"一夜之间你就变成革命队伍里的人了？"林惠很想知道其中的奥妙，便问，"昨天晚上张纬荣在海边到底跟你谈了什么？"

"昨晚，张纬荣在海边对我传播革命真理，他谈的全是真理。"吴秉熙完全沉浸在欣喜若狂的状态之中，"林惠啊，这位从天而降的张纬荣，是我吴秉熙此生的革命引路人哪！"

"是吗？"见丈夫如此开心，林惠自然也高兴。接着，她一本正经地道，"那你快把这位革命引路人对你说的话传达给我听听，让为妻也成为革命队伍里的人。可以吗？"

"可以。"吴秉熙答应之后转念一想又说，"林惠，我把张纬荣对我说的话传达给你听听，当然可以，但是，我不想让你现在就成为我们革命队伍里的人。"

"为什么？"

"因为革命要冒着杀头的危险，所以革命是男子汉大丈夫干的事。"吴秉熙平静地说，"而你是一个体弱的女人，现在又怀孕在身，你要做的事就是在家里把孩子平安生下来，并哺育其长大成人！"

"秉熙，你也是一个见过世面的人，怎么会讲这种不开通的话？"林惠说，"自古就有'巾帼不让须眉'之说，参加革命哪里分什么男女？眼前，我的大事是先把孩子平安地生下来，这没错，但是，夫妻本是同林鸟，你参加了革命，我自然也就随着是革命了。万一你为革命捐躯，为妻我岂能独活？"

林惠这一席话，说得吴秉熙无言以对。他点点头之后，就把昨晚张纬荣在海边所传播的革命真理对林惠作了简要的传达。

在正式谈话之前，张纬荣首先传达了曾焕乾对吴秉熙的特别问候；接着，他根据曾焕乾的介绍，褒扬了吴秉熙在国民党军队里坚持公道正义，关心民瘼，洁身自好，不参加"三青团""国民党"反动组织，拒绝"剿共"，反对国民党顽固派平潭县长林荫等方面的良好表现。

在正式谈话时，张纬荣一谈革命。他举了几个事例揭露国民党政府的腐败和当今社会的黑暗，指出凡是统治阶级都不会自动退出历史舞台，只有发动人民群众起来革命，推翻国民党反动政府，打倒压在人民头上的帝国主义、封建主义、官僚资本主义三座大山，成立人民当家做主的新中国，社会才会进步，国家才会富强，人民才会幸福。否则，中国是没有前途的。中国只有通过革命才能得救。他引导吴秉熙坚定地走上革命道路。

张纬荣二谈中国共产党。他介绍了中国共产党的纲领，讲明党的性质、任务和目标，指出中国共产党是为人民求解放、谋幸福的党，是领导劳苦大众为建立新中国，建设社会主义，实现共产主义理想而奋斗的党。他描绘了共产主义社会的美好蓝图，说那时消灭了阶级剥削和阶级压迫，消灭了城乡、工农、体力劳动和脑力劳动之间的三大差别，生产力高度发达，社会物质极大丰富，人们的觉悟极大地提高，劳动成了人们生活的第一需要，实行"各尽所能，按需分配"原则，人人都过上幸福美满的生活。张纬荣这样讲，旨在启发吴秉熙积极创造条件加入中国共产党。

张纬荣三谈革命气节。他说，为了实现这个人类最美好的共产主义社会，自从1921年7月1日中国共产党诞生以来，多少共产党人和革命志士，不怕艰难困苦，不怕流血牺牲，同反动派恶势力进行了不屈不挠的斗争。他讲了许多革命先烈在监狱中和在刑场上坚贞不屈、视死如归、顽强斗争的故事。他用这些英雄人物的悲壮故事和光辉形象，来感染、教育吴秉熙，使其下定决心坚守共产党员的革命气节，做到富贵不能淫，威武不能屈，永不叛党。

在听了正式谈话之后，吴秉熙当即就向张纬荣提出，他要加入中国共产党，他要参加共产党领导的革命队伍。张纬荣听后说，参加革命队伍可以，他可以代表组织批准吴秉熙从现在起就参加中共地下党领导的革命队伍，并且指派吴秉熙即日前往伯塘村担任小学校长，以小学校长的公开身份为掩护，开辟革命基点村，从事地下革命斗争活动；至于入党的事，还要等吴秉熙本人提出书面申请，学习党纲党章，经受革命斗争的考验，然后由组织审查批准……

听了吴秉熙的传达之后，林惠问："你何时动身上任？"吴秉熙回答道："因为学校9月1日开学，我本想明天（8月31日）就动身去伯塘上任，但考虑到你后天（9月1日）要分娩，所以我打算等你分娩之后去。"林惠说："我分娩有婶婶照顾，你的革命工作要紧，还是明天就去上任吧！"吴秉熙说："那就谢谢贤妻支持了！"

后来，吴秉熙在一篇回忆文章中写道："听了党组织派来的张纬荣同志的谈话，我如梦初醒，认识了真理，找到了革命斗争的正确道路，树立了为建立新中国和实现共产主义而奋斗的理想信念，从此，在党的指引下，走上了正确道路；从此，我精神焕发，斗志昂扬，积极投入革命斗争，全心全意为党工作。"

第四回　奉党命开辟基点村

　　为了赶上 9 月 1 日学校开学，吴秉熙不顾即将临盆分娩的妻子，于 1947 年 8 月 31 日上午，只身来到伯塘村，开始了他以小学校长身份为掩护的地下革命斗争生涯。

　　伯塘村位于海坛岛西北端的突出部，三面环山，一面临海，是一座依山面海的美丽村庄。村东边，连接着银滩碧波、浩瀚无垠的东海。村西边，远处是逶迤的山峦丘陵，夹杂着苦楝、相思树和奇岩怪石；近处是绵延的田野，长着番薯、花生和杂粮瓜蔬。山涧蜿蜒的溪水潺潺流淌。村上那排排石头厝上的石墙和瓦片，在经历了长年的风吹雨打之后，颜色变得更加鲜艳而富有层次。这个以海景山色为背景的伯塘村，仿佛是一幅名家笔下的油画，美不胜收。

　　伯塘村美是美，但在国民党腐败政府统治下却是一个典型的贫困村。全村 400 多户人家，95% 以上的村民属于贫农、雇农和雇工，他们饱受地主恶霸的剥削和欺凌，过着衣不遮体、食不果腹的悲惨生活。

　　有道是，"穷则思变"。穷苦百姓最容易接受中国共产党的主张，积极起来闹革命，求解放。这是曾焕乾和张纬荣之所以派吴秉熙潜入伯塘村以小学校长身份为掩护从事地下革命斗争的主要缘由。不过，这个为吴秉熙从事地下革命做"护身符"的校长，并不是一个下有教职员工的专职校长，而是一位身兼校长、全科教员和负责开门敲钟的校丁等三职的所谓校长。这是由于办学经费有限，师资缺乏，全校4个年级4个班80多个学生，只聘请吴秉熙一个人。

这一点，张纬荣那夜在海边没有说，是吴秉熙到了伯塘向保长报到之后才知道的。吴秉熙乍听时不免感到为难，虽然他的实际文化水准教小学各科都是绰绰有余的，但毕竟一个人时间有限，生怕顾此失彼，误人子弟。但后来想想，倒觉得一个人可避免监视，更方便开展地下革命斗争工作，也就安下心来。

伯塘小学设在吴氏祠堂，没有独立的校舍。经过一天一夜的紧张准备，学校终于在9月1日上午正式开学了。4个年段80多位学生全到，没有一个人缺席。上午8点，随着新校长吴秉熙亲自敲的钟声一响，全体同学集中学校操场站着举行开学典礼。吴秉熙致辞后指挥同学们唱《义勇军进行曲》：

　　起来
　　不愿做奴隶的人们
　　把我们的血肉
　　筑成我们新的长城
　　中华民族到了最危险的时候
　　每个人被迫着发出最后的吼声
　　起来　起来　起来
　　我们万众一心

冒着敌人的炮火前进

冒着敌人的炮火前进

前进　前进　进

　　"义勇军进行曲"唱罢散会，同学们分别到各自班级的教室里自习今天刚刚分发的新课本。

　　吴秉熙正想进四年级教室讲课，忽见15岁的小妹吴月送（1932年5月生）从玉屿村气喘吁吁地跑来这里向他报喜，说大嫂今天早晨平安生下一位小宝宝，是女的，请大哥为小侄女号名。

　　初为人父的吴秉熙听了喜之不禁，仰天大笑一阵。见一朵白云从上空飘过，他便乐呵呵地对小妹吴月送道："你告诉大嫂，宝宝就叫吴云英吧！"

　　伯塘小学的学生都姓吴，因为该村是400多年前吴春公从福清化北里马湖庄迁来这里的。

　　伯塘小学的学生年龄都偏大。由于一人要教4个年段的课，因此吴秉熙从实际出发，采取"有分有合"灵活机动的教学方法。语文、数学两门主科分年段上，保证教学质量；音乐、美术、体育和公民（政治）课，就全校合起来上。

　　吴秉熙学习他的恩师刘伯华，为了唤起学生的觉醒，在伯塘小学将马列主义和共产党主张的教育渗透到课堂活动中去。他向学生讲述社会发展史，讲社会主义共产主义的美好，讲共产党是帮助穷苦百姓翻身做主人的党，讲岳飞、文天祥和红军的英雄故事。

　　夜晚，吴秉熙则到村上访贫问苦，和有正义感的青年交朋友。

　　在第一学期，为了保证教学质量，吴秉熙把自己的主要精力放在校内，教好课，团结教育好他的80多位学生。但从第二学期起，根据革命斗争形势的发展变化，吴秉熙便把自己的主要精力放在校外的地下革命活动上。

1948 年 2 月，经福州市委书记孙道华批准，平潭、福清地下党领导人张纬荣，派高飞、吴兆英、林奇峰、曹于芳等 4 位党员骨干分别担任潭西南、潭西北、潭中、潭东 4 个地下党区委书记。

1948 年 2 月上旬，经中共潭西北区委书记吴兆英介绍并批准，吴秉熙加入中国共产党。从此，吴秉熙更加坚定共产主义的理想信念，立誓要把包括自己的生命在内的一切交给党，为无产阶级革命事业奋斗终生。

1948 年 2 月中旬，伯塘小学增聘一名刚从林森师范学校毕业的女教师，负责二至四年级 3 个年段的教学，使吴秉熙有可能腾出更多时间开展地下革命斗争活动。

1948 年 2 月下旬，由于抗日战争结束后国民党当局对闽中抗日武装发动大规模的"清剿"，抗日战争期间参加闽中游击队的吴国彩、吴翊耀两位伯塘青年，奉命潜回平潭组建革命游击武装，同吴秉熙接上了关系，使吴秉熙在伯塘开展地下革命斗争有了得力的帮手。

1948 年 3 月初，吴秉熙被村民以高票选为伯塘保长。有校长兼保长两个合法身份做掩护，他做起地下革命工作来，简直是如鱼得水，如鸟翔空，更加方便自如。

1948 年 9 月 22 日深夜，从福州回来的吴兆英到伯塘小学找吴秉熙。

吴兆英，平潭县伯塘村人，1923 年 10 月出生，1947 年 2 月加入中国共产党，1948 年 2 月任平潭县潭西北区委书记……

"今天我刚从福州回到平潭，就赶来这里向你传达五县中心县委'魁岐会议'精神"，吴兆英喝一口吴秉熙递过来开水，接着说，"不过，我想先听这一年来你在伯塘开辟基点村，开展地下革命活动的情况汇报。"

"好极了，我正想向党组织汇报呢。"吴秉熙说着就滔滔不绝地汇报了一年来他在伯塘开展地下革命斗争，创建基点村的情况。

第一，建立党的组织。经过党的知识教育和严格的斗争考验，吴秉熙在伯塘村发展了吴国彩、吴翊耀、吴翊成、吴翊銮、吴翊清、吴翊章、吴章根、吴章正、吴章富、吴谨材等10名优秀青年入党，成立了以吴国彩为组长的伯塘独立党小组，直属潭西北区委领导。党小组成为伯塘村革命运动的领导核心，发挥了很好的战斗堡垒作用。

第二，组建武工队。经过严格选拔，吴秉熙组建了一支有吴国彩、吴翊成、吴翊耀、吴翊銮、吴翊清、吴翊章、吴翊爱、吴翊达、吴翊金、吴章合、吴章根、吴章正、吴章富、吴章余、吴谨材、吴谨红、吴谨俊、吴谨忠、吴家瑜、吴家温、林载福、林载寿、吴孟良、吴宜恩、吴余贤、吴水仙等26人参加的伯塘武工队，由吴国彩任武工队长，吴翊成、吴翊耀为副队长。并加强对他们的政治教育和军事训练。吴秉熙亲自讲课，对他们讲爱国爱民，讲革命气节，讲组织纪律。请抗日尖兵吴国彩、吴翊耀对武工队员进行作战基本知识、基础技能的教育与训练，教他们学会瞄准射击、投弹和格斗，使武工队成为一支听从地下党指挥、能够随时投入战斗的人民革命武装队伍。但是，没有武器弹药，只有木制的刀枪和一支学射击用的旧长枪，还不能主动出击。

第三，组织小鬼队。挑选吴翊华、吴玉钦、吴兆章、周而福等30多个学生组成小鬼队，指定吴翊华为小鬼队长。吴秉熙对参加小鬼队的学生讲革命道理和革命英雄人物故事，布置他们在山上和路口站岗放哨，瞭望来犯的敌人，注视、跟踪进村的陌生之客。

第四，开辟海上武装交通线。租了一艘新船，配备吴章英等5个贫苦渔民为船工，负责海上交通，传递革命信息。

第五，在村中和山上分别设置密室和暗洞。村中的密室设在吴超贤家，可隐藏 3 个人不被搜捕。山上的暗洞较大，可隐蔽 5 个人，又有泉水可用，还备有简单的生活用品。

第六，发动群众斗争恶霸。伯塘村有个民愤很大的吴姓恶霸，明目张胆地在村里开设赌场和鸦片馆，采取坑蒙拐骗的手段，谋取暴利，毒害村民。吴秉熙多次以保长身份对他提出警告，勒令他关门停业，可他就是不听。吴秉熙忍无可忍，经同党小组研究后，命武工队将这个恶霸抓捕到吴氏宗祠（祠堂）进行批斗，受害的村民纷纷上台诉苦，狠煞了恶霸的嚣张气焰，从此伯塘村没人敢再开赌场和鸦片馆害人……

"很好，很好。一年来，你在伯塘从事地下革命工作，成绩很大，比我原来想象的要大得多，看来，伯塘这个革命基点村是建立起来了。"吴兆英对吴秉熙的汇报很满意，他作了充分肯定之后传达"魁岐会议"精神。他说："为了适应当前解放战争发展的形势，在这次五县中心县委'魁岐会议'上，决定成立平潭游击队，任命张纬荣为政委，高飞为队长，吴兆英为副队长。但我们 3 位队领导都没有带兵作战的经验。张政委和我是学生出身，高队长也没有当过兵，而你却从军 8 年，受过严格的军事训练，因此我们决定请你出来担任平潭游击队副队长，主管军事。这是机缘巧合，也是历史的选择，这就使你这位英雄大有用武之地。而平潭游击队有你这位武将加盟，则如虎添翼。"

听吴兆英这样讲，吴秉熙好感动。心想，自己为了抗日救亡投笔从戎，误入了国民党军，不但没有杀死一个鬼子兵，反而屈蹲了 6 次监牢，得不偿失，懊悔莫及。没想到当了 8 年国民党兵，经过系统军事训练并熟读兵书，掌握了战斗技能和作战计谋，这下有了用处，可以为党为革命做贡献了。

"这样，你就得离开伯塘据点，不当这里的校长和保长了。"吴兆英接着问，"但不知你个人的意见如何？"

"我无条件服从党的安排，没有个人意见。"吴秉熙说，"那这里的保长兼校长工作交给谁呢？"

"伯塘的情况，你比我更熟悉，你推荐一位贤人出来接任吧！"吴兆英说。

"吴尚贤，可以吗？"吴秉熙问。

吴兆英点点头表示赞同后说句"你抓紧移交"就走了。

从去年8月底到现在一年多时间，吴秉熙奉命潜入伯塘村地下闹革命，从地下闹到地上，动静闹大了。在地下党员、武工队员和小鬼队员的戮力同心下，伯塘村民经过他们的宣传开始觉醒了，对国民党腐败政府同仇敌忾，伯塘的革命斗争如火如荼，这就引起了国民党反动当局的恐惧和仇视。

1948年9月23日晚上，林荫派出30多名全副武装的便衣队，由其得力干将林诚仁中队长带领，乘着月黑风高的时刻混入村内，破门入室，妄图一举抓捕吴秉熙和他领导的地下共产党员，扑灭已经熊熊燃烧起来的革命烈火。然而，他们却扑了个空。尽管经过一周时间的地毯式搜查，也一无所获，终于无功而返。

原来，吴秉熙早已做了严密的防备。这晚，林荫的便衣队一出现在村外路口，吴秉熙就得到小鬼队探哨的紧急报告，立即离开了学校。在迅速通知其他同志隐蔽之后，他便携一地下党员躲到预先准备的山上暗洞里藏避。到了第六天晚上，吴秉熙才在伯塘党小组派出的6名武工队员护送下转移出伯塘据点。

中华人民共和国成立后，为了纪念1949年5月5日为解放平潭而牺牲的吴国彩同志，伯塘村改名为国彩村。它是平潭县重点革命老区基点村。全村参加平潭人民游击队的达60多人，革命烈士有吴国彩、吴翊耀、吴翊光、吴翊虞、吴章合、吴谨忠、吴美容、陈景华等8人，被评为革命"五老"的有100多人。他们曾为解放平潭建立了功勋。伯塘人没有忘记他们，也没有忘记他们的革命引路人吴秉熙。经过几代人的不断发展，国彩村已经从贫困村发展成为小康村，成为潭西北一带最大的商业区。这是后话。

第五回　白手起家组建武装

1949 年 2 月 25 日（农历己丑年正月二十八日）。元宵节都过10 多天了，但今天玉屿村却张灯结彩，喜气洋洋，比春节过年还要热闹几分。原来，今天玉屿村要隆重举行平潭人民游击支队成立大会。会场就设在村上基督教会大礼堂里。

上午 8 点，随着一阵嘹亮的集合军号声响起，300 多名游击队员快步赶到会场按指定座位就座。不是游击队员的地下党员林惠和群众代表也进场参加。

副支队长吴秉熙主持今天的成立大会。他宣布平潭人民游击支队成立大会开始之后，便指挥大家唱题为《跟着共产党走》的赞歌：

你是灯塔，

照耀着黎明前的海洋。

你是舵手，

掌握着航行的方向。

伟大的中国共产党，

你就是核心，

你就是方向。

我们永远跟着你走，

人类一定解放！

我们永远跟着你走，

人类一定解放！

歌罢，吴秉熙宣布今天成立大会的议程。

议程的第一项，副政治主任兼副支队长吴兆英宣布各连（中队）干部名单。

1. 第一连连长吴国彩、指导员王祥和

2. 第二连连长高名乾、指导员陈孝义

3. 第三连连长吴章富、指导员林奇峰

4. 特务连连长高名山、指导员高名峰

5. 后勤组组长吴孟良

6. 卫生组组长蒋美珠

7. 总务组组长吴秉汉

8. 文书吴正寿

议程的第二项，支队长高飞作主旨报告。

高飞，平潭县看澳村人，1916 年 11 月出生。少时在平潭读小学，后到福清念初中。1932 年得高诚学赏识，被送往日本读高中。1938 年 2 月，高诚学任福安县长，高飞随往福安，历任福安茶叶所主任、公安局股长、穆阳镇镇长等职。1943 年 11 月，高诚学被国民党军统特务杀害，高飞回平潭。1944 年任平潭经征处主任。高飞和林荫曾一起在高诚学手下共事，两人还结拜为异姓兄弟。抗日战争结束后，高飞对林荫违反民意杀害共产党人深为不满，乃弃职往台湾经商。1947 年 3 月，地下党开办的震球商行在台湾成立，曾焕乾根据徐兴祖的建议，批准非党人士高飞任商行经理。8 月，组织决定关闭商行，人员撤回福州。高飞表示愿意跟共产党一起闹革命，也随之撤回。9 月，经翁绳金同志介绍，高飞加入中国共产党……

高飞在报告中回顾了 5 个月来"白手起家组建武装"的历程。

1948 年 9 月，根据闽浙赣省委关于"广泛开展群众性游击战争"的决议，五县中心县委"魁岐会议"决定成立平潭游击队，命张纬荣为政委，高飞为队长，吴兆英为副队长。

此时的平潭游击队，只是一个"没有一兵一卒、一枪一弹"的空架子，3 位队领导只是"光杆司令"。然而，这 3 位"光杆司令"和随后担任副支队长的吴秉熙，都是不怕困难险阻、能够创造奇迹的"海坛骄子"。

1948 年 9 月至 1949 年 2 月，仅仅 5 个月，他们白手起家，经过多方面的努力，从无到有，从小到大，终于创建了一支敢于同国民党军队公开对抗的人民游击武装队伍。

第一，努力招收游击队员。

9 月中旬，魁岐会议一结束，3 位"光杆司令"就力邀在福州东岭等地的平潭籍地下革命者 10 多人参加新成立的平潭游击队。9 月下旬，高飞、吴兆英率这 10 多位游击队员回到平潭之后，通过吴秉熙和吴聿静等老地下党员，把伯塘、玉屿、看澳、土库和大福等村的武工队员和老游击队员吸收进来，使平潭游击队伍很快就扩大到 100多人。10 月初，成立以高飞、吴兆英为正副书记的平潭游击队党支部，发展新党员，加强党的领导力量。10 月中旬，高飞、吴兆英在看澳村马祖庙主持召开平潭游击队成立大会，公开树起革命旗帜，与林荫反革命集团对抗。1949年2月初，地下党平潭县委书记、平潭游击队政委张纬荣回到平潭，同高飞、吴兆英、吴秉熙形成"张高吴吴"黄金搭档领导班子。张纬荣管政治，高飞管组织，吴兆英管经济，吴秉熙管军事。他们分工合作，深入群众，努力发展革命力量。与此同时，在福州、福清等地的平潭籍地下党员张超、蒋美珠、林光焰、吴谨才等20多人也回来参加游击队，使平潭游击队员发展到300多人。为了适应队伍发展的需要，平潭游击队于1949年2月改称为平潭人民游击支队。高飞为支队长，张纬荣为政委，吴兆英为副政委兼副支队长，吴秉熙为副支队长。但由于党内出了"城工部事件"，为了淡化党组织的色彩，争取闽中党组织的谅解和支持，支队正副政委对外改称为正副政治主任。

第二，努力筹集枪支弹药。

1948年9月刚组建时，高飞、吴兆英联袂到土库村朋友处"借"来土式长枪3支。这是最初的武器，平潭游击队就是从3支土枪起家。10月下旬，玉屿村吴聿静移交来原吴秉瑜领导的游击队的长枪9支，短枪5支，子弹3箱。11月初，大福村林性品移交来原林中长领导的大福武工队的长枪8支，短枪3支，子弹2箱。

1949年2月12日，支队领导获悉流水东尾村大户人家有购置枪支弹药看家护院，忙派遣吴章灼、阮邦恩等22位特务连队员，化装成修船工人，前去"借"枪。出发前，副支队长吴秉熙对他们面授机宜。进村后，根据吴秉熙的嘱咐，吴章灼、阮邦恩首先同该村的一位地下党员接上关系，取得他的密切配合和鼎力帮助；然后以招揽修船生意为名，22位游击队员分别进村调查，摸清藏枪户的情况。本来打算在第三天汇总摸清的情况后，再分工到藏枪户动员他们把枪"借"给游击队。不料，第二天傍晚村上就来了40多位国民党自卫队员，并且驻扎了下来。吴章灼、阮邦恩等大吃一惊，心想，莫非有人告密，把他们的借枪行踪暴露给国民党政府？后经打听，方知林荫也获悉东尾村大户人家藏有武器，生怕被我游击队取走，特派他的自卫队抢先一步前来收缴。然而，林荫的行动还是慢了一步。当他们进村后的次日上午命藏枪户缴枪时，那村上各大户所藏的长枪20支、冲锋枪1支、子弹3箱都已经被我游击队"借"走了。

原来，第二天傍晚，吴章灼、阮邦恩见村上来了敌人，便提前于当天夜里组织全体队员分头对藏枪户做深入细致的思想工作。他们以解放战争我军节节胜利的不争事实，启发他们认清蒋家王朝很快就要完蛋的形势，说明只有跟着共产党走才有光明前途，单靠几支枪看家护院是没有用的。有枪的大户听了都觉得有理，连夜交出各自所藏的枪支弹药。地下党早就备了一艘"海山鼠"船，所借的武器和游击队员一起装上船，披着夜色运送至潭水村溪口角海滩。上岸之后，吴章灼挑着两箱子弹，阮邦恩背着冲锋枪，其他20位游击队员各背一把长枪沿着芦洋埔回到了玉屿村队部。

这样，平潭人民游击支队的武器，包括随后从苏澳米船上缴获的长短枪各3支在内，就有长枪43支、短枪11支、冲锋枪1支、子弹6箱，再加上自制的大刀人手一把，虽然武器仍嫌不足，难以主动出击，但可以对付来侵之敌。

第三，努力开辟革命根据地。

革命根据地是游击武装赖以生存和发展的基础和保证。他们选择玉屿村作为根据地的中心村，把队部和营房设在玉屿村。其缘由，一是玉屿村地处潭西南土库、看澳、鹤厝、康安一带的中心；二是玉屿村具有优良的革命传统，群众基础好。

1938年春天，玉屿村进步青年吴秉图经何胥陶介绍加入闽中特委党组织和闽中特委游击队。不久，他回平潭以玉屿村为据点，秘密组建海上抗日游击队，为抗日救亡而战，由此拉开了玉屿村革命武装活动的序幕。1940 年 12 月，吴秉图奉闽中特委命令，率领由吴聿静等 24 位村里青年组成的队伍打入北霜敌支队司令部，展开策反工作，因叛徒告密，除吴聿静一人脱险外，吴秉图及其他 23 位队员不幸全部被国民党军杀害。1946 年 10 月至 12 月，地下党平潭县工委书记吴秉瑜，多次回玉屿村发动群众，宣传革命真理，吸收村里 12 位进步青年入党，并于 1947 年元旦成立玉屿村党支部，由吴聿静任书记，吴聿杰、吴吉祥、吴秉汉为委员。1947 年 3 月，为了组织平潭武装暴动，吴秉瑜在玉屿村组建了一支有 60 多名队员的平潭革命游击大队，大队长吴聿静，副大队长吴聿杰、吴吉祥，政委吴秉瑜（兼），并购置了 10 多支长短枪和一些子弹，还制作了一批大刀和土地雷。

　　1948 年 9 月，地下党员吴秉熙同志奉命回玉屿村同吴聿静接上关系。在吴秉熙和以吴聿静为书记的党支部的坚强领导下，村民们筑碉堡，挖地洞，制大刀，练枪法，群情振奋，锐不可当。为了建筑玉屿战备碉堡，全村群众纷纷献工献材，日夜赶修，终于建筑了山仔顶、厝后山、南海山等 3 个大碉堡；挖掘了坪顶、垦仕前、官仔岩、马鞍山、寨山等 5 条前哨壕沟；同时在村里的主要路口暗设鹿钉、地雷。吴秉熙还深入群众做细致的思想工作，动员了吴自由、吴咸辉、吴咸宜、吴辉炳、吴秉汉、吴聿止、吴邦旺等 7 位玉屿村民，把稍宽的房屋让出来给游击队作营房。那时候，玉屿村民都很穷，但他们心中都有一个共同的信念，为了光明的未来，都乐意支援革命，都愿意为革命牺牲一切。有的村民不但把房子让出来当营房，而且还主动捐钱捐物给游击队。支队部设在吴自由让出来的大房子楼上，其母亲主动看守门户。她在大门后挂一个门铃，遇见陌生人来访，便拉响门铃示警。她还为游击队送饭、洗衣等，样样都干，同志们称赞她为"革命妈妈"。

这样，一个以玉屿村为中心，连同毗邻的土库、看澳、鹤厝、康安、江楼、当盛等6个基点村合计7村连片的革命根据地便开辟成功了。此外，还有吴秉熙开辟的潭西北伯塘基点村，林中长开辟的潭南大福基点村，虽然地域不相连，但可作为外援力量。从此，玉屿村成为敌人不敢轻易冒犯的铜墙铁壁，成为海坛岛的"延安"，成为平潭人民的革命灯塔。

第四，努力解决粮食。

游击队粮食起初没有来源，完全依靠游击队员各自从家里带地瓜片来缴交解决。但是，有许多贫穷的队员，家无隔夜粮。有的队员家道虽然较丰，但其家却在敌占区，也不便回家取粮。

1949年1月底，支队领导正为缺粮发愁之际，获得情报的队员吴祖芳回来报告说："苏澳街国民党林正乾自卫队驻房门前的澳口上，停泊着一艘米船，船上载有大米300担（1.5万千克），是林正乾奉林荫之命购买的公粮，尚未运走。如能够把船上的300担粮食缴获到手，那我们游击队缺粮的难题就迎刃而解了。不过，米船上配有护船的长短枪各3支，还有林正乾自卫队100多号兵在岸上虎视眈眈地监守，要去夺粮无异于'虎口取食'，没有胜算。"许多同志听了都难免惊叹："难啊，难！"但吴秉熙听了却胸有成竹地笑道："天赐我游击队啊！"问他有何妙计？他笑而不答，只对高飞耳语一阵。

次日早晨，大家刚起床，就看到一艘米船停泊在玉屿澳岸边，吴秉熙正通知大家到澳口搬回大米。

原来，吴秉熙向高飞出谋献策，设计缴粮行动的时间定在敌人熟睡未醒的次日凌晨时分，参与行动的人员分掩护和行动两组。时辰一到，两组便分头行动。第一组为掩护组，由吴秉熙带领高忠立等5位游击队员，化装成砍柴的农民，身上暗藏武器，埋伏在下苏澳的山头上，负责对付可能给船上火力支援的林正乾自卫队，一旦他们向行动组开枪射击，就给以狠狠反击，以牵制岸上的敌人。第二组为行动组。由吴兆英带领吴孟良等5位特别勇敢的游击队员，化装成讨小海的渔民，驾驶一艘小渔船，迅速向米船靠拢。趁米船上的船工还在睡梦中时，突然一跃而上，把睡眼惺忪的船工关在舱内，警告他们不许乱说乱动。当即将锚索砍断，把米船开出苏澳港，升起风帆，向玉屿澳急急驶去……

高飞报告结束时，会场上响起热烈的掌声。

议程第三项，高参徐兴祖以东岭游击队队长兼政委的身份致贺词。

徐兴祖，代号老七，平潭县流水镇山边村人，1911年11月生，1939年6月由闽中地下党平潭负责人周裕藩介绍加入中国共产党。1945年2月因周裕藩牺牲断联，于当年8月由曾焕乾为其重新办理入党手续，改属城工部系统。1947年10月，任五县中心县委委员兼东岭游击队长兼政委。1949年1月，被闽中党组织扣押，但他原先属于闽中组织系统，故没有杀他，但却给他一个捕杀张纬荣的尴尬任务。张是他的好友，知道张对党忠烈，怎么能杀？但为了摆脱闽中党组织纠缠，他以回平潭抓捕张纬荣为由，"金蝉脱壳"，留下来担任平潭人民游击支队高参。

议程的第四项，政治主任张纬荣讲话。

张纬荣于1947年12月调入福州市委，任福清、平潭两县地下党负责人。1948年7月，改属五县中心县委领导，任平潭县委书记，并兼福清地下党负责人。同年9月，任平潭游击队政委……

张纬荣讲话主要讲形势。他首先高兴地说："当前，全国解放战争形势大好。从 1948 年 9 月 12 日至 1949 年 1 月 31 日，历时 142 天，人民解放战争中的辽沈、淮海、平津三大战役，已经取得了伟大胜利，共消灭（含起义、投诚）国民党军 154 万余人。国民党赖以维持其反动统治的主要军事力量已经基本上被消灭。三大战役的胜利，奠定了中国人民解放战争在全国胜利的基础。全国革命胜利的曙光就在眼前。"他接着沉重地说，"但是，革命的道路是复杂曲折的，平潭的革命形势还处于黎明前的黑暗时刻。由于福建党内出了一些事，省委误会城工部是'红旗特务组织'，决定停止城工部党员的党籍，不准以党组织的名义开展活动，并要给予取缔。平潭地下党原属于城工部系统。这样，平潭党组织领导的平潭人民游击支队就面临着'党内取缔'和'党外围剿'的两面夹攻危机。不过这个危机只是暂时的，因为真金不怕火，任何误会都不会长久。只要我们坚定自己为建立新中国而奋斗的理想信念，具有不怕任何困难险阻的坚强革命意志，坚决同国民党反动派做斗争，危机就会很快过去，平潭的解放不但毋庸置疑，而且指日可待。"

张纬荣讲话结束时，会场上响起了经久不息的热烈掌声。

当天的成立大会在雄浑豪迈的《义勇军进行曲》歌声中胜利结束。

第六回　毁家纾党变卖田厝

　　"成语'毁家纾难'是什么意思？"1949年阳春三月的一天晚上，吴秉熙临睡前突然问文化程度较高的妻子林惠。

　　"毁：灭，毁坏；纾：缓，解除。'毁家纾难'，是指不惜捐献所有家产，帮助国家减轻困难，解救国难的大义行为。"林惠回答后又说，"这个成语出自《左传》一书，说楚国有个名叫谷子文的令尹（朝官），'自毁其家，以纾楚国之乱'。故也有'毁家纾国'之说。"

　　"这样说来，说'毁家纾党'也通。"吴秉熙说。

　　"当然。"林惠忽感有异，惊讶地问，"秉熙，你今天为何突然问这个成语？"

　　"因为我想'毁家纾党'啊！"吴秉熙笑笑说。

　　"秉熙，你忙了一天，也累了，不必说笑话哄我开心，睡吧！"林惠以为吴秉熙是同她开玩笑，便这样说。

　　"不，我说的不是笑话。"吴秉熙正色道，"我想，古代贤人都能'毁家纾国'；难道我们共产党人眼看革命队伍有困难，就不能'毁家纾党'吗？林惠啊，你也是一个共产党员，你以为呢？"

043

"我没想过这个问题，一时不知怎么回答。"林惠如实说。

由于问得突然，问的题目太大，林惠一时茫然，无法回答。但是，作为立志献身革命的共产党员，她略微一想就想通了；作为知根知底的革命伴侣，她稍作回顾就会理解丈夫的所思所想及其缘由。

正如政委张纬荣同志所说，全国人民解放战争形势大好，全国革命胜利的曙光就在眼前。但是，革命的道路是复杂曲折的。平潭地下党和他所领导的平潭人民游击支队正面临着"党内取缔"和"党外围剿"的两面夹攻危机。

1948年4月，福建党内发生闽浙赣省委常委兼军事部长阮英平将军被害和闽北游击支队从浦城返回地委机关途中遭敌伏击、闽赣边游击纵队长沈宗文被敌诱捕、闽清县委在麟洞被敌破获等几件事，闽浙赣省委都误认为是城工部派上山的党员骨干所为，便怀疑城工部组织有问题，并且做出决定：

城工部是"红旗特务组织"，虽然不是城工部每个人都有问题，但一时难以分清，从安全着想，对派上山的城工部人员都要紧急处理；要解散城工部组织，停止城工部党员党籍，不许他们再以党的名义进行活动。立即通知各地执行。

但由于当时环境恶劣，交通不便，通信设备缺乏，绝大多数县级及以下基层组织都没有接到这个省委"通知"，所以城工部党员的活动一切照常。即使有少数党员知道城工部出事的事，那也只限在党内。

然而，1949年2月，闽中党组织却公开贴出布告，把城工部副部长、五县中心县委书记林白和福建特务头子王调勋并列为"务将其缉拿归案"的敌特。这就将党内的"城工部事件"向社会公开，捅给敌人。随之就抓捕城工部党员骨干，勒令平潭游击队开赴长乐接受闽中支队司令部整编，企图取缔城工部领导的平潭游击武装。

平潭国民党当局看了闽中党组织的公开布告，喜不自禁。他们奔走相告，说平潭共产党是"断了线的假共"。平潭国民党顽固派头子林荫幸灾乐祸地对平潭县国民政府县长郑叔平说："哈哈，高飞、吴秉熙这一伙小子，原来没名堂，认祖归宗出了问题。我们正好利用这个机会，狠狠地剿灭他们，明天中午队伍就开进玉屿去，把他们一锅端了！"

这日上午，根据岚华初中高诚齐老师的密讯，获悉林荫要派兵进剿玉屿，平潭人民游击支队领导马上召开紧急会议，研究对策。有的同志说，我们的实力不如敌人，还是先撤退到东庠岛澳底村，避过风头之后再回来。有的同志说，先撤到大嵩岛躲避数时后再见机行事。但是，吴秉熙却力排众议，胸有成竹地说："敌人的企图是要我们游击队离开铜墙铁壁般的玉屿根据地，以便歼灭我们。我们不能上林荫的这个当，把游击队伍撤出根据地。群众的力量是敌人摧不毁的。我们要立即发动群众，让群众和我们游击队共同保卫自己的家园。"张纬荣、高飞等支队其他领导都赞同吴秉熙的意见，决定当天下午召开根据地七村群众代表会议，发动广大群众同游击队一道反击敌人的"围剿"。

这天下午天公不作美，七村500多位群众代表冒着滂沱大雨赶来玉屿教堂参加会议。支队决定由吴秉熙在会议上做动员报告。代表们听了吴秉熙的动员报告，纷纷表示要和游击队同生死共存亡，誓死保卫根据地。他们说，一旦敌人来犯，全村男女群众都是游击队员，农具厨刀就是武器，民房就是碉堡。会后各村立即行动，组织青壮村民手执大刀梭镖站岗放哨，监视敌人的动态，随时准备投入战斗。

林荫获悉游击队和根据地民众同仇敌忾，做好充分的迎战准备，顿时胆怯起来，没敢轻举妄动，思忖再三没有派兵前来侵犯。

虽然敌人一时没有前来侵犯，但"城工部事件"的阴影却像一层层密云浓雾笼罩着根据地上空。尽管张纬荣、吴秉熙等支队领导反复对大家说，"城工部事件"是一场误会，误会总能澄清消除，至于怎样澄清消除，那是闽浙赣省委的事，我们平潭游击队是中国共产党领导的人民武装，是为了人民解放事业而同国民党反动派做不屈不挠斗争的革命队伍，因此，我们是革命的，是正确的，是不会错的，我们的前途是光明的。但是，依然有部分同志对革命前途产生怀疑，出现消极悲观情绪。加上根据地粮食缺乏，生活艰苦，少数意志不坚定的游击队员产生离队念头。近日就有林水顺、林矮仔、林金平等3名游击队员叛变革命，逃跑到敌人那边去……

"这个时候，如何巩固我们的游击武装队伍，增强同志们对革命的信心，是个关键问题。"吴秉熙说，"船看澳，队员看队领导。同志们都看着4位支队领导的脸色。此刻领导干部的态度是关键的关键。唯有抱着破釜沉舟意志，解决游击队的生活困难，才能够鼓舞同志们的士气。"

"你打算怎么破釜沉舟？"林惠问。

"我打算把祖遗的3亩5分田园，1座四扇大厝，还有1坵菜地，1口粪池，全部变卖，换成粮食交给党组织，帮助游击队渡过眼前的难关。"吴秉熙毫不犹豫地回答后接着问，"林惠，你的意见呢？"

"作为一名共产党员，我当然不该有反对意见。但是……"林惠欲说又止。

"但是什么？"

"但是，"林惠说着突然想起如果真的把田厝全卖了，成了一无所有的无产者，她内心不禁萌生丝丝怅然若失之感，便忧心忡忡地问，"秉熙，如果这座四扇厝全卖了，那我们一家大小今后住哪里呀？如果3亩半田园全卖了，那我们一家今后靠什么过日子啊？"

"林惠，有党组织在，有革命队伍在，就不愁我们一家人没有地方住，没有饭吃，活不下去。"吴秉熙见林惠态度有些犹豫，便进一步做她的思想工作，说，"既然你我投身革命，把生命都交给党安排，那就没有什么舍弃不掉的。据我所知，曾焕乾、翁绳金、林中长、张纬荣等革命者都把自己的部分家产变卖了支援革命。前不久，我带几个队员到伯塘动员群众捐助游击队，许多伯塘群众都积极响应。吴翊光将他老婆私蓄的10块银圆献了出来；吴章合将他老婆手上戴的金戒指脱下来交给我们。据我统计，主动贡献粮食、猪羊、海产品和棉被给我们游击队的伯塘群众达70多户。再说我们玉屿村吧，为了修碉堡，他们纷纷将自家的石料、木材、门板都搬出来。一般群众都能如此以实际行动支援革命，难道我们共产党员、支队干部就不能变卖田厝，毁家纾党吗？"

"秉熙，你说得对，也做得对，我相信革命成功了，我们一家人不会没有地方住，不会没有粮食吃，不会没有……"

林惠说着说着就睡了过去，但吴秉熙没有一点睡意，他正考虑如何把田厝变卖出去的事，因为那时节卖田卖厝并不是一件容易的事。

次日早上，吴秉熙林惠夫妇便开始寻找买主。但由于玉屿村的富人大户寥若晨星，根本无人有能力买下吴秉熙的全部家产。那怎么办呢？吴秉熙想了又想，最后想出一个"化整为零、分割变卖"的办法。

经过吴秉熙、林惠夫妇三天三夜的共同努力，终于找到了吴咸芳、吴细命、阮阿孙妹等3家买主，立下契据，以当时的最优惠价格，把祖遗的3亩5分田地，1座四扇大厝，1垞菜地，1口粪池，分别卖断给他们3家买主，所得钱款换成番薯米（地瓜米）6000斤（30担），交给党组织，帮助平潭游击队渡过眼前的难关。

吴秉熙变卖田厝，换成粮食 6000 斤献给党的事迹传开后，平潭人民游击支队的每一个队员无不深受感动。他们说，"吴秉熙副支队长能够为革命不惜变卖田厝，毁家纾党，那我们队员有何理由不安心留在游击队里继续干革命呢？"

　　吴秉熙的"毁家纾党"精神，大大地鼓舞着平潭游击队员和根据地群众的革命斗志。支队领导为此召开全体游击队员大会，表彰副支队长吴秉熙"毁家纾党"的革命行为。政委张纬荣在大会上说："这'毁家纾党'4 个字，念起来并不难，但做起来却很不容易。这要带领全家人同几千年来的私有观念决裂，这要克服变卖田厝后的种种生活困难和不便，这要下多大的决心啊！吴秉熙'毁家纾党'的坚定决心，难能可贵；吴秉熙'无私奉献'的革命行为，令人敬仰。我们要向吴秉熙副支队长学习，不怕困难险阻，不怕流血牺牲，团结一心，为打败国民党反动派，解放全平潭而努力奋斗。"

　　吴秉熙不惜"毁家纾党"的精神，不但深深地鼓舞着革命战友和根据地群众，而且也激励着吴秉熙自己和他的家人。因为"毁家纾党"后，他们一家人和党成为命运共同体。这就使吴秉熙和他的家人认定只有死心塌地跟着中国共产党走，只有革命成功，只有革命到底，才是他和他的家人的唯一出路，否则，是无路可走的。

　　吴秉熙对家人说："我们卖断了全部田厝，将家产全部交给党交给革命，就成了真正的无产阶级了。从此，革命队伍就是我们的家，革命事业就是我们全家的命根。从现在起，全家人都要参加革命工作，都要成为革命队伍里的一员。"

　　于是，曾在国民党军里当班长的弟弟吴秉华担任支队军事参谋兼第一连副连长；夫人林惠地下党员，负责搜集情报，了解敌情；年过 40 岁的婶婶杨玉珠和 17 岁的小妹吴月送当支队炊事员，除了为游击

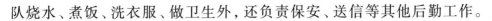

队烧水、煮饭、洗衣服、做卫生外，还负责保安、送信等其他后勤工作。

吴秉熙"毁家纾党"的革命事迹，也传到根据地以外的平潭其他地区。许多正义的群众听了也深受感动和鼓舞，他们暗暗称赞共产党"大公无私"。然而，国民党顽固派林荫一伙听了，却嘲笑吴秉熙"愚蠢"，其反动文人还编了一首污蔑革命英雄吴秉熙的平潭方言顺口溜：

　　　　玉屿傻子吴秉熙，

　　　　变卖田厝当土（共）匪。

　　　　（当地方言"匪"念 pi 痞，和"熙"同韵）

不过，当地革命群众听了这首反动的"顺口溜"，无不义愤填膺，群起反击，有人针锋相对地咏道：

　　　　玉屿明人吴秉熙，

　　　　田厝献公人惊喜。

第七回　呕心沥血设计方案

"限四月初十（公历 5 月 7 日）之内，消灭林荫反动武装部分或全部。陈亨源。"

这是 1949 年 4 月 22 日，为了配合解放军南下作战和考验平潭城工部领导的平潭游击武装，闽中支队司令部向平潭人民游击支队下达的一道命令。

为了统一指挥闽中各县的人民游击武装，经闽浙赣省委批准，闽浙赣人民游击纵队闽中支队司令部，于 1949 年 2 月正式成立。省委常委、闽中地委书记黄国璋为司令员兼政委，地委委员陈亨源为副司令员。因黄国璋治伤离开闽中，支队司令部由副司令员陈亨源负责。

闽中支队司令部下达的这个命令有些苛刻，一是限定时间短，下达命令的时间是公历 4 月 22 日，离 5 月 7 日相距只有 15 天；二是敌强我弱，双方力量悬殊。

平潭游击队自 1948 年 9 月成立以来，在党组织的领导下，从隐蔽到公开，从 10 多人发展到 100 多人，又由 100 多人发展到 300 多人，并在玉屿、看澳、土库等 7 个村庄连片建立革命根据地，成为一支敢于同国民党反动军队公开对抗的人民革命武装。但是，他们的力量还是十分薄弱，武器装备很差，只有 43 支长枪、11 支短枪、1 支冲锋枪，而平潭国民党反动武装队伍有 600 多人，枪支弹药充裕，仅机枪就有 21 挺。由于敌强我弱，双方力量悬殊，要在这么短的时间内消灭林荫反动武装部分或全部，解放平潭岛，谈何容易？稍有不慎就会全军覆没。

然而，作为一支由中国共产党领导的革命队伍，上级党组织的命令又必须坚决服从。如果不执行上级的命令，不消灭国民党反动武装，闽中党组织和闽中支队司令部就不会相信平潭人民游击支队是中国共产党领导的人民武装，而要取缔他们。因此，必须"破釜沉舟，与敌人决一死战"。

这是张纬荣、高飞、吴兆英和吴秉熙等 4 位支队领导的共识。他们在 4 月 23 日晚上召开的支队领导干部会议上都这样说，没有谁有丝毫的迟疑和犹豫。

现在的关键问题就是要制订一个"以弱胜强"的作战方案。

"那么，这个作战方案由谁负责制订呢？"主持会议的政委张纬荣自问自答道，"我们支队没设参谋长，只有主管军事的副支队长。因此，制订作战方案的任务就历史地落在主管军事的副支队长吴秉熙同志身上了。吴秉熙副支队长是军人出身，有实战经验，他一定能很好地完成这个任务。但由于作战方案极其重要，它关系到作战的成败，所以这几天我们 4 位支队领导干部都要动动脑子，考虑这个作战方案的问题。"

"我赞同政委的意见。"支队长高飞首先表态，他接着说，"我要补充说的是，制订作战方案要走群众路线，请秉熙同志召开一个连长指导员会议，发动他们献计献策。"

"政委和支队长说的意见都很好。"副政委兼副支队长吴兆英表态后接着说,"我认为,我们也要发动潜伏在县城的地下党员、内线人员一起参与献计献策。"

"兆英同志的意见很好,要通知潜伏在县城的林祖耀同志回玉屿汇报敌情。"张纬荣接着道,"我再强调一下,这次我们同林荫反动武装作战,只许胜利,不许失败。我们必须制订出一个'以弱胜强'的最佳作战方案。秉熙同志,你就多多辛苦了。"

"为支队作战出谋划策,是我的本职工作,义不容辞,何来辛苦之说?"副支队长吴秉熙承诺道,"请政委和同志们放心,我会尽我所能,为支队设计出一个攻城良策。换句话说,我会制订出一个'以弱胜强'的攻城作战最佳方案,供支队参考。"

吴秉熙讲话,向来如同石头上凿字,一句顶一句。他的承诺,可谓"一诺千金"。他讲会就一定会,吴秉熙入伍以来还没有过"失信"的记录。

为了制订一个"以弱胜强"的作战方案,从 4 月 24 日以来,吴秉熙连家都没有回,一直专心致志地泡在支队部里,分析敌情,参阅兵书,苦思冥想,画画写写,真可谓呕心沥血。这期间,吴秉熙和支队其他领导一起听取了林祖耀同志的敌情汇报,使他对林荫在潭城的兵力布局和武器装备情况有了精确的了解;他多次同连排干部座谈,广泛听取大家的建设性意见,使他的思路得到进一步启发。到了 4 月 28 日,一个颇为理想的解放潭城的"作战方案",便在吴秉熙的头脑中形成,并且写成一个书面的解放潭城"作战方案"。

书面的"作战方案"写完之后,吴秉熙按捺不住心中的激动,立即于当天深夜向张纬荣、高飞和吴兆英等支队领导汇报,得到了他们的一致赞同。

4月30日晚上，支队长高飞主持召开连长指导员以上干部会议，由副支队长吴秉熙在会上宣讲解放潭城的"作战方案"要点。

①"作战方案"要点之一，确定举事的日期为5月7日。

这是闽中支队司令部限定的铁的时间，不能推迟；由于要做大量的准备工作，也难以提前。当然，如果遇到特殊情况，就必须根据新情况提前或推迟。

②"作战方案"要点之二，确定进攻的时间为晚上。

这是由于武器装备悬殊之故。我方以大刀为主，枪支弹药不足，白天作战必然吃亏，只能选择夜战、近战，利用夜色作掩护，与敌人作近距离的拼搏，可以避我枪支弹药不足之短，扬我指战员作战勇敢、武器以大刀为主的优势。

③"作战方案"要点之三，确定作战的主攻方向为县城中正堂。

平潭国民党武装在县城的布点，除了林公馆的林荫私人卫队之外，还有3处：一是中正堂，驻有自卫队1个中队2个分队100多人；接兵连30多人；盐缉队10多人，合计150多人。二是警察局的警兵40多人。三是参议会炮楼守兵10多人。

中正堂是1946年3月建筑的独立大楼。整座楼坐东朝西，前半部为木石结构的三层楼房，后半部为长38.8米、宽18米、高9米的屋架结构大会堂，是当时县内屋架跨度最大的建筑物。在国民党统治时期，它是驻兵、集合和大型活动的场所。中正堂的四周没有围墙，同民房隔开比较远，便于布兵包围。只要能够冲进中正堂的大会堂内，就可造成"关门打狗"之势。中正堂里虽有驻兵150多人，但分为3股，各自独立，指挥不统一，战斗力不强。而且，中正堂内的自卫队里有我潜伏的地下党员杨建福同志，可以"里应外合"拿下中正堂。只要拿下了中正堂，夺取3股敌人的枪支弹药来装备自己，驻在潭城的其他两处的敌人武装，就不足为虑了。何况中正堂里还封存着大批的备用武器。中正堂楼层高，又处于县城中心，拿下了中正堂，就等于控制了整个县城。因此，主攻方向定为县城中正堂。

④ "作战方案"要点之四，确定这场战役的计策是以"调虎离山"为主的"连环计"。

常言道，"兵不厌诈"。要打胜仗，就要用计。用了计，就可以四两拨千斤。在"以弱胜强"之战斗中，历来都是"计取"为主，"力敌"为辅。

根据内线人员林祖耀、杨建福等同志的报告，解放县城的拦路虎有大、小两只，都要分别采取"调虎离山"等连环奇计把他们搬掉，方可取胜。

"大虎"是林荫及其私人卫队，虽然其私人卫队只有30多人，但他们都是林荫的亲信，个个勇武过人；而且武器装备特别精良，所以战斗力极强。林荫本人又是军事科长出身，善于指挥战斗。如果林荫不离开县城，攻打"中正堂"的枪声一响，他就会指挥其私人卫队和县里其他反动武装一道出来援救，那就麻烦了。因此，我们必须以"打草惊蛇"之计将林荫和他的私人卫队调离县城。

"小虎"是驻扎在中正堂里的中队长林诚仁。他是林荫的得力干将，如果不把他调离，在我们围攻中正堂时，他就会指挥其部属兵士顽抗，使潜伏在自卫队内担任第一分队长的地下党员杨建福难以发挥作用。如果袭击中正堂时，中队长林诚仁不在，作为第一分队长的杨建福，便有权代表中队长林诚仁下令缴械投降。当然，开战时如果林诚仁在场，杨建福也可命亲信把他当场杀掉，不过这样做杨建福便暴露了自己的身份，有可能反被林诚仁的保镖杀害，那风险就太大了。那么，如何调离这只"小虎"呢？杨建福同志知道林诚仁的德行：好

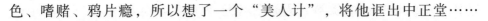

色、嗜赌、鸦片瘾，所以想了一个"美人计"，将他诓出中正堂……

⑤ "作战方案"要点之五，确定采取各个击破、速战速决的战术。先歼县城，后歼农村；县城中先攻中正堂，后打警察局。县城之战要限在3小时内结束，以防农村之敌赶到增援，造成腹背受敌。

⑥ "作战方案"要点之六，300多人游击队伍分两个梯队开战。第一梯队117人，由吴秉熙为主指挥，其他支队领导和各连干部协同指挥作战。第二梯队180多人，由吴聿静带领后续增援。

"这些作战方案要点都是绝对的军事机密，一旦被泄露，那就千里筑长堤，功亏一篑了。所以要严守军事机密，做到攻其不备，出其不意，一举成功。"张纬荣在吴秉熙宣讲"作战方案"6项要点之后，强调地对连以上干部说了这一番话。

作战方案既定，指战员们便分头行动。

连长们日夜带领本连队攻城队员操练夜战、近战的拼搏武艺。

玉屿党支部书记吴聿静组织村上能工巧匠打制大刀、戈矛。

高参徐兴祖带几名战士前往连江丹阳和福州东岭分别向杨华连罗游击总队和江枫东岭游击队借枪。

5月1日，高飞、吴秉熙带领一个20多人的小分队突然袭击林荫小舅子高尚民的江楼老家，抄走他家的全部武器，并放出空气说近日就要抄林荫的豪宅"荫庐"。林荫在老家官井村盖有一座华丽的双层楼房，称"荫庐"，其门、窗、外墙、内壁的石雕异常精美，乃当时全县第一豪宅，距其小舅子高尚民江楼村家还不到1000米之遥。林荫果然中计，他听到风声之后，次日就携夫人率私人卫队30多人，浩浩荡荡地回到离县城10多千米的官井村老巢驻守了。

那时，平潭城关有位名闻全县的大美人陈玉钦，许多国民党军政官员中的好色之徒无不借故一睹其风采，甚至有人企图一亲其芳泽。

但其丈夫韩桢琪武艺高强，是位十分了得的人物，曾任县自卫队中队长，所以谁也不敢对其美妻轻举妄动。1943年，韩桢琪因参与地下党领导人曾焕乾策划到南澳缴枪，被林荫革职开除，现赋闲在家。林祖耀和杨建福根据张纬荣、吴秉熙的指示，一起来到他家，动员其妻陈玉钦为革命施一回"美人计"主角，没想到一说两口子就满口答应。于是，给他一笔经费，由其夫妇联名邀请县自卫队中队长林诚仁夜里到他们家喝酒、抽鸦片、打麻将。林诚仁早就看上大美人陈玉钦，对她有非分之想并非一日。现有这个美事，他正求之不得，岂肯拒邀失之交臂？所以，从5月1日起，林诚仁便夜夜到韩桢琪家，由貌若仙女的大美人陈玉钦亲自陪他喝酒、抽鸦片、打麻将，玩乐个通宵。本来，林荫曾经对林诚仁下过"坚守岗位，夜住中正堂"的严格命令，可他经不住美女、美酒、美烟之诱惑，便把上峰的严令置之脑后，借故委托其手下第一分队长杨建福代他"坚守岗位"了。

5月4日午饭后，高飞、吴兆英、吴秉熙等3位在家的支队领导一起来到队部，正坐下来准备开会时，忽见陈孝义、吴孟良、吴吉祥3位队员慌里慌张地跑进来报告："政委被国民党海上巡逻警抓走了！"

"啊！"仿佛晴天霹雳，高飞等3人见说都忍不住惊叫起来。政委是他们的最高领导人和主心骨，在这关键的时刻发生意外，对于即将举事的平潭人民游击支队，无疑是个重大的打击。愕然许久，高飞方问陈孝义："政委究竟是怎样被抓的？"

陈孝义见问便一五一十地汇报了张纬荣被抓的经过。

原来，确定以"调虎离山"之计奇袭中正堂之后，张纬荣深感这场"以弱胜强"的战役，内线的默契配合是至关重要的一环。他为人颇有诸葛亮"事必躬亲"的风范，便于5月3日拂晓亲自携陈孝义、吴吉祥、吴孟良3人潜入县城检查内线工作的落实情况。他在县城不敢久留，在检查完毕，得出"内线布置就绪，可以如期举事"的结论之后，便于5月4日早晨到东坑澳口乘坐小船，准备从海路回玉屿。没想到小船刚离岸不久，一艘国民党巡逻船便迎面驶来。为了避免被敌船撞上，张纬荣下令调转船头往回开。巡逻船见小船形迹可疑，就加速追逐小船。慌乱中小船在一处沼泽海滩搁浅。小船一搁浅，4人都马上脱鞋下水奔跑。不料只跑几步，张纬荣的左脚板就被暗藏沙滩上的尖利蛎壳划破，血流如注，刺痛难忍。他咬牙忍痛，踉踉跄跄地走上岸后，便再也走不动了。陈孝义等3人都过来要背张纬荣走，但他怕连累大家都走不成，无人回去报信，影响举事大局，便以组织的名义，命令陈孝义等3人立即分散回去，向高飞等支队领导汇报检查结果，举事不可拖延。下完命令，张纬荣便强行至一个隐蔽的山洞里躲藏起来。陈孝义等3人都有意把上岸的敌人引离山洞，没想到狡猾的敌人却循着地上的血迹寻至洞口把张纬荣抓走，押到巡逻船……

听完陈孝义的汇报，高飞、吴兆英、吴秉熙等支队领导当即商议应变计策。他们分析，平潭国民党当局一定会对政委下毒手，一定会从政委突然回城这个行动中引起警惕，加强防备。他们一致认为，如不先下手为强，不但政委性命难保，而且进攻县城也难以成功。为了营救政委，确保解放平潭之战一举成功，他们决定提前两天于5月5日夜间发起攻城。

为了适应提前两天举事，确保攻城一举成功，高飞、吴兆英、吴秉熙等支队领导立即开会，研究战前应该做的准备工作。高飞请分管军事的吴秉熙副支队长首先发言。

吴秉熙早就想好战前应该做好哪些准备工作，便在会上有条不紊地说起来。

第八回　殚精竭虑创造奇迹

吴秉熙在会上一下子讲了会餐壮行、战前动员、发动报名、组织敢死队、整修武器、队伍布局和大造舆论等7项，都是攻城前非做不可的准备工作。高飞、吴兆英听了不禁动容，顿时都想起张纬荣政委曾经说过"平潭游击队得吴秉熙如虎添翼"这句话。

吴秉熙没有辜负战友们的厚望。他知道，虽然有个可行的"作战方案"，但方案只是"纸上谈兵"，如何实施既定的作战方案，组织好这一场战斗，确保解放平潭"只许胜利，不许失败"，还要做大量的细致的准备工作。作为主管军事的副支队长，吴秉熙更知道自己肩上担子的重量。于是，他用尽心思，费尽精力，丝毫不敢怠慢，不敢掉以轻心，方方面面想了又想，真可谓"殚精竭虑"。

吴兆英听后说："我完全同意秉熙同志的意见。"高飞拍板道："就按秉熙同志刚才说的意见办。这7项准备工作也由秉熙同志牵头，组织大家逐项抓落实，我和兆英同志协助。"

那么，这7项准备工作是怎样逐项落实下去的呢？

其一，会餐壮行。这天是新历5月4日，是攻城的前一天，正逢立夏节气，平潭农村有过"夏节"吃好饭的习俗。为了给指战员壮行，吴秉熙以过"夏节"的名义，杀了一头大肥猪，调出库藏大米200斤煮干饭，配猪肉，给游击队员傍晚会餐，改善一下生活，以鼓舞指战员的战斗士气。

其二，战前动员。会餐后，全体游击队员集中到后山碉堡开会，听取吴秉熙副支队长作战前的动员报告。他在动员报告中强调说，决定战争胜败是人不是武器。我们虽然武器装备不如林荫国民党兵，但我们游击队员个个都是不怕流血牺牲的英勇战士。在古今中外的战争史上，以"以弱胜强"的战例很多。在《三国演义》这本书上，就有"官渡之战""赤壁之战"等好几个例子。他举例说，公元200年，曹操与袁绍相持于官渡。曹军不足3万，武器装备很差，粮草不足。而袁绍有10万精兵，武器装备极佳，粮草充足。但由于袁绍恃强骄傲，曹操虽弱但善于用人用计，结果袁军大败，被歼7万余，袁绍仅剩8千残兵逃回冀州，不久病死。

其三，发动报名。动员报告后，请队员自愿报名参加攻城战斗。支队共300多名队员全部报名参战，由支队领导审批确定117名为第一梯队参加攻城战斗。

其四，组织敢死队。在参加攻城的117名队员中，采取自愿报名和组织审批相结合的办法，选拔一不怕牺牲，二身体健壮，三武艺高强的40人组成敢死队，由吴国彩任敢死队队长。下分4个小组，分别由吴翊成、高扬泽、吴秉华、吴国彩（兼）等4人分别担任敢死队的4个小组长。敢死队每人配备大刀一把，长枪1支（小队长为短枪），子弹20发。

其五，整修武器。发动同志们开展"磨刀洗枪"竞赛。磨刀和洗枪两项各设一、二、三等奖。得奖者分别奖励猪肝、猪肚、猪大肠各半只。那一夜，玉屿村响起的磨刀声不绝于耳。

其六，队伍布局。第一梯队117名攻城队伍兵分三路：第一路，由吴秉熙带领敢死队队员40名，攻打中正堂，由潭城北门进；第二路，由吴兆英带领游击队员30名，包围郑叔平公馆，由城南进；第三路，由高飞带领游击队员30名，包围警察局，由城南进。另外再组织两个班，分别由吴秉汉、吴秉信带领负责封锁参议院炮台和县政府。没有参加第一梯队攻城的游击队员180多名作为第二梯队，由吴聿静负责带领，留下来看守玉屿根据地；等下半夜再组织留守游击队员和根据地群众合计250人左右在6日拂晓前赶到县城助战。

其七，大造革命舆论。5月5日上午，由吴兆英和吴秉熙各带领一个小分队分别到城东龙王头和城北红山仔等城郊张贴《中国人民解放军布告》（即《约法八章》），召开群众会，宣传大好形势，发动群众支持革命，告诉群众中国人民解放军30万大军已于4月21日渡过长江，并于4月23日解放南京，现在正向南方各省进军，全国很快就会解放。

1949年5月5日，这是一个载入中国革命史册的光辉日子。这日，当凝重的夜幕降临之际，经过挑选的117名平潭游击健儿，人手一把大刀，另加40多支长枪、10多支短枪、1支冲锋枪，在高飞、吴兆英、吴秉熙的带领下，由霞屿地下党员施修骏带路，沿着一条前人没有走过的海边野径，神不知鬼不觉地向县城悄悄进发。

将近夜半，队伍到达潭城的城郊，高飞命令暂停前进。先派一个行动组进城割断敌人的电话线，使他们不能互相联络。

待到6日深夜1点，县城解除戒严，巡逻哨皆已撤除，大队人马迅速地摸进城里。在吴秉熙的指挥下，以吴国彩为队长的40名敢死队队员很快就把鹤立鸡群般的中正堂层层包围起来。敢死队第一组吴翊成、吴聿杰、施友声、庄家祥等4人首先匍匐在南面墙脚的水沟中，然后爬行到中正堂大会堂为主出入的南边大门附近埋伏下来。此刻，只见两个敌哨兵面朝门外警惕地站着，不好动手。"莫非他们已知今晚游击队会来奇袭？"埋伏在离门最近的吴翊成心里正嘀咕时，忽见两位敌哨兵转身面朝内点火抽烟。说时迟，那时快，吴翊成一马当先，从沟沿飞跃而起，向大门冲去。不料却被转身的敌哨兵发觉，他们边喊口令边关门。可吴翊成上半身已在门内，下半身还在门外，使敌哨兵无法把门关上。此时，敢死队员施友声等人已至门前，合力把大门推开。吴秉熙和吴国彩等敢死队员蜂拥而进，一起高喊："缴枪不杀。"此时，楼上敌人用机枪封锁大门，冲在最前头的吴翊成面部中弹，子弹从他的左边脸打进去，从右边脸穿出来，整张脸都打烂了，鲜血泉涌，但他仍不下火线。队员们个个奋不顾身，冒着机枪的弹雨开始了吴秉熙事先策划的各个击破的战斗。最先被消灭的是住在楼座下面的接兵连。他们刚从睡梦中惊醒过来便在冰冷的大刀下当了俘虏。接着，准备解除住在舞台上的盐缉队。但是，盐缉队长惊醒后用2支驳壳枪向敢死队员射击，吴国彩胸部中弹受了重伤。他忍痛冲上去用大刀砍断盐缉队长的两根手指，并缴了他的2支驳壳枪。敢死队员随之冲上舞台，活擒全部盐缉兵，结束了楼下的战斗。再接着，攻克住在楼座上的强敌自卫队。该自卫队有100多人，装备精良，宿营于关了楼门的楼座上。他们个个荷枪实弹，居高临下地防守，敢死队难以占便宜。幸好，临时行使中队长职权的地下党员杨建福，一直扼制自卫队开枪，可有一机枪手名叫林其太，是下山芬尾人，仍然时不时向南边大门口射击。杨建福见状，狠甩他一个耳光，骂道："笨猪，楼下油灯昏暗，怎能辨认敌我？且双方正在肉搏，即使白天，也难开枪。谁敢不听从命令，我就毙了谁。"经这一打一骂，楼上才没人敢开枪。此时，杨建福见火候已到，忙吹哨下令："为保兄弟们性命，全中队缴枪投降。"杨建福带兵恩威并重，不但在第一分队说一不二，第二分队的分队长和许多班长，都是他的结拜兄弟，所以无人敢不服从他的命令；当然，在大势所趋中也无人不顾惜自己的生命。因此，全部投降了。一场奇袭中正堂的战斗仅仅两个多小时便胜利结束了。战斗中，吴国彩光荣牺牲，吴翊成、高扬寿、庄家祥3人负伤。

6日凌晨3时，中正堂战斗结束后，游击队员立即用缴获的枪支弹药武装自己，使他们如虎添翼。此时，天刚麻麻亮，乘胜前进的游击队员便把县警察局团团包围了。警察局内有武装警察40多名，他们获悉中正堂驻军已经全部投降，都吓破了胆，岂敢贸然反抗？高飞为了避免不必要的伤亡，立即派施修骏、吴聿杰劝说局长游澄清，令他务必在上午8点前投降，否则将强攻警察局。游澄清乃林荫的亲信，本属顽固派，可此刻，他见形势不妙，又有游击队内线人员陈徽梅、施修若两个警官在旁劝说，不禁萌生了投降之意。但他又怕承担投降的责任，被林荫怪罪查办，故迟迟不肯投降，待拖延到8点时限，方推托说："只要郑县长下令，警察局就投降。"

游澄清的话音刚落，县国民政府秘书高蔚龄便破门而入，向他交了郑县长手令。游澄清惊愕地接过一看，只见上面写道："速速缴械投降，切切勿误！郑叔平。"

游澄清看了郑叔平县长的亲笔手令，无话可说，便命令全体警兵放下武器，向游击队投降。但游澄清此时不解，作为林荫的第一亲信，郑叔平为何同游击队配合得这么默契，莫非他也是"共产党"？

郑叔平当然不是"共产党"，他的投降也是事出无奈。就在高飞带领一批游击队员包围警察局的时候，另一批游击队员在吴兆英的带领下，也冲进了郑叔平的公馆，向他宣传全国革命形势和共产党优待俘虏政策，要他立即释放张纬荣，限他8点之前投降，并要他命令县警察局警兵和县参议会炮楼士兵向我缴械投降。此时，同共产党有统战关系的高蔚龄、吴自寿（县副参议长）、林培青（县教育科长）等开明人士也一起劝说郑叔平向游击队投降，并答应给予优待条件，保他平安无事，否则将对他大大不利。郑叔平，平潭大中人，福州英华中学毕业，文人出身，颇为开明，在此大势已去的情况下，他便一一点头照办。在释放了张纬荣之后，他急急写了两份手令，分别命警察局和参议会炮楼缴械投降。所以，上午8时，驻县城国民党军便全部消灭了。

上午11时，驻守官井的林荫惊闻县城失守，便亲率私人卫队和驻苏澳的林正乾自卫队共400多人赶来县城反扑。负责整个战役指挥的吴秉熙早已预料到，并做了严密部署，亲自指挥全副武装的平潭人民游击支队，给予迎头痛击。不过，反击也非易事。林荫队伍来势凶猛，一下子就冲到平潭岚华中学水塔附近，游击队一度处于弱势。吴秉熙见状当机立断，命令两警卫员顺着水沟摸索到敌人树立旗帜的地方，把敌旗拔掉，然后命令司号员立即吹起冲锋号。全体游击队员（含已赶到的第二梯队）共400人左右闻号声争先恐后往前冲。林荫队伍见游击队汹涌澎湃的阵势，惊吓得抱头鼠窜，往后逃跑。游击队员乘胜追击，直到林荫一伙全部狼狈逃窜不见踪影方收兵。战斗到下午2时结束，平潭县城第一次获得解放，共消灭国民党武装200多人，缴获敌机枪11挺、长短枪300多支、手榴弹5000多枚、子弹5万余发，创造了闽浙赣游击斗争史上的奇迹。

县城解放之后，平潭游击支队兵分两路，一路由张纬荣、高飞、吴兆英带领一小部分骨干队员留在县城，负责接管国民党政权的财物档案，召集各界代表座谈会，做好市民的安抚工作；另一路由吴秉熙率领大部分主体队员返回玉屿，以防溃败的林荫残军向根据地作报复性的侵犯。

于是，6日傍晚，吴秉熙率领支队主力队伍，用3艘大船和12艘小船，运载缴获的枪支、弹药、粮食、药品，浩浩荡荡地回师根据地。夜晚9时，船队到达玉屿澳后，吴秉熙命令队员们，首先搬运战利品，然后吃饱饭，睡好觉，准备明天十分可能发生的战斗。

果然不出吴秉熙所料，5月7日凌晨，林荫和他的干将林正乾就率领数百敌兵前来侵犯玉屿村。他们以为游击队主力都在县城，便可一举端掉革命根据地，不料却遭到游击队主力和根据地人民的猛烈反击。没打多久，就逼得他们败退到林正乾的老巢紫霞村。吴秉熙亲自率领军民乘胜追击到紫霞村，林荫见游击队来势凶猛，锐不可当，自知不是吴秉熙的对手，慌忙携残兵退到地势险要的桃花寨山。

6月7日中午，战斗胜利结束返回玉屿村时，吴秉熙获悉，林荫为了破坏游击队的声誉，指使土匪林起栋、肖善清冒称平潭人民游击队开船在海上抢劫。现刻，他们行劫的"海驹"号等2艘汽轮正停泊在娘宫海面上。他们将要同林荫残兵联合起来扼守海面同游击队对抗。吴秉熙想，如果他们的联合阴谋得逞，势必对游击队同大陆联系构成严重的威胁，因此必须消灭他们。但是，此时张纬荣、高飞、吴兆英等3位领导都不在玉屿，如等待请示后再行动必然误了战机，于是，他果断地决定，立即组织16名战士，化装成买盐的渔民，由特务连长高名山带领，驾驶一艘小帆船，前去剿灭。小帆船从玉屿澳出发，顺风顺水，只1小时便驶至娘宫海面。匪徒们没有防备，当小帆船靠近"海驹"号汽轮时，便一冲而上，使他们措手不及，但遭敌人顽强反抗，激战2个小时。由于短兵相接，可发扬游击队员勇敢拼搏的优势，当场击毙匪首肖善清，俘匪兵20多人，缴获长枪20多支、短枪 2 支、冲锋枪 1 支、粮食 30 多担、"海驹"号汽轮 1 艘，真可谓满载而归。

两天 4 战 4 捷，陆战海战皆胜，平潭人民游击支队名声大振。民间流传歌谣曰："游击队不简单，大刀战胜机关枪；游击队真英雄，小帆船能擒大汽船。"

林荫见大势已去，一面派代表"谈判"求和，要求游击队进驻县城，让他们退居官井，互不侵犯；一面向省保安部队求援，妄图东山再起。我们识破其阴谋，指出只有在 3 天内缴械投降才是唯一的出路，否则将彻底剿灭他们。而省保安五团获悉平潭游击队英勇善战，队伍只开到福清海口，便借口没有平射炮而拒绝来岚救援。在此"叫天天不应，叫地地不灵"的态势下，林荫于 5 月 12 日由国民党"宝应"号军舰掩护，逃往马祖列岛的白犬小岛去了。也是 5 月 12 日这一天，平潭人民游击支队解除了东庠岛民防队反动武装。

至此，平潭的反动武装力量全部消灭，平潭全境获得解放。平潭人民游击支队经受了严峻的考验，他们用消灭林荫反动武装的实际行动证明自己是一支忠于中国共产党的革命武装，从而得到了闽中支队司令部的传令嘉奖，被正式纳入闽中支队序列，改编为"闽浙赣人民游击纵队闽中支队平潭大队"，任命高飞为大队长，吴兆英、吴秉熙为副大队长。另派闽中党员、长乐县委委员郑英才担任平潭大队政委，以取代在"创造闽浙赣游击斗争史上的奇迹"中功勋卓著的原政委张纬荣。不过，郑英才同志来平潭没几天就离开了。

1949 年 5 月 13 日，经闽中支队司令部党委批准，平潭县人民政府成立，高飞任县长。下设潭南区、潭城镇、潭东乡、流水乡、东庠乡、君山乡、龙泉乡、苏澳乡、大练乡、屿头乡等 10 个区镇乡，由徐兴祖、王祥和、林奇峰、陈孝义、高名峰、高扬泽、吴聿静、陈国义、李登秋、陈功奇等10位同志分别担任各区镇乡长。这是全省在解放战争时期第一个依靠游击队自身力量成立的县级人民政权。

成立平潭县人民政府这一天，吴秉熙带领300多名游击队员从玉屿澳坐"海驹"号汽船来县城驻防，负责保卫新生的红色政权。

红色政权诞生后，作为县长，高飞大队长集中精力做好县人民政府工作。平潭游击大队的工作就由吴兆英、吴秉熙两位副大队长负责，着重抓战备和武装队伍建设。至5月16日，平潭游击大队扩展到500多人，其中女队员10多人。10个区镇乡发展的不脱产武装队伍达600多人。

原政委张纬荣因闽中党组织未排除对他的"嫌疑"，在新生政权和游击队中都没有安排职务，但他并不在意，依然积极为党工作，主动为新生政权出谋划策，竭尽全力帮助高飞当好人民政府县长。

平潭县人民政府挂牌成立之后，接收旧政权的档案资料，没收官僚资本，建立乡农会，开展减租斗霸、借粮分粮、发展渔农业生产，禁赌禁鸦片，保护民族工商业，出现了社会秩序井然、人民安居乐业的新局面，平潭全岛处处可闻到"解放区的天是明朗的天，解放区的人民好喜欢"的欢乐歌声。

第九回　菜安山打败一团兵

　　然而，好景不长，平潭人民时运未到，仅仅欢喜58天，以李天霞为军长的国民党第73军（含天九部队和林荫残部）近万人，就于7月3日占据平潭。全县从大岛至小岛，无村不扎营，无户不驻兵。他们在岛上横行霸道，烧杀掠夺，强占民房为营房，强拆门板作床板，强迫群众筑碉堡、挖战壕、修道路，稍不满意就拳打、脚踢、皮鞭抽。他们封锁所有澳口，严禁渔民出海捕鱼和经商活动。他们强化户口管理，实行"五家联保"（一家有"共"，五家同罪），多次开展地毯式"清乡"，妄图灭绝岛上的中共地下党员和游击队员，顿时白色恐怖笼罩着平潭城乡的每个角落，海岛人民又处于水深火热之中……

　　不过，平潭游击大队主力早在3天前就奉闽中支队司令部之命撤离出岛，转移到福清、长乐、永泰、闽清、尤溪等内陆地区，开展外线对敌作战。这样既暂避强敌保存革命力量，又配合南下大军解放福州地区。没有撤离的350多名游击队员则分散潜伏岛内，转入地下革命斗争。

　　6月30日早晨，平潭游击大队主力150人在吴秉熙的率领下，从集结地小练岛坐上"海驹"号轮船到长乐松下澳上岸，经福清前林村到达福清赤社村时，同先期离岛在此的高飞、吴兆英会合，准备次日率领队伍开赴闽中支队司令部驻地莆田大洋集结。

原政委张纬荣也同期离岛来到赤社村，但由于未取得闽中党组织的谅解，所以他没有跟随队伍前往闽中支队司令部。他只好留在福清、长乐沿海一带乡村，和吴聿静等同志一道组织群众做好南下大军解放平潭的支前工作。

7月4日，平潭游击大队主力队伍途经福清革命老区云中洋村时，受到了当地军民的热情接待，把150名指战员安排在宽敞而静幽的庐岩寺古刹里住宿。高飞、吴兆英和吴秉熙3人商定在这里作短暂的休整，并参与他们夜间到福清县城的扰敌斗争。

驻福清县城的国民党第90军是新近才奉命调来的，云中洋党支部根据上级党委的指示，决定在敌军立足未稳之际给予袭扰，以乱其军心。但是，云中洋的战斗人员有限，过路的平潭游击队出于革命友谊便把这个扰敌任务接了过来。他们组织了各30人的3个小分队，分别由高名山、吴章富、吴秉华3人带领，准备向福清县城西、北一带袭扰敌人。

7月6日晚上，3个小分队趁县城守敌看戏之机，通过北门凤凰山，潜入城内向各处岗哨营房打冷枪，闹得敌军乱作一团，惶恐不安，戏也看不成。由于天黑，敌人看不清开枪的人，便连续不断地朝天胡乱开枪。我3个小分队见好就收，在完成任务之后，就撤退回来。

不过，撤退回到云中洋根据地的，只有吴秉华一个小分队30人。由高名山、吴章富分别带领的两个小分队共60人，却留在半途中的菜安村过夜。其缘由，是因为菜安村距县城只有7.5千米，而云中洋离县城有10千米。高名山、吴章富两分队在菜安村留宿就是为了明天晚上再到县城扰敌更近些。

"什么？明天晚上他们还要到县城扰敌？"吴秉熙听完扰敌回来的吴秉华汇报后道，"敌人不是吃素的，拥有一个军兵力的强势敌人，岂能让我们小分队白白袭扰而不报复？"

"你有何高见？"吴兆英问吴秉熙。

"我想，明天早上敌人就会出兵前来我云中洋根据地扫荡。"吴秉熙说，"不过，云中洋隐藏在九曲十八弯的深山密林之中，地势极其险要，他们想来'扫荡'也非易事。"

"话也许可以这样说，但我们不能麻痹大意，一定要认真做好反'扫荡'的部署，确保革命老区平安无事。"高飞说完，面朝吴秉熙道，"秉熙同志，你先说说如何部署吧！"

吴秉熙点头说声"好"之后便对大家介绍了云中洋的进出路线。

云中洋位于福清北端的崇山峻岭之中。从福清县城到云中洋村有3条路可通：

第一条路是从苍霞口经龙溪上天吊岭，然后从天吊岭顺山道进云中洋。这一条路较近，但天吊岭山高路险，有"一人当关，万夫莫敌"之险，故一般人都不敢走。

另一条路是绕道经琯口从野竹弄进云中洋。但这一条要绕道琯口，路途太远，且从琯口到野竹弄的中途还隔着一座高山，所以没人愿意从这条路走。

再一条路就是从菜安经南楼到云中洋。这是一条最为便捷的路。菜安山不太高也不很陡，拿下菜安，可凭借菜安的有利地形，夺取南楼；南楼一失，云中洋就无险可守了。

"因此，我们只要坚守菜安这一条路，就可保云中洋无虞。"吴秉熙分析路线后发表了自己的意见。

"秉熙同志的意见，我基本同意。"吴兆英说，"但是，我们也要防备敌人从天吊岭进来。"

"我也同意秉熙同志的分析，但兆英同志的意见也不能忽略。"高飞接着说，"我以为，敌人从天吊岭和菜安这两条路来都有可能。因此，秉熙同志明天一早就带40人扼守天吊岭，以备阻击来侵的敌人；兆英同志明早带10多个队员到菜安支援高名山、吴章富两个小分队，阻击可能来犯之敌。"

"是。"吴兆英、吴秉熙同时说。

正如吴秉熙分析，盘踞在福清县城的国民党第90军遭我游击队袭扰，寝寐不安，军心惶惶。为了稳定军心，恼羞成怒的军长，便决定派遣一个整编团1000多人的兵力扫荡云中洋，进行报复，妄图解除他们的心腹之患。

进出云中洋的路线，敌人也探问得一清二楚。

7月7日黎明，约莫4点半，1000多人全副美式武器装备的国民党军，从县城出发，进攻云中洋就选定从菜安走这一条路。

早晨6点，敌人的前哨部队到达菜安村头时，他们发现菜安山头有我们的岗哨，便向我岗哨开枪射击。我哨兵以居高临下的优势开枪反击，一敌兵当场被击毙。

驻菜安的平潭游击队一听到枪声，就在高名山、吴章富的紧急组织下，以迅雷不及掩耳之势，占据了菜安山上的4个山头。敌人凭其兵众武器精的强势，对我游击队采取扇形包抄战术，步步逼上山来。但我60名游击尖兵，个个英勇顽强，他们借着有利的地形，给包抄上山的凶猛敌人以迎头痛击，使敌人占不到一点便宜。

早晨6点半，吴兆英带领17名游击队员赶到菜安山头支援。正在战斗的队员看到队领导吴兆英和他所带来的支援队伍，个个斗志倍增。此时双方的兵力是我方 77 人对敌方 1000 人。面对武器精良、兵力 10 多倍于我的凶猛敌人，吴兆英决定把 77 人的队伍划分为 20 个战斗小组，每组 3 至 5 人，分散抢占各个山头高地，虚张声势，迷惑敌人，使敌人也随之分散兵力。每次敌人向我阵地冲锋时，各个战斗小组根据吴兆英的指示都要等到敌人进入有效射程之内，才集中手榴弹、轻重机枪和连发排枪的强猛火力予以迎头痛击，把敌人打得晕头转向，有退无进。

在这场阻击战中，轻重机枪发挥了特别重大的作用。九四式重机枪手高兆福，打得稳、准、狠，他配合各个山头战斗小组，击退了一批又一批敌人的进攻。六五式轻机枪手陈灿瑞，每在战斗的紧要时刻，他总是把机枪端在手上扫射，给敌人以重创。

下午 3 时，吴秉熙从天吊岭带领 40 位队员赶来增援。一路上，吴秉熙想了好几条"以少胜多"打败凶猛强敌的计策。他想，在敌强我弱、力量悬殊的情况下，如何鼓舞我军的士气十分重要。他一到菜安村，就发动当地群众支援正在战斗的游击队，并做好后方警戒。菜安是福清的一个老区基点村，当地群众觉悟高，他们本来早有准备，经吴秉熙这一提醒，无不冒着流弹纷飞的危险，不停地送开水和馒头到山头阵地，为辛苦鏖战的游击队员解饥渴，添精力。

接着，吴秉熙命令全体战士在阵地上唱《渡江战歌》："我们的队伍来了，浩浩荡荡，饮马长江……"雄浑的歌声鼓舞了游击队的战斗精神，也涣散了敌人的军心。

再接着，吴秉熙亲临各个山头阵地前沿，观察地形和敌情，在同吴兆英商量之后重新排兵布阵，部署作战阵势。

此时，受到鼓舞、吃饱喝足的 117 位游击队员，更是信心十足，斗志昂扬。他们个个坚守阵地，愈战愈强。班长吴翊耀看到敌人冲上来，手榴弹扔完了用石头，子弹打完了用大刀，最后用自己的身体和敌人肉搏，击退了敌人无数次的冲锋。战士吴咸用的鼻子被流弹打飞了，仍然坚守阵地，不下火线，打退了连续三次攻上来的敌人。由于各个山头的战士，个个英勇顽强，没有一个敌人的进攻能够得逞。穿着草绿色长裤白色衬衣的敌军，就像一群披着白毛的饿狼，满山遍野地胡跑乱窜。他们在军官的指挥棒下，一会儿涌上山来，一会儿又逃下山去。

这场阻击战从上午6点打到下午5点，整整打了11个小时，敌人整天喝不到水，吃不上饭，已经疲惫不堪。吴秉熙和吴兆英两人商定，趁敌人疲乏之际，发起全面反攻。

于是，下午5点正，一阵嘹亮的进军号声响起，117名平潭游击队员，如同猛虎下山，从各个山头高地冲锋下来，打得敌人溃不成军，节节败退。敌人不敢恋战，丢下30多具尸体，急急败逃回城。

这一仗我方吴翊耀、吴咸用等2位英雄牺牲，任祥、高哲载等2位战士负伤。但敌人却阵亡30多人，受伤100多人，丢失的枪支弹药和军用物品无数。从此，国民党第90军官兵龟缩在福清县城，再也不敢出来扫荡。这是平潭游击队转入内陆对敌作战的第一次大胜仗。

闽中支队司令部获悉菜安大胜仗后，于7月8日派洪志中同志到福清云中洋，代表司令部给平潭游击大队发"嘉奖令"，并发给6两黄金和6套崭新制服，以示奖励。洪志中同志在平潭游击大队举行的授奖仪式上说："闽中支队司令部对这次菜安大胜仗非常满意，认为这次胜利不但狠狠地教训了敌人，也给我们闽中支队司令部所属的游击队伍以极大的鼓舞。你们为敌后游击战提供了一个'以弱胜强'的生动范例。为了慰劳你们，支队司令部决定后天晚上举办'庆祝菜安大胜仗晚会'，司令部文工队正在排练晚会节目，请全体指战员明天开赴闽中支队司令部驻地，以便参加后天的庆祝胜利晚会。"

7月9日，当初升的太阳赶走拂晓前一块块乌云之际，平潭游击大队148名主力队伍，便同送行的云中洋老区军民挥手告别，朝着闽中支队司令部驻地莆田大洋灯炉寨，雄赳赳、气昂昂地开赴前进。

大洋，今为涵江区大洋乡，位于莆田东北部，处于涵江、福清、永泰三地相连地带，离涵江59千米。大洋灯炉寨，因主峰形似灯炉而得名，坐落于大洋西湾山之巅，海拔高达788米，境内山峦叠嶂，怪石嶙峋，悬崖飞瀑，绰约多姿，可谓瀑奇、石怪、林幽、水秀，其景致让人叹为观止。

这日中午，当队伍登尽蜿蜒曲折的阶梯山路跨上灯炉寨之际，吴秉熙的心情非常激动，他仿佛觉得寨上一面面迎风飘扬的红艳艳党旗，无不深情款款地向他和他的战友频频招手，表示欢迎这支赤胆忠心的游击健儿归队。恍惚间，吴秉熙听到一串洪亮而又亲切的声音：

"同志们好，同志们辛苦了，欢迎同志们回到支队司令部集结！"

说这串话的正是闽中地委委员、闽中支队司令部副司令员陈亨源同志。

陈亨源，又名亨姐，长乐县江田镇南阳村人。1901年生，1936年9月加入中国共产党，1940年任福长平县委书记。1941年4月，组建福长平游击大队，自任大队长。5月，发动江田群众1000多人，在长乐三溪附近，击溃日伪军王克部，毙敌30多人，活捉其参谋长邱玉霖。8月，带领48名游击队员，在琅尾港击毙日军司令中岛中佐等42人，击毁敌艇1艘，游击队员无一伤亡，得到中共华中局和福建省委的嘉奖。1942年12月，他回南阳时被捕，监禁福州牢狱100多天，在狱中仍宣传抗日救亡道理。后来，他在被押往三元集中营途中，感化法警高键武一起投奔游击队。1945年10月后，他率领游击队在福清赤社、上垄等地开辟新区据点，发展党员，成立党支部。接着他转移到长乐、莆田山区一带发动群众，同国民党反动派做斗争……

陈亨源说的这几句欢迎的话，虽然很平常，但平潭游击队员听起来却十分感动，个个感动得热泪盈眶。这是由于他们因"城工部事件"不被承认受委屈之故，而现在，上级党组织终于承认平潭游击队是一支中国共产党领导的革命武装，让吴秉熙和他的战友们都觉得自己回到党的温暖怀抱了。这怎不叫人激动满怀，热泪盈眶，欣喜若狂呢？

7月10日上午，洪志中同志带领司令部几位战士扛来一头大肥猪，给平潭游击大队午餐加菜。洪志中同志特别嘱咐说："你们今天晚饭早一点开，准备参加今晚的庆祝晚会。"

夜幕降临，几盏大汽灯散发出的银白色灯光，照亮了灯炉寨吊滕际的广阔大操场，1000多名游击队员井然有序地集坐在大操场上参加"庆祝菜安大胜仗晚会"。在一阵阵暴风雨般的热烈掌声中，148名平潭游击大队队员应邀步入会场的前排就座。

陈亨源副司令员在"庆祝菜安大胜仗晚会"上讲话时首先说："我代表闽中地委和闽中支队司令部，向全体英雄的平潭游击队员表示热烈的欢迎和祝贺。欢迎你们回到闽中支队司令部集结，祝贺你们英勇机智获得菜安大捷。从平潭中正堂到福清菜安山等几个战役的事实证明，平潭游击队是一支忠于党忠于人民的革命武装，是一支特别会打胜仗的英雄队伍。"接着，他向全场同志介绍了平潭游击队在奇袭中正堂和菜安阻击战中的英雄事迹。最后他说："当前，中国人民解放战争形势大好，南下大军势如破竹，福建很快就会解放，但是，国民党顽固派依然会做垂死的挣扎。因此，我们不能麻痹大意，不能骄傲自满，一定要再接再厉，努力奋斗，全歼敌人，取得革命事业的彻底胜利。"

高飞同志在致答谢词中，首先对闽中支队司令部专门为平潭游击队举办"庆祝莱安大胜仗晚会"，表示衷心的感谢。然后，他说："平潭游击队是一支为打败国民党反动派、成立新中国而奋斗的人民革命武装，是一支用毛泽东思想武装起来的有严格组织纪律性的革命队伍。中共闽中地委和闽中支队司令部是我们平潭游击队的上级领导组织。今后，我们一如既往，愉快服从闽中地委和闽中支队司令部的领导，坚决执行上级下达的命令，保证完成上级分配的任务，为彻底打败敌人，解放全福建而努力奋斗。"

接着，"庆祝莱安大胜仗晚会"正式开始，男女文工队员表演了鼓舞队员士气的精彩文娱节目，博得一阵阵欢乐的笑声和激情的掌声。

晚会结束后，148名平潭游击队员集中在灯炉寨住处开会，听取高飞宣布一项重要决定。高飞说："根据闽中支队司令部决定，我们148名平潭游击队员分为两队，第一队，28人，由吴兆英同志带领，开往长乐、福清一带发动群众，开展支前工作，迎接南下大军，并负责领导平潭地下革命斗争。第二队，120人，由高飞、吴秉熙两同志带领，开往永泰、闽清一带，消灭地方反动武装，筹集支前粮草，迎接南下解放大军。"

第十回　洋尾寨降服三徐敌

　　1949年7月11日上午，高飞、吴秉熙带领的120位平潭游击队员，开到永泰大洋镇安平寨，同闽中地委委员饶云山、祝增华率领的闽中支队二、四两个中队汇合，成立闽中支队永泰指挥部，饶云山、祝增华任总指挥，高飞、吴秉熙等为指挥部成员。平潭来的120名游击队员编为闽中支队第六中队，高飞任中队长，吴秉熙为政治指导员。次日，饶云山、祝增华两位总指挥决定，高飞同志携第六中队中的20人留在指挥部工作，第六中队中的100人由吴秉熙率领，开往洋尾寨驻扎，以消灭盘踞在洋尾寨附近土堡里的顽敌徐钦发保安队，拔掉这一根威胁我闽中党组织和闽中游击支队的钉子。

　　7月15日早晨，吴秉熙带领的第六中队100人将要出发时，饶云山同志向他们介绍了洋尾寨和顽敌徐钦发的简要情况。

　　洋尾寨是永泰县的一个著名庄寨，它位于永泰县大洋镇大展村，靠近闽清县岭里分界处，离永泰县城31千米。有新旧二寨：旧寨称荣寿庄，建于清乾隆戊申年间，至今有220多年历史，其位置在西，依山建造，下、中、上三落连成一片，全木结构，占地2894平方米，建筑面积 4820 平方米，拥有大小厅 9 个，房间 260 多间。新寨名昇平庄，比旧寨迟建 30 年，其位置在东，距旧寨 100 米左右，为四进式院落民居，占地 4460 平方米，建筑面积 7384 平方米，有 365 个房间。若一个人一天住一个房间，要花一年时间才能轮完所有房间。永泰庄寨既是南方民居防御建筑的奇葩，也是农耕社会家族聚落生存的记忆，又是传统乡绅文化弥足珍贵的载体，而洋尾寨还是一个红色革命基点村。这由于新旧两寨分别建在毗邻的两座山顶上，双寨并峙，互为犄角，居高临下，易守难攻，恰好构成一对兵家必争的军事堡垒，其战略位置极为显要。抗战时期，两寨曾是闽中游击队从长乐至古田秘密交通线上的一个据点；1949 年初，闽中支队司令部曾一度设在洋尾寨的新寨；1949 年 6 月，闽中地委委员饶云山、祝增华率领的闽中支队二、四两个中队驻扎洋尾寨，发动群众，举办培训班，周边群众有 100 多人参加。

　　顽敌徐钦发是永泰县保安队的一个中队长，只有一个排 40 多人的兵力，但却盘踞在铜墙铁壁般的洋尾寨附近"蔡仕如土堡"里。该土堡有房屋 100 多间，其四周的围墙厚 3 米，围墙上留有几百个可向外开枪射击的小窗口，寨门是钢铁制造的，刀枪不入，水火不进，更兼堡内井水丰盈，粮草充足，故徐钦发有恃无恐，顽固坚守……

　　7 月 15 日中午，吴秉熙一到洋尾寨就出去观察"蔡仕如土堡"的敌情。该土堡距洋尾寨只有 500 米之遥。向来敢于藐视强敌的吴秉熙，在浏览了土堡之后，也不免发出"易守难攻"的慨叹。

　　吴秉熙重任在肩，不敢怠慢，第二天就率领队伍发起对顽敌徐钦发土堡的包围。他组织机枪手朝土堡的窗口一阵又一阵开枪射击，甚至让吴友龙一人滚到土堡前把连排手榴弹塞进窗口内，都无济于事。敌人凭借牢不可破的坚固建筑，死守堡内顽强抵抗，等待他们的外援队伍。我游击队又没有攻坚的武器，连续包围3昼夜，没有任何进展。

不料到了第四天的7月19日，吴秉熙正处于对"土堡"一筹莫展之际，"土堡"的外援却汹汹而来。这对于我方简直是"雪上加霜"。来的外援之敌正是那位被国民党招安、担任永泰县保安团长的土匪头子徐国财。这日早晨，徐国财率领200多名保安兵前来洋尾寨援救徐钦发，反而把吴秉熙的游击队伍团团包围起来，使我游击队伍处于腹背受敌、内外夹攻之困境。

面对严峻的形势，吴秉熙没有惊慌，更无失措，他同主要骨干商量之后，便当机立断，做出调整部署的决定：

一是命令高名山、吴章富各带一个分队30多位的游击队员，负责阻击外围的徐国财援兵；

二是命令吴聿杰负责指挥留下的一个分队30多人继续包围徐钦发的土堡；

三是吴秉熙亲自负责对土堡内的敌人发起政治攻势，促其投降，以解除我腹背受敌之危。

7月19日上午，吴聿杰奉命停止对土堡射击后，吴秉熙来到靠近土堡的小山包上，用喇叭筒向土堡内敌人喊话，要他们缴枪投降，向他们提出派代表举行双方谈判的要求。当天，土堡内的敌人见游击队停火和喊话，虽也停止开枪射击，但未有表示投降之意。

7月20日上午，吴秉熙一方面发动当地群众挖坑道，搬运燃料，做出军民准备大举进攻土堡的架势；一方面亲笔写了一封举行双方谈判的"建议信"，请托一位当地群众把此"建议信"绑在长竹竿的末端送进土堡的窗口里，让他们相信我方的诚意。

徐钦发看了吴秉熙的"建议信"后，很快就写了一张"同意上午11点在窗口前举行谈判"的回信纸条。

顽敌徐钦发由于被我包围了4个昼夜，就像热锅里的蚂蚁那般痛苦难受；又像深井内的青蛙那样不知外情，他们根本不知道徐国财率兵前来救援。徐钦发又看到许多群众正在挖坑道，搬柴草，拿火油，深感土堡难保，便萌生了投降保命之心。

上午11点，双方在土堡窗口前举行谈判时，吴秉熙向徐钦发宣传全国解放战争的大好形势和我党对俘虏的优待政策。他说："南京、上海、浙江早已相继解放，人民解放军南下大军已经开进福建，永泰很快就要解放，过几天解放大军就会开到这里来强行'解放'你们。所以，向我们缴械投降是你们眼前的唯一出路。现限你们在下午2时之前把所有的枪支弹药从窗口放下来，然后发给你们每个人10块银圆做路费，放你们回家。否则，被我们解放大军强攻进去，势必玉石俱焚。何去何从，请你们立即抉择。"

徐钦发听后说："让我们考虑一下再答复你们。"不久，他就朝窗口高声说道："我们愿意向你们缴械投降。请你们下午2时派人到窗口下面接收我们的全部武器弹药。"

果然不假，下午2时之前，他们就把所拥有的轻机枪、步枪、短枪、手榴弹和各种子弹扔在窗口下。吴聿杰带领游击队员接收了这些武器弹药之后，叫他们打开土堡的钢铁大门，排队走出来，按人头每人发给银圆10块，让他们回乡同家人团聚。当这些国民党兵拿到白花花的银圆时，个个欢呼雀跃，高兴得热泪盈眶。他们都说共产党言而有信，无不表示对我游击队的衷心感谢。

降服顽敌徐钦发，俘敌40多人，缴获机枪2挺、长短枪40多支、手榴弹200多枚、各种子弹10多箱。这是平潭游击队转入内陆对敌作战的第二次大胜仗。

7月19日、20日这两天，负责阻击外围徐国财援兵的两个分队，打得很顽强。他们用机枪、大刀、手榴弹打退徐国财顽敌无数次冲锋，使他们无法前进一步。"围剿"和反"围剿"处于"进不能退不甘"的胶着状态。

在解决了土堡内的顽敌徐钦发之后，吴秉熙集中全力向外围的徐国财援兵发起总反攻。

7月21日上午，吴秉熙发出进攻命令后，随着一阵阵冲锋号响，100多位平潭游击健儿，个个奋不顾身，冲锋在前，势如涨潮，汹涌澎湃，敌人无法阻挡，纷纷后退奔逃。吴秉熙不给敌人有喘气之机，命令游击队员乘胜追击，一直追击到红山包下面山坡。但有一股狡猾的敌人撤退到一个村庄里，他们利用有利的地势集中火力阻击我们的前头队伍。吴友龙、高雄民两位战士不幸中弹牺牲，薛贤益、吴章月两人负伤。屡次作战身先士卒的吴秉熙见状，立即下令前头队伍采取"以退为进"的迂回战术，从而扭转了被动挨打的局面，把这股埋伏在村上开黑枪的顽敌打跑。这日战斗一直打到夜晚9点半，终将徐国财的外援敌兵打得落花流水，溃败而逃，取得胜利。

同徐国财顽敌打了3天3夜，俘敌30余人，毙敌伤敌10多人，缴获机枪2挺、长短枪30多支。这是平潭游击队转入内陆对敌作战的第三次大胜仗，获得了闽中支队司令部的又一次传令嘉奖。

降服徐钦发、击溃徐国财的战斗结束后，吴秉熙便在洋尾寨附近村庄开展向地主富豪借粮运动，为南下解放大军"囤粮积草"支前。同时还提取部分粮食帮助当地缺粮挨饿的群众度荒。

一周后的7月28日，根据闽中支队司令部永泰指挥部的命令，吴秉熙率领第六中队中的一、二两个分队60名游击队员前往霞拔村，剿灭一个连的国民党地方武装，扫除借粮支前运动中的一个障碍。

霞拔村，属永泰县霞拔乡，原名下弻，别名逷达，后雅称为霞拔，取"锦霞绚丽出类拔萃"之意。霞拔村位于永泰县西北部，东邻洋尾寨所处的大洋镇，离县城 45 千米。霞拔村群山环绕，森林茂密，溪流纵横，资源丰富，是一个山多、水多、林多、矿多的好地方，但在腐败的国民党政府的统治下，当地群众过的是饥寒交迫的苦日子。

此时，村上驻扎着一个连 100 多人的国民党保安队，队长也姓徐，名叫徐三一。此徐也是一个腐败透顶的顽固派，他同乡上地主富豪勾结在一起，为非作歹，鱼肉乡里，欺压百姓。地主富豪有徐三一做靠山，有恃无恐，囤积居奇，破坏借粮支前运动。

但这个狡猾的顽敌徐三一如同老鼠般警觉，一听说游击队要进驻霞拔村，便把他的 100 多人队伍化整为零，分散潜伏在各个山头林间石窟之中，妄想避过风头之后再下山活动。有的地主也跟随徐三一他们上山躲藏。

吴秉熙一来到霞拔村，就同当地地下党员和基本群众座谈，深入了解情况。吴秉熙深感不除掉这个地主富豪靠山的徐三一顽敌，第六中队为南下解放大军"囤粮积草"的支前任务就无法完成。那么，怎样才能除掉这股顽敌呢？

吴秉熙善于思考，也知用计。他从分析敌我双方力量的对比入手，想出本战役的具体战术。敌人 100 多人，武器精良，占领山头高地，隐藏于茂密树林之间，位于我们看不见的暗处。而我们 60 人，武器较差，位于敌人一览无余的明处。俗语说，"明枪易躲，暗箭难防"。从双方的兵员、武器、地势的对比看，这又是一个力量悬殊、敌强我弱的战役。因此，这个战役不能力敌，只能计取，强攻是没有胜算的，是无法打败敌人的。

那么，要采用什么计策呢？吴秉熙搜索枯肠，想了又想，终于想出了两条计策：一是虚张声势，迷惑敌人；二是政治攻势，降服敌人。

对于如何打赢徐三一顽敌已经胸有成竹之后，吴秉熙便对高名山、吴章富两个分队长面授机宜，命令他们立即依计行动。

行动从7月31日开始。他们向当地群众借了很多空房屋，告诉群众近日有我们的大部队开到这里来。这些空房子由卫兵日夜看守，晚上大点灯火，山上敌人看了灯火通明的村上房屋，都以为已经进驻了很多要"围剿"他们的游击队主力。吴秉熙60多人的游击队集聚在乡上的一个土堡里，每天晚上睡到一夜之中最黯黑的黎明之前时分，更换了服装的游击队伍便悄悄地摸出外围，待到天大亮太阳露脸时方大摇大摆地开回来。由于连续不断暗出明进，又不断更换服装，这就使人产生每天都有新部队开进来的错觉。连当地群众都弄不清楚连日来调进多少人马。白天，吴秉熙组织队员在山麓田头打靶射击，举行实战演习，冲锋号响彻云霄，喊杀声惊天动地，使躲在山头林间石洞的敌人惊慌失措，慌乱不堪。

到了8月3日上午，吴秉熙认为经过3天3夜的"虚张声势，迷惑敌人"，已经有了成效，便开始实施"政治攻势，降服敌人"这一步棋了。他请乡里一位德高望重的民主人士，上山给徐三一送"招降信"，劝他认形势，识时务，明大义，走向游击队投诚的光明路，限他下午2时之前携众下山缴械投降，可享受同洋尾寨徐钦发部一样的优待，发给每人10块银圆作路费，回乡同家人团聚，否则将组织大军攻破山头，彻底歼灭他们。

徐三一看了"招降信"，二话不说，就表示愿意投降。这主要是他慑于我们的军事威力，想到自己孤掌难鸣，区区百人残兵，不是我英勇善战的游击队对手，难逃被歼灭的命运。再说，他带领100多人的队伍困在山头林间已经7天7夜了，不说吃喝不如在家，就是那风吹、雨打、毒虫咬的艰苦野外生活，也是够这帮平时吃香喝辣的老爷兵难受的了。再加上他早就听说共产党将得天下，解放大军已经南下福建，国民党的日子就像兔子的尾巴长不了。这种种原因，使他别无选择，只能学洋尾寨徐钦发走缴械投降的道路。于是，徐三一乖乖地按吴秉熙"招降信"的要求，于下午2时前携100多人的队伍，下山缴械投降。

这次降服顽敌徐三一没花一枪一弹，却俘敌100多人，缴获机枪3挺、长短枪100多支，以及弹药和军用品等，取得彻底胜利，为顺利开展借粮支前任务创造了有利条件，其意义重大。这是平潭游击队转入内陆对敌作战的第四次大胜仗。

吴秉熙根据上级"关于优待俘虏、扩大我党政治影响"的指示，对徐三一这批投诚俘虏，不但发给每人10块银圆的回家路费，还在8月3日当晚设便宴招待他们，使他们深受感动，纷纷表示今后要做一个听共产党话的安分守己老百姓。

至此，三位姓徐的顽地都被吴秉熙降服了。闽中支队司令部首长获悉后喜之不禁，称赞吴秉熙是一位智勇双全的"常胜将军"。

第十一回　保卫战胜利戴红花

其实，吴秉熙 8 月 3 日晚上在霞拔村设便宴，除了招待徐三一这批投诚的士兵之外，还有一层意思，就是慰问这日调来霞拔村休养的平潭游击队病员班。

平潭游击队员生长在沿海平原地域，刚刚来到瘴雾密布、恶水纵流、毒虫横飞的永泰高山地区，水土不服，生活不习惯。时有头晕、发烧、发冷、呕吐、拉稀等不适现象发生。加上经常行军打战劳累，生活艰苦营养差，所以病员人数与日俱增。高飞经同吴秉熙研究后决定，把各分队的重病员集中起来，共 12 人，成立一个病员班，由蒋美珠和吴玉钦、周训端等 3 位女游击队员负责护理照料，集中到吴秉熙率领的第六中队驻扎的霞拔村休养。

吴秉熙对这些病员十分关心。在他们住进霞拔村之后，经请示高飞同意，动用上次闽中支队司令部奖励的 6 两金子，向群众购买几只废牛和山羊、家禽，给队员们改善生活，增加营养，使他们早日恢复健康。

8 月 10 日，吴秉熙奉命率队到南坑村剿灭一股 30 多人的国民党地方武装，把病员班留在霞拔村，命蒋美珠和吴玉钦、周训端她们好生照料。

南坑村是霞拔村下辖的一个村庄，位于霞拔村的东南部，相距 7 千米，但离东邻的大洋镇却只有 5 千米。吴秉熙的队伍到达南坑村后，即命留守在洋尾寨的吴聿杰分队开来这里集结。

由于吴秉熙率领的第六中队在洋尾寨和霞拔村连连打了 3 次大胜仗，降服了 3 位姓徐的顽敌，吴秉熙的"常胜将军"威名便在永泰山区的十里八乡传开了。南坑村的 30 多名国民党地方武装听说吴秉熙要带领队伍前来剿灭他们，吓得魂飞魄散，早已潜逃得无影无踪了。

8 月 11 日晚上 8 点，吴秉熙和高名山、吴章富、吴聿杰等 3 位分队长正坐在一起商量明天队伍开回霞拔村驻扎的事，突然来了一位闽中地委交通员，交给他一封紧急信。吴秉熙打开来一看，只见信上写道："紧急命令：速回解救安平寨之危。饶云山。"

安平寨是闽中地委和闽中支队司令部的一个重要驻地。饶云山是主持安平寨闽中地委机关和闽中支队司令部的地委委员、重要领导。吴秉熙知道这个紧急命令必须紧急执行，但他不知道安平寨突然有何危险？闽中地委交通员对吴秉熙说了安平寨遇险的缘由。

原来解放福建的福州战役已于 8 月 6 日拉开序幕。6 日凌晨，第三野战军第 10 兵团第 29 军由南平、尤溪向东开进，翻越戴云山，以急行军飞速穿插敌后，于 11 日上午攻占永泰县城。其守军第 73 军一部 400 人东逃平潭岛，一部溃兵分两路向永泰内地撤退，其中一路一个团约 1000 人将撤退到安平寨，另一路一个营 200 多人要退至霞拔村……

了解到这些大体情况之后，吴秉熙且喜且忧，喜的是福建即将解放；忧的是安平寨首长和霞拔村战友的安危。吴秉熙想，那留守在霞拔村的 15 位游击队员都是病号和女同志，怎么能够抵挡一个营 200 多人敌军的进攻呢？本来应该分兵去解救他们，然而，保卫地委领导和支队首长的安全，是头等大事。此时只能全队开往安平寨解首长之危，根本无法分兵前往霞拔村救战友之难。可是，病友的安全又不能置之不理。在此左右为难之际，吴秉熙想到了一个两全其美的办法，就是请南坑村的一位可靠的基本群众，立即赶往霞拔村通知蒋美珠他们自己组织转移。

夜晚 9 时许，吴秉熙见赶往霞拔村通知的那位可靠基本群众已经动身，便命令队伍紧急集合，立即夜行军，前往安平寨解危。

安平寨位于大洋镇尤墘村，距南坑村 10 多千米。如果是平地，那也不算什么。但是，从这里出发到安平寨，全是弯弯曲曲、上上下下的羊肠山路，有的地方根本就没有路。而来自海岛平原的平潭游击队员白天走崎岖不平的山路都很吃力，可想而知他们摸黑在山路上急行军有多么艰难了。

吴秉熙知道战士们都是平生头一回漏夜急行军，没有经验，便在队伍出发前教大家夜间急行军之秘诀。他说："夜行军有个秘诀，就是在行军时要盯住你前面的人，紧紧地跟着走，他走快你也走快，他走慢你也走慢；他爬上去你也爬上去，他往下滑你也跟着往下滑。这样，你才不会掉队，才不会有危险。"

接着，吴秉熙作了简短的战前动员。他说："我们平潭游击队转入内陆对敌作战以来，从菜安山到洋尾寨，又到霞拔村，历经 3 个地方、4 个战役，打了 4 次大胜仗。这一次解救安平寨之危的保卫战，是第 5 个战役，也一定会打个大胜仗。因为，现在永泰县城已经解放，我们的敌人是四处逃命的残兵败将，而我们是共产党领导的英勇善战的革命队伍。因此，从战略上说，我们完全有理由藐视敌人，我们完全有信心打个大胜仗。但是，从战术上说，我们又必须重视敌人。我们只有100多人枪，而敌人却是1000多人正规军的团，武器精良，有枪有炮，俗话说，'困兽犹斗'，'垂死挣扎'。因此，我们不能麻痹轻敌，我们不但要靠勇敢，而且还要靠智慧，以计取胜……出发！"

队伍由熟悉山路的闽中地委交通员带路，没有走冤枉路，但从晚上9点出发摸黑走，又兼下雨，却走了整整6个小时，直到次日凌晨3点才走到目的地安平寨。因为战士们都怀着解救首长危难的急迫心情，不辞辛苦，中途不敢休息。高宝玉、高诚彩两同志扛一挺重机枪，一口气走了6个小时也不换班。

12日凌晨3点，吴秉熙带领的第六中队100多名战士来到安平寨胡氏公馆大厅，受到闽中地委领导和闽中支队首长饶云山、祝增华和高飞等同志的热烈欢迎和热情接待。饶云山同志紧握着吴秉熙的手说："同志们一路辛苦了。有你'常胜将军'吴秉熙回来，我们安平寨就一定会成为名副其实的平安无忧的山寨了。现请同志们喝水、吃夜点，准备明天打一场漂亮的保卫大胜仗……"

"轰隆隆，轰隆隆！"

饶云山同志的话还没有讲完，司令部备的热水同志们还没有喝，敌人进攻的大炮就轰响了。吴秉熙和他率领的100多位游击队员，忘记夜行军赶路的疲劳，不顾肚饥口渴，立即拿起武器，勇敢机智地投入战斗。

对于这场保卫战该怎么打？吴秉熙早已想好，并且已经在行军的路上分别向3位分队长如此这般地面授机宜了。因此，到了安平寨虽然还没有休息喘气，但各分队没有丝毫慌乱，都能按照吴秉熙的部署沉着地应战。

不过，这场保卫战打得很激烈，打得很辛苦。从永泰县城撤退下来的这一个整团的敌人，为了保命，垂死挣扎，他们在大炮的掩护下，一次又一次地对我发起进攻，妄图夺取山头高地。我英雄战士布满各个山头，顽强地反击，使敌人无法前进一步。战士吴秉珠手握一支六五式步枪，一枪撂倒一个敌人；班长高兆福架起一挺九二式重机枪，扫射妄图攻上山的敌人，弹无虚发，撂倒敌人一大片。吴秉熙巧施"声东击西"之计，让敌人频频中我埋伏，整排整排地被我歼灭。经过6个小时的紧张战斗，敌人终因伤亡惨重，全线崩溃，狼狈逃遁，从而解除了安平寨之危，保卫了闽中地委领导和支队司令部首长的安全。这是平潭游击队转入内陆对敌作战的第五次大胜仗。

12日上午12时，平潭游击队胜利归来，集中在胡氏公馆大厅接受地委领导慰问。当吃完丰盛的午餐之后，吴秉熙和大家都为蒋美珠等同志的安全担忧。高飞同志安慰大家道："我们应该相信蒋美珠他们的灵机处事能力，霞拔村那边的群众多数都是拥护我们的，应该不会有事。"

高飞的声音刚落，门外就有人欢声高呼："蒋美珠等同志回来了。"

"回来好啊，我们都担心你们的安全。"吴秉熙抢先一步同蒋美珠、吴玉钦、周训端和病员们一一握手，表示亲切的慰问，接着问，"你们是昨夜接到南坑村的一位基本群众通知才转移的，是吗？"

"不，不是。"吴玉钦指着站在门口的一位老汉说，"我们这次安全转移，全靠这位名叫丁大树的老乡帮助。"

"谢谢你，丁大树同志！"吴秉熙赶忙同丁大树握手致谢。接着，他问蒋美珠，"你们是怎么安全转移出来的？"

蒋美珠苦笑了一下，简略说了他们转移路上的惊险。

8月11日下午2时许，病员们都还在房屋里午睡，忽见一位老汉，背着一支长枪，急匆匆地跑进来说："有一股国民党兵正向霞拔村方向溃退，现刻距离这里只有两里路（1千米），你们必须马上转移。"蒋美珠不认识这位老汉，担心有诈，便警惕地问："您是？"这位老汉见问忙作一个简要的自我介绍："我叫丁大树，年过五十，是刚入伍不久的霞拔游击队员，奉地下党组织之命，专程前来护送你们转移到安全地方。"蒋美珠听后对丁大树表示感谢后忙组织大家转移。没想到在转移的路上丁大树背的长枪走火，暴露了这支病员队伍。敌人听到枪声之后，立即从两个方面向病员队伍方向包抄过来。蒋美珠此时很冷静，她沉着指挥大家应对。她首先命令吴玉钦和丁大树带领6位重病号先行撤离，然后让周训端和自己各带3位轻病员拿着武器在后面掩护。他们边打边撤，翻过了几座山头，终于把包抄的敌人甩掉，继续向更加安全的深山老林转移。可是走到天暗之后，却淅淅沥沥地落下大雨。夜黑，下雨，路滑，病员们简直寸步难行。重病号施贤述发高烧，处于昏迷状态，他连坐都无法坐起来，根本就不会走。但又不能把他一个人丢在山上不管，只好由丁大树和身体较壮的两位轻病员轮流着背他走。走到晚上9时多，见有一户亮着灯的农家，又累又饿的他们便壮着胆走进去休息。农家拥护共产党，知道他们是人民游击队，便请他们饱吃一顿地瓜米稀饭。他们见房东很热情，本想在此留宿一夜，次日再转移，但探知不远山头有国民党驻兵，就不顾疲劳连夜走了。由于肩背重病号施贤述的同志都说背不动了，故向该农家借一扇木门板抬着走。7月12日中午12时，蒋美珠带领的病员队伍到达文甫村，彻底摆脱了敌人的追赶。然后由文甫村的同志带路回到安平寨……

听了蒋美珠的惊险讲述，大家都不禁动容。

由于平潭游击队在这次保卫战中取得巨大胜利，解救了安平寨根据地之危，保卫了闽中地委领导和支队司令部首长的安全，立了大功，

7月13日上午，闽中支队司令部在安平寨胡氏公馆大厅召开庆功会。祝增华同志主持庆功会，饶云山同志代表地委和支队司令部宣布立功人员名单：

闽浙赣人民游击纵队闽中支队第六中队记集体一等功；

吴秉熙同志记一等功，并授予"钢铁战士"光荣称号；

高名山、吴章富、吴聿杰等3同志记二等功；

吴秉珠、高兆福、吴秉华等3同志记三等功。

饶云山同志在宣布了立功人员名单之后，亲自给立功人员的胸前戴红花，并紧紧握手祝贺。

吴秉熙代表立功受奖人员讲话，对闽中地委和闽中支队司令部表示衷心感谢。

庆功会即将结束时，饶云山同志说："蒋美珠、吴玉钦、周训端等3位平潭游击队的女队员，坚持随队一起战斗，既是战斗员，又是卫生员，也是宣传员，克服了比男队员更多的困难，表现十分出色，尤其这次在霞拔村组织病员转移中，沉着冷静，指挥得当，安全脱险，应当给予当众表扬。"

第十二回　福州城解放穿军装

1949 年 8 月 17 日上午，福州城阳光明媚，人声鼎沸，锣鼓声、鞭炮声，震荡天空。全市万民空巷，列队欢迎解放大军入城，庆祝福州城的胜利解放……

1949 年 6 月，随着中国人民解放军渡江战役的胜利，南京、杭州、上海都已解放。国民党残军继续南撤，国民党福州绥靖公署主任朱绍良和第六兵团司令李延年，就把南逃到福州一带的国民党残兵合编为 5 个军 13 个师，约 6 万人，防守福州地区。6 月 21 日上午，蒋介石一身戎装，从台湾坐"美龄"号专机飞抵福州，在义序机场召开军事会议，布置增修工事，调整兵力，加强正面防御，要求众将与共产党做殊死战，死守福建，以屏障台湾。

7 月 2 日，根据中共中央军委和第三野战军的命令，我第 10 兵团（辖第 28、第 29、第 31 军）在司令员叶飞、政委韦国清的率领下，由苏州南下，进军福建。7 月底抵达尤溪、古田、建瓯、南平地区集结。不久，福建省委书记张鼎丞等新省委领导人也从苏州来到建瓯。7 月 29 日，张鼎丞在建瓯主持召开省委会议，叶飞、韦国清、曾镜冰（原闽浙赣省委书记、现福建省委秘书长）等省委领导成员出席。会议专门讨论战时财经工作，指示各级党组织和曾镜冰领导的支前委员会，要全力支持第 10 兵团"吃饱饭，打胜仗"。

8 月 1 日，福建省委和第 10 兵团在建瓯举行誓师大会，决定福州战役采取钳形攻击战术，首先断其陆、海退路，尔后会歼被围之敌。战役部署兵分三路：

①第 31 军为左翼，由古田出发，迅速攻占丹阳、连江、马尾，控制闽江下游，断敌海上逃路。尔后由东向西及由东北向西南会同第 28、29 两军围歼福州守敌。

②第 29 军为右翼，由南平出发，翻越沙县、永泰一线大山，攻歼宏路、福清、长乐守敌，控制福厦公路线，断敌陆上逃路。尔后以一部会同第 28、31 两军由南向北攻歼福州守敌。

③第 28 军为中路，沿着闽江两岸正面突击，以全力由西及西北会同第 29、31 两军攻取福州。

战役发起时间，原定 8 月 15 日，但因发现福州外围守军有收缩迹象，为了不让敌人乘隙撤退，遂决定提前于 8 月 6 日发起攻击。8 月 6 日这天，第 10 兵团各部在福建地下党组织和闽浙赣游击纵队的配合下，精神饱满，斗志昂扬，迅速地施行爬山行军和迂回穿插的任务，拉开了波澜壮阔的福州战役序幕。之后，三路大军按兵团首长部署立即分别行动。

中路第 28 军在军长朱绍清、政委陈美藻的率领下，由建瓯起程，以迅猛之势，经南平，沿闽江两岸，攻雪峰，取大湖，登猪蹄峰，于 8 月 11 日黎明，在猪蹄峰上开出第一枪，宣告福州战役的正式开始。接着，夺下小北岭，打开了福州的北大门。

左路第 31 军在军长周志坚、政委陈华堂的率领下，从驻地古田出发，迅速向东运动，分路隐蔽开进，于 13 日攻占丹阳，16 日一举歼灭连江、琯头、闽安、马尾之敌，以炮火紧锁闽江口，切断了敌人的海上退路，随即由马尾朝西向福州攻击前进。

右路第 29 军在军长胡炳云、政委黄火星的率领下，11 日从刚解放的永泰县城出发，攻占宏路、福清、长乐，兵锋所至，摧枯拉朽，把守敌打得狼狈逃窜，从而控扼了福厦公路，断敌南逃陆路。尔后其中一部由南向北攻歼福州守敌。

三支劲旅密切配合，协同作战，从四面逼近福州，形成"瓮中捉鳖""关门打狗"之态势。

激战至 16 日晚，敌守城主将朱绍良见我军先头部队兵临城下，便趁夜幕爬上飞机，经茫茫大海逃往台湾孤岛。敌兵团司令李延年先撤退到平潭观音澳观望，后抛下部将李天霞，半夜悄然乘"鹭江号"逃往马祖。大头目既逃，6 万国民党兵群龙无首，作鸟兽散，纷纷弃城向平潭、厦门一带逃命。

8 月 17 日早晨 5 时，随着叶飞一声令下，担任正面攻击的第 28 军由西洪门从西向东，第 31 军沿福马线从东向西，第 29 军沿福厦线自南向北，几乎同时三路大军向福州城发起猛烈攻击。只攻击 2 个小时，就结束了战斗。上午 7 时，国民党福建省政府被我解放军占领，宣告福州城解放。

福州城解放当天，万寿桥桥头的枪声还没停止，福州市区内街头巷尾就已贴满《中国人民解放军布告》和福州地下党组织办的《小火星》报，以及各色欢迎标语。街道两旁为解放军设立了许多敬茶站，大中专学生、工人、商员、机关干部等社会各界人士以及地下党员组成声势浩大的欢迎队伍，高呼"欢迎解放军""共产党万岁"等口号，欢唱《跟着共产党走》《解放区的天是明朗的天》《团结就是力量》

等歌曲，喜迎中国人民解放军入城。

一年之后的 8 月 14 日，为纪念福州"八一七"解放一周年，福州市人民政府决定将一年前解放军开进福州市区所走过的沿线道路，即从万寿桥，经中亭路、小桥路、横山路、吉新路、茶亭路、福德路、斗门路、中正路，至鼓楼前，合计 5115 米的福州中轴线命名为"八一七路"。横亘闽江之上的万寿桥也更名为解放大桥。这是后话。

8 月 20 日晚，张鼎丞、曾镜冰率领省级机关干部 200 多人，赶到省城福州，住进北门半野轩。

8 月 22 日上午，刚到福州一天的曾镜冰，征尘未洗，就由一位解放军干部陪同，由北门半野轩来到仓前山太平巷广东馆，看望吴秉熙和他带领的 100 人穿着草绿色新军装的队伍。

原来，8 月 17 日早晨，吴秉熙率领的闽中支队第六中队也跟随浩浩荡荡的南下大军雄赳赳地开进刚刚解放的福州城，路上还参加战斗几次，见证了福州战役的战斗和福州城解放当天的情景。

头天晚上，吴秉熙的队伍也像解放军一样，纪律严明，不进民房，露宿街头。到了次日上午，方被安排进驻宽敞舒适的仓前山广东馆，而且换上了刚刚发给的草绿色解放军新军装。不过，吴秉熙他们并非从永泰安平寨直接开入福州，而是奉命从尤溪随大军解放福州城的。

一周前的 8 月 13 日，在安平寨胡氏公馆大厅开完庆功会之后，闽中支队司令部就命令吴秉熙带领第六中队经闽清前往尤溪支前，打通福清、永泰、闽情、尤溪一线战斗道路，筹集粮食、柴草、油盐、蔬菜合计 7.5 万千克，迎接南下大军，受到了解放军老大哥的欢迎，得到了闽浙赣省委的表彰。

曾镜冰见到吴秉熙，就像见到久别重逢的老朋友那样同他紧紧握手。吴秉熙见到省委领导更有一种受宠若惊的感觉，他含着两眶热泪连声说："首长好，首长好！"曾镜冰放开吴秉熙的手后，亲切地对游击队员嘘寒问暖。然后，他坐下来同大家漫谈。他首先说的是有关福州城解放的事。他说："蒋介石大面积丢城失地，只能偏隅台湾孤岛，福州守敌的精神支柱都垮了。再加上其主帅临阵逃脱，士兵们更是无心再战，便在混乱中纷纷逃命，于是，福州城顺利解放了。"他稍停片刻后又说："福州城的接管很顺利，这是福州地下党的功劳。1949 年 4 月，福州地下党就通过各种渠道，动员国民党福建省警保人事股长在福州警务界进行策反工作，促使福州市鼓楼、大根、台江、仓山 4 个警察分局局长，警察中队中队长和东门军械修造厂厂长，率领所属 6 个单位共 600 多人秘密起义。起义后，他们积极为地下党提供情报，迎接福州解放。1949 年 5 月，福州地下党又将新华社播发的《中国人民解放军布告》抄录印刷 1600 份，由 7 个党小组分别在全市各邮筒投邮。其中的 500 份布告寄给了国民党福建省和福州市的党政军、企事业单位和社会名流，解除了他们对共产党、解放军的疑虑。因此，福州出现了'共产党军队进城，国民党警察站岗，贴标语欢迎'的罕见景象。"大家听他这样说，都不禁哈哈大笑。曾镜冰同志也跟着大家一起笑，笑过之后，他又说，"在福州解放新旧交替之时，各行各业都能按照地下党的要求，各守其责，做到商店照常营业，银行照常开门，保证邮政、电讯畅通无阻，社会井然有序。第 10 兵团解放那么多城市，唯独在福州能见到这么一个社会安定的场景。现在，福州和闽侯、福清、长乐、连江、闽情、永泰都解放了，下一步要解放你们的家乡平潭。省委决定，平潭游击队一分为二，一部分由高飞、吴兆英带领，前往长乐、福清，配合解放军解放平潭；一部分留在福州，改编为中国人民解放军独立特务连（警卫连），由'钢铁战士'吴秉熙任连长，主要任务是警卫省委机关。"他说完这段话之后又停了许久，才接着说："现在祖国的江山是人民的了。过去，我们起来打天下，推翻国民党反动派；现在，我们要守江山，彻底消灭敌人，不让他们反攻复辟。同志们都要认识到'创业容易守业难'的道理。今后的任务更加艰巨，希望你们再接再厉，保持海坛人民的革命英雄本色。"

曾镜冰同志讲完之后，连长吴秉熙表态说："我们平潭游击队一成立就是一支由共产党领导的英勇善战的人民革命武装。我们完全拥护省委的决定，坚决服从命令，保证完成任务。请省委领导放心！"

曾镜冰同志听了吴秉熙的表态后，满意地笑着挥挥手告别。陪同他一起来的那位解放军干部留了下来，他说他是上级派来的连指导员。下午，就由这位连指导员带领吴秉熙的特务连进驻乌山路省委机关值勤。

一个月后的 1949 年 9 月 18 日，中国人民解放军福建军区第四军分区（1951 年 3 月，第四军分区改称为闽侯军分区）在螺洲成立，担负剿匪、治安、巩固地方政权、组建与训练民兵、动员参军等任务。司令员黄永山，政治委员郝可铭。省委当即把以吴秉熙为连长的特务连转为第四军分区直属特务连（又称直属警通连），依然由吴秉熙任连长，从福州乌山路省委机关开往螺洲古镇军分区机关驻扎。全连 126 人，编为 3 个排 9 个班。军分区吴副司令员在欢迎会上对他们说："同志们，你们平潭游击队是好样的，是一支英勇善战的英雄队伍。省委曾镜冰同志、专署陈亨源专员对军分区司令部介绍了你们这一支游击队在福建地下斗争中的先进事迹。不过，你们今后再也不是游击队了，而是共产党领导的正规军了。你们是光荣的中国人民解放军一员，是军分区司令部的主力军。军分区机关的安全，全分区人民的治安，都是你们的责任。希望你们发扬优良的革命传统，迎接新的挑战，再接再厉，夺取新的胜利！"

听了吴副司令这一席话，吴秉熙心里犹如浪涛翻滚，久久无法平静。他想，国民党反动派被我们打败了，革命胜利了，但是，摆在面前的革命任务依然繁重而艰巨。国民党的残兵败将到处流窜，土匪、恶霸纷纷逃进山林，坚持与我新生政权和人民群众为敌。中国人民解放军主力部队正忙于准备解放平潭、漳厦和金、马、澎、台，这肃清土匪恶霸、保护人民的艰巨任务，就自然而然地落在我们原地方游击队的肩膀上了。作为一个把一切交给党的共产党员，今后，我吴秉熙该如何再接再厉，迎接新的挑战，夺取新的胜利呢？

吴秉熙当夜辗转反侧，毫无睡意，吟出了一首题为《狂飙》的短诗：

胜利红旗处处飘，
狂飙吹倒蒋王朝；
誓将革命干到底，
甘洒热血在战壕。

第十三回　巩固部队狠施苦计

1949 年 9 月 22 日夜晚，军分区政治部组织科科长饶瑞青主持召开分区所属各连指导员会议。因特务连没有配备指导员，就通知连长吴秉熙参加。会议的主题，是传达分区司令部的一个严格命令："为了稳定军心，一律不准请假。"饶科长传达命令后说："分区郝政委要求各连指导员务必做好本连的思想政治工作，维护部队的稳定性和战斗力。"

分区司令部为什么要下这个"不准请假"的命令呢？饶科长在会上作了简要说明。

由于福州和福建大部分地区都已解放，许多战士都认为国民党反动派已经消灭，革命成功了，可以放下枪杆回乡同家人团聚了。特别是那些已婚的战士，其家属认为自己的亲人冒着枪林弹雨与国民党战斗，成了革命的功臣，现在国民党打完了，可以回家了，所以都写信来要求其丈夫请假回家。这样，部队就出现了家属来信多，要求请假多的现象，甚至出现请假不准就逃跑的严重行为。更严重的还出现集体逃跑的事。马锦辉大队调来分区整编，不到一星期就逃跑百分之八十。因此，分区司令部才下了这道"一律不准请假"的死命令。

饶科长接着道："分区首长还叫我在会上强调，今后哪个连队有人逃跑，就要追究哪个连指导员的责任。"

"我们连没有指导员，如果有人逃跑，那追究谁的责任？"问这话的是特务连连长吴秉熙。那时部队党员干部缺乏，有的连队有配专职指导员，有的连队是连长兼指导员，但指导员必须由党员担任，而吴秉熙因"城工部事件"被停止党籍，故不能兼任指导员。

饶科长知道吴秉熙的情况，他听后说："特务连现在没有配备专职指导员，也没有宣布你兼任指导员，但是，吴秉熙同志，你身为一连之长，如果特务连里有一位战士擅自离队，你就要负完全的责任。明白吗？"

"明白。"吴秉熙笑着回答。他拿着明白装糊涂，哪里会不明白？他这样问，无非是为了让分区早日派给他一个专职指导员。

"明白就好。"饶科长问，"你们特务连里有没有想请假，想逃跑的战士呀？"

"没有。"吴秉熙回答后又补充说，"暂时没有。"

会议结束后，吴秉熙回到度尾特务连集体宿舍。作为一连之长，他不要单人间宿舍，他的连长单人床位于大宿舍靠里墙临窗的一角。见战士们都熄灯睡觉了，他也就悄悄地睡下，他生怕影响战士们休息。

一觉醒来，一个振奋人心的喜讯传到闽侯军分区机关，使吴秉熙和他的平潭籍战友们无不欣喜若狂，激动异常。

原来，一周前的9月16日，家乡平潭第二次解放了。

福州战役胜利结束之后，人民解放军第28军奉命解放平潭。

平潭地处台湾海峡西北部，是祖国大陆离台湾最近的地方，乃战略要冲，历来是兵家必争之地。退守台湾的蒋介石认为，保住平潭岛有利于反攻大陆，有利于挽救已经失败的国民党政权。因此，他多次命令要死守平潭。敌守将李天霞奉命一边整编一边抢修阵地、工事、公路，还在城南修建一个小型野战飞机场，妄图负隅顽抗，长期据守。9月13日，蒋介石还派其参谋总长陈诚亲自来平潭，命令岛上驻军死守平潭，同海岛共存亡。

此时窃据平潭岛的国民党军，除7月3日就开始布防在岛的敌第73军军部和第73军第15师以及天九部队外，第73军之第238师和第74军残部，皆系在福州战役中溃败逃至岛上的。另外，还拥有大小军舰10多艘，总兵力达一万多人。8月19日，汤恩伯任命第73军军长李天霞为平潭岛防卫司令官，统一指挥第73军、第74军等岛上所有国民党军。其兵力部署是，第73军的第15、第238两个师防守于平潭岛的北半部，其中第714团守大练岛，第712团的一个连守小练岛。第73军军部直属工兵营的一个排守草屿岛。第74军残部布防在平潭岛的南半部。10多艘军舰则游弋于闽江口和平潭岛周围，企图封锁海上交通。

8月下旬，我第28军在军长朱绍清、政委陈美藻的率领下，进驻福清县，以便于做好解放平潭渡海作战的一切准备。张纬荣、高飞、吴兆英、林中长等率领的平潭游击队奉命到福清第28军军部接受支前任务，担负组织300多艘的渡海船队、搜集敌人在岛内的布防情报、配合部队各团作战等重任。各游击队员分配到各个团队，担任向导带路等项工作。

9月11日，第28军军部率领第82师、第84师、第83师的247团、军直属炮兵团、加强炮兵第14团的4个连，前往逼近平潭岛的福清东瀚、长乐松下等处驻扎待命。

9月13日夜晚，第245、247、252团各以部分兵力，向平潭的小练、大练、草屿、塘屿等卫星岛进攻。艰难激战两天，攻克了这4个卫星小岛，俘敌900多人，铲除了平潭岛西面和南面进攻航道上的障碍，为我军总攻平潭主岛海坛岛创造了有利条件。

9月15日20时30分，我军以第244、245、247、250和251团的1个营为第一梯队，以246团、252团和251团的另2个营为第二梯队，在强大的炮火掩护下，随着军长朱绍清的一声令下，发起向平潭主岛海坛的总攻，百帆齐发，浩浩荡荡，乘风破浪，勇猛前进。

约莫22时，我第244团和第245团于海坛岛南端的钱便澳东西两侧同时登陆，首先消灭了坚持滩头阵地之敌，乘胜直取平潭县城。16日凌晨2时，第244团首先攻进县城，随即第245团也攻入县城。盘踞县城内的敌首李天霞早已率亲信官兵撤退到潭东观音澳，并登上"太平号"轮船逃往台湾。守敌群龙无首，防线全面崩溃，纷纷向城北流水方向撤退，妄图从海上逃亡。军长朱绍清当即命令各团迅速追击逃敌。

与此同时，由平潭岛西面进攻的第247团、第250团、第251团等，分别由马腿、结屿、苏澳、罗澳等处登陆，先荡平桃花寨、青峰岭一线之敌，在迂回韩厝后同第244团会师，开始了4个团的联合作战，经排塘兜、潭水、沙地底、柳厝底、君山后、北港、山门前等村庄，直击王爷山、白犬山之敌。接着，向流水方向发动进攻，把大股敌人包围在流水、君山之内。敌人依托预设的阵地工事负隅顽抗，等待海上军舰接应。等到9时许，一艘敌军方姗姗驶来，但不敢靠岸，在海上打了30余炮后调头回窜。敌人待援无望，又在我军强大炮火的勇猛攻击下，到了16日下午17时，除个别抢乘木帆船逃走之外，其余全部被我歼灭。至此，海坛岛战斗结束，宣布平潭第二次解放。

9月17日，我第250团由流水东渡攻占小庠岛，俘敌第73军

238 师 270 多人。此时，相邻的东庠岛守敌闻风丧胆，赶往葫芦澳夺船逃命。被迫驾驶运载逃敌木船的舵手欧吓辉，待驶出澳口海面之后，使劲将木船弄翻，与船上 230 多名敌人同归于尽。后来，欧吓辉被福建省人民政府追认为革命烈士。

是役，共歼灭国民党军 8132 人，其中毙伤 125 人，俘虏 7734 人，投降 273 人，缴获迫击炮 35 门、机枪 158 挺、长短枪 2536 支、汽艇 3 艘、电台 2 部，以及大量军用物资。

这次平潭战役的胜利，是在我军一没有渡海作战经验，二没有海空军协同作战，三没有轮船运输工具的不利情况下取得的。是在仅仅利用游击队临时筹集的民间木帆船作为海上运输工具，同时又遇上 8 级大风的困难条件下取得的，委实不易，可比同平潭游击支队第一次解放平潭，创造了我军解放斗争史上的奇迹。此役告捷，不仅使我军在实践中练习了渡海作战的本领，而且为大军南下夺取漳（州）厦（门）战役的胜利创造了有利条件，其意义极其重大……

听了平潭第二次解放的情况后，吴秉熙在高兴之余想了很多。他想到中国共产党的伟大，想到解放军的威力，想到海坛英雄欧吓辉的忠烈，想到张纬荣、高飞等同志带领平潭游击队员和平潭人民群众的支前成绩。

此时此地，吴秉熙不禁想起分别 3 个多月的爱妻、幼女、妹妹和婶婶等一家人，她们现在的情况如何呢？

9 月 23 日傍晚，离家 3 个月、不知家里事的吴秉熙，突然收到司令部转来的一大沓平潭战士的家信，其中就有一封是吴秉熙日思夜想的爱妻林惠的亲笔信。真是"烽火连三月，家书抵万金"。此时的吴秉熙，其欣喜兴奋的情形确实无法言状。他攥着两张写着娟秀小楷的薛涛信笺，如获至宝，爱不释手，一会儿紧贴在脸上轻闻纸面上散发出来的淡淡幽香，一会儿展开于胸前默读其信头书尾所表达的浓浓爱意。不过，他读了又读的还是家信中间的几段话：

……你走了3天之后，我也奉命撤退到福清城头南充村，隐蔽在一位基本群众家，努力对群众做宣传发动工作，但心里一直牵挂着留在家里的小云英和婶婶、姑姑她们。因我有孕在身，行动不便，很想打听平潭家里的消息，总是不能如愿。直到9月16日平潭再度解放，我跟随其他同志一起回家之后，才得知国民党匪军窃据平潭的种种恶行。

国民党第73军为了长期据守平潭，组织许多便衣"清乡队"，经常潜入全县农村渔寨，走街串巷，抓捕拘禁、严刑拷打他们认为可疑的人。甚至三更半夜，闯入民宅，逐户点名，查对人头。特别是游击队根据地，是他们袭扰的重点地区，广大革命群众深受其害。

有一天中午，敌第73军"清乡队"又闯入玉屿村，进行挨家逐户的大检查。当他们一组3人来到杨玉珠婶婶家检查时，小云英正在床上熟睡。经本地一个坏人指认，他们知道她是共产党吴秉熙的女儿，不由分说，就把小云英盖的被子掀掉，粗暴地捏住她的双脚，将她倒着拎了起来。小云英惊吓得哇哇大哭，可他们中的头儿却用短枪指着小云英倒挂着的脑袋，诡笑道："共产党吴秉熙跑了，就拿你这个臭丫头抵数，带走！"说罢把小云英扔在地下，逼她站起来跟随他们一起走。可小云英此时才两周岁，脚又被他们捏痛，站都站不起来，怎么能走？她唯一能做的就是躺在地下哭号。杨玉珠婶婶见状心疼，赶忙上前把她抱了起来。她一边哄小云英"不怕，别哭"；一边同他们中的头儿理论："老总，我看你也是一位有子女的男人，为何如此惊吓一个刚刚两周岁的小女孩？吴秉熙参加共产党游击队，跟这个不懂事的小女孩有什么关系？吴秉熙把自己的田厝全都变卖了，连亲生女儿都扔下了，你们有本事就抓吴秉熙本人去，你抓这个连吴秉熙都不要的可怜小女孩有用吗？能抵数吗？"别看杨玉珠婶婶没入孔子门，可她的一番有理有节的话却说得众人都哑口无言。加上一位围观的村上好人替小云英讲了一堆好话，才将入户作恶的 3 个匪兵打发走了……

9 月 24 日早晨起床，坐在床头的吴秉熙还沉浸在平潭家乡再度解放和爱妻家书的愉悦中，忽见一群表情严肃的战士急匆匆地围站在他的床前。吴秉熙一时不解，惊问："你们要干什么？"

"我们要请假回家。"战士们异口同声。

"怎么？司令部一律不准请假的命令，你们不知道？"吴秉熙又一次惊问。

"我们都听过连长的传达，当然知道。"有个战士说，"但是，我们有特殊情况——特殊情况例外。"

吴秉熙见说不禁好笑，道："暂不论特殊情况能不能例外，但我想知道你们都有哪些特殊情况？"

"我要回家结婚，因我年过三十，女方也已二十五，家里来信说，如不回去结婚，那女方不能等，就另找别人了。"一个姓阮的战士说。

"我儿子已出生两个月，但我还没有见到，我要请假回家看看儿子。"一个姓高的战士说。

"我父亲患有绝症，最近病情恶化，家里来信说要我请假回家最后见一面。"一个姓林的战士。

"我是个独子，父母想我……"

"好了，好了，不必再说了。"吴秉熙不让他们再说下去，忙截止道，"我都知道了，初次离家 3 个月，大家都有特殊情况，都想家。

但是，司令部命令是'一律'不准，那就是说'特殊情况'也不例外。"

经吴秉熙这么一说，大家一时无言以对都散开了。吴秉熙当然知道，就这几句话是不可能解决那些要求请假、离队的战士思想问题的，所以，他花了一整天时间，在连里开展一场有声有色的"稳定军心，巩固部队"教育活动。他通过大会、小会和个别交谈，开展"忆苦思甜"阶级教育，做深入细致的思想政治工作，使大家懂得打败了国民党军，人民获得解放，建立了中华人民共和国，这只是革命路上的"万里长征第一步"，今后还要继续努力奋斗，巩固革命成果，建设社会主义。

经过一整天的"稳定军心"集中教育活动，战士们的认识有所提高，早晨那几个要求请假回家结婚的、看孩子的、同病父见最后一面的战士，都表态不请假了，这难免给吴秉熙产生错觉，以为要求请假、离队的问题在特务连指战员中已经解决了，他可以好好地睡一觉了。不料到了夜晚，吴秉熙正上床准备躺下休息时，却又见一群战士冲进来围站在床前，逼他批准，让他们请假回乡探亲，看望日夜思念的父母、妻儿，甚至口出狠话，威胁说："如不批准，就采取'非常行动'。"一反平时他们对老领导吴连长毕恭毕敬的态度。

这就使吴秉熙顿时犯了难，使这位本来遇事不惊的硬汉不免有点头疼。

夜已深，吴秉熙躺在床上翻来覆去不能入眠。此时，他耳朵边响起饶科长的警告："吴秉熙同志，你身为一连之长，如果特务连里有一位战士擅自离队，你就要负完全的责任。明白吗？"吴秉熙当然明白自己肩上的责任；他还明白倘若不能维护队伍稳定，要完成剿匪肃特的任务是完全不可能的。那么，怎样才能做到"队伍稳定"呢？吴秉熙凭自己的经验知道，一要加强对战士的思想政治教育，二要领导干部的实际行动。过去他用"变卖田厝，毁家纾党"的实际行动，来稳定平潭游击队的军心；现在他该用什么实际行动来感动战士，以维护特务连的队伍稳定呢？他冥思苦想着，猛然间，一个残忍的念头从心中泛起：绝食。吴秉熙知道，用绝食办法，施行自我伤害的苦肉计，是非常痛苦的，也是有风险的，如果失败了，不但不能达到目的，而且连生命都保不住。但是，现在已经到了无法说服战士的地步，如果不用这个下策感动他们，怎能博得他们的同情、理解，以放弃请假离队之想头，而安下心来服役呢？

于是，一不怕苦、二不怕死的吴秉熙，就这样做出一般人所做不到的事，连续绝食3天。尽管许多战友相劝，他就是坚持滴水不进，粒米不吞，他对战士们说："你们如果不顾队伍解散，一定要回去，那就走吧，我宁愿饿死在这里，也不回去。"吴秉熙这种为了革命不惜牺牲自己的忘我精神，终于感动了全连战士，到了第四天，见吴秉熙的生命已经处于奄奄一息的昏迷状态，吴章富、吴翊章站出来召集全连开会，要大家在吴秉熙床前表态，保证服从命令不请假回家。

从那以后，全连指战员都安下心来服役，再也没人提出要请假离队的事。由于以吴秉熙为连长的特务连，军心稳定，队伍巩固，各项工作出色，到1949年的年终总结评比时被军分区党委评为"巩固部队"模范连。这是后话。

第十四回 歼灭凶顽巧用良策

1949 年 10 月 1 日下午 4 时，吴秉熙参加螺洲各界"庆祝中华人民共和国成立大会"刚回到驻处，吴副司令员就尾随进门向他下达紧急命令，要求吴秉熙率领分区特务连当夜赶往闽清六都剿匪，并对他介绍了简要情况。

闽清，简称梅，是闽侯专署下辖的山区县，位于福建省东部的闽江中下游，距福州 50 千米。8 月 15 日，闽清县解放。潜伏下来的国民党特务，同当地土匪相勾结，在闽清山区活动十分猖獗，他们杀人放火，奸淫掳掠，无恶不作。昨晚，闽清县十一都区政府，被一股 300 多人的土匪袭击，该区公所 11 位同志全部被杀害。据刚刚收到的可靠情报，这股 300 多人的土匪今晚深夜将袭扰闽清县六都区政府。因此，军分区首长命令吴秉熙特务连赶往闽清六都救援。

闽清六都（今为坂东镇），自古以来就是闽中地区的商贸、文化重镇，中国现存最大的古民居宏琳厝和书香四乐轩就坐落在这里。六都四面群山环绕，中央形成一马平川、纵横 10 余里的大盆地，历史上有"大大六都洋"之称。六都位于闽清县境南部，离闽清县城 25

千米，距福州82千米，且多为山间小路。从螺洲出发夜行军，一般要走8个多小时……

吴副司令员为人干脆，有魄力。他知道吴秉熙是个战无不胜的优秀指战员，故没有对他多说什么，因为"好鼓不用重锤"嘛！吴秉熙为人实在，他不喜欢讲大话、空话，他在吴副司令员面前没做豪言壮语的表态，他只说几声"是"之后便集合他的连队出发。

出发时是10月1日下午4点正，到达闽清六都区公所是夜晚11点，只走了7个小时，比预期8小时快了一个小时。这快出来的一个小时很珍贵，刚好赶在土匪"光临"六都之前进行战役部署。

六都区政府设在该区的湖头村，为两层小楼，四周有坚固的围墙。听说大股土匪今夜要来六都洗劫杀人，区里的大多数干部都惊恐得躲藏了起来。只有不怕牺牲的区长和他的警卫员淡定从容地留守在区公所的小楼里面对。

对于剿灭这股土匪的计策，足智多谋的吴秉熙早已成竹在胸，并且在夜行军的半路上已经对3位排长面授机宜。吴秉熙到了湖头村六都区公所后，见区长可靠，便对他说了今夜剿匪战斗的计策要点，并且请区长协同他一起指挥战斗。吴秉熙请区长命警卫员将楼上的所有房间点亮灯火，使土匪以为有人在屋里睡觉。点完灯之后，请警卫员把外大门从里头关紧锁住，然后越墙出来跟随已经埋伏在围墙外的区长左右。

区长是一位地下党员出身的好区长。他本来做好了今夜和土匪同归于尽的思想准备，身上还揣有两颗手榴弹，但见100多人的解放军队伍雄赳赳气昂昂地开进区里来，就知道今晚六都有救了；又见指挥员吴秉熙胸有良策，部署作战有条不紊，他更是信心满满，喜不自禁。对于吴秉熙的指挥，他自然大力支持，密切配合。

将近深夜 12 点，300 多名土匪像袭击十一都一样，大摇大摆地开进六都区政府机关，撞开院子外大门，蜂拥进大院里，跨上二楼，见物就抢，但不见有人，正狐疑间，随着一声冲锋号响，喊杀声、枪声、手榴弹爆炸声从四面八方而来，涌进大院的 300 多名土匪乱成一团，死伤甚多，院外大门被我两挺机枪锁住，逃出来一个击毙一个，跑出来两个打死一双，有的则越墙而逃。我军埋伏在暗处，土匪在明处。残存的土匪也想反抗，但不知枪往那里打，更不知我军有多少兵力，无不吓得丢魂丧胆，拼命夺路而逃。

战斗至深夜 2 点结束。天大亮之后打扫战场，发现匪徒的尸首 60 多具，重伤跑不了的 10 多人，其余匪徒逃遁不知所向；我军无一伤亡。

这是吴秉熙特务连剿匪第一次大捷。吴秉熙特务连剿匪的第 2 次大捷，是智取白岩山，剿灭顽匪游作普。

游作普是闽清县原国民党自卫队大队长，中华人民共和国成立前夕被我闽清地下党干部吴成端同志招降，所部成为一支人民游击队。但他受不了人民游击队的严格纪律约束，早就想逃离游击队伍，后来他听信"蒋介石将反攻大陆"的鬼话，又见国民党潜伏的特务和周边的土匪活动猖狂，居然在闽清解放之后叛变，拉起了一支 50 多人的土匪队伍，隐蔽在闽清、尤溪、永泰三县交界处的深山密林之中，妄图充当蒋介石反攻大陆的内应。每当月黑风高的深夜，他们就出来烧杀掳掠，蹂躏当地群众。于是，军分区命令吴秉熙在六都剿匪结束之后，发扬不怕疲劳连续作战的精神，把游作普这股顽匪彻底消灭掉。

游作普这股顽匪只有 50 人枪，由常胜将军吴秉熙出手剿灭，本来易如反掌，但他们却像一群狡猾的狐狸，躲藏在闽永尤三县苍茫的深山老林之中，这就很难找到其踪影。吴秉熙从 10 月 5 日接到命令开始行动，到 20 日，整整半个月过去，都没有一点其踪迹的眉目。后来，吴秉熙想出一个办法，命令二排长吴章富派出全排 36 位战士，化装成当地砍柴的农夫和采药的山民，散布在闽清、永泰、尤溪三县交汇处的山头岭尾间调查巡视，虽然如同大海捞针般渺茫，但到了 10 月 21 日下午却捞到了一个信息："白岩山隐隐约约有可疑的人影出没。"

"哪一个白岩山？"因为闽清、尤溪两县都有一个很著名的白岩山，故吴秉熙才有此一问。

"没说是哪一个白岩山。"派出调查的二排副说，"但说这话的人像是闽清本地人，所以他说的白岩山应该就是闽清白岩山。"

"真笨，为何不问清楚？"这句责备的话，吴秉熙只在心里说。他认为此时责备下属无用，有用的是同各排长商量该不该前往闽清白岩山？在商量时，各排长都说游匪躲藏在闽清白岩山的可能性很大，应该立即前往剿灭。

闽清白岩山，位于闽清县三溪乡山墩村和上洋村境内，距福州 90 千米，主峰玳瑁顶海拔 1267 米，因山顶岩石洁白如玉而得名，又因山上有 108 处惟妙惟肖的天然岩景，故又有一个"百景岩"之美称。白岩山，天然石林众多，悬崖峭壁无数，自然景观罕见，山势气魄宏大，古人誉之为"威镇南疆"的"闽山第一"。南宋理学大师朱熹对闽清白岩山情有独钟，曾多次登临，并留下"八闽岳祖"的题刻。

闽清白岩山上有一座始建于唐代的白岩寺，背靠玳瑁顶，寺前门埕下深谷峭壁，险峻奇秀，远眺古寺犹如悬挂在半天空……

从六都区公所去白岩山到底有多远？区里人说不很远，那白岩山骆驼峰的仙人镜就面对着坂东平原，亘古以来当地民众在月夜里都可望着它。但 10 月 22 日，吴秉熙的队伍从早晨 7 点出发到中午 1 点，整整走了 6 小时，才走到白岩寺的门埕下。

为了避免打草惊蛇，吴秉熙命令第一、第二两排迅速把白岩寺包围起来，然后他亲率第三排 30 多位战士向寺庙里猛冲进去，以便把窝藏在寺里的 50 多位匪徒一锅端了。

然而，搜遍了寺内的所有房间密室和寺外的所有山头暗洞，都不见有一个人影。看来，游作普顽匪躲藏的白岩山并不是闽清白岩山，而是尤溪白岩山。吴秉熙和他的战友这次判断有误。不过，后来知道，顽匪游作普最先是躲藏在闽清白岩山，随后转移到永泰白云山，最后又转移到尤溪白岩山。

尤溪白岩山，海拔 1442 米，位于尤溪县汤川乡溪滨村，主峰像一只举起的大拇指，直插云霄，故又称大拇指山。其特点，山高峰险，谷深洞幽，林茂树奇，岩峭石怪，云浓雾密，是人迹罕至、神秘莫测的未开发处女地，仿佛人间的世外桃源，委实是一个土匪躲藏的好所在。山上虽然没有可容纳土匪的寺庙，却有一个可栖居 50 人的仙人洞。狡猾的顽匪游作普就窝藏在这个所谓的仙人洞里。

吴秉熙的剿匪队伍从闽清白岩山开赴尤溪白岩山，整整走了两天一夜，10 月 24 日队伍跨进白岩山下溪滨村时，已是暮色苍茫的傍晚。为了不惊扰当地村民，吴秉熙命令队伍在村口的一座古刹里休息。

次日起床吃饭后，大家都以为要立即上山剿匪，但吴秉熙说不急，作战不能无准备仓促上阵，一定要等到我们的"准备工作"做好了才行动，反正残匪已经陷进自以为安全的牢网里，逃是逃不掉的。

吴秉熙的"准备工作"分两步走：一是摸准敌情；二是制订妙计良策。

第二天，10 月 25 日，开始走第一步"摸准敌情"。吴秉熙带几位连里骨干到溪滨村访贫问苦，调查情况。经过两天的深入调查，除了知道游匪近期活动的情况和摧残百姓的罪行外，还了解到白岩山"仙人洞"匪窝的地势和攻取的路径。

原来，白岩山"仙人洞"的洞外有层层叠叠的嶙峋怪石掩蔽，可避风雨；洞内有潺潺不断流涌的泉水，可供饮用。洞四周皆是不可攀爬的悬崖峭壁，只有一条九曲十八弯的羊肠小路，如同一条绳索悬挂在山门前。其地势极其险要，真真是一个"一夫当关，万夫莫开"的易守难攻之地。

都说"白岩山自古一条路"。但吴秉熙不信，他反复查问一位采药的老山民，终于获知还有一条可以艰难上下的秘密野径。这位老山民还表示愿意为吴秉熙上山剿匪带路。

第四天，10月27日，开始走第二步"制订良策"。吴秉熙召集6位排级干部开会，共同商定剿灭这股窝藏在白岩山"仙人洞"里的游匪计策。在大家都发表了意见之后，吴秉熙说："古书云'知己知彼，百战不殆'，我们经过调查，知道了敌情，就可以制订出一个适合敌情的破敌良策。我先讲一个故事给大家听听。公元前206年，刘邦派韩信攻打秦将章邯，为麻痹敌人，韩信命令万名士兵，大张旗鼓地修复从汉中到关中的栈道，以示有打回关中之意。章邯果然中计，在栈道经过的地区布置重兵准备拦截韩信。哪知韩信却暗中从陈仓（古县名，位于今陕西省宝鸡市东）小路突然杀来，章邯仓促应战，结果大败。这个故事说的是，楚汉相争时韩信运用的'明修栈道，暗度陈仓'之计策。此计策适合在我方不便正面进攻，而又另有可'度'之路的情况下使用。那么，我问大家，我们要剿灭窝藏在白岩山里的游匪，适合不适合用这个'明修栈道，暗度陈仓'之计策呢？"

"适合，适合！"排长们异口同声。

"那好，就这么定了。明天（10月28日）早晨6点发起攻取白岩山。"吴秉熙说，"今天要做好队伍整合工作。会议之后，排长们回去，要从自己排里挑选10名身强体壮、脚手灵活的年轻战士，合计30人，由一排长率领，请老山民带路，负责'暗度陈仓'，从秘密野径攀登白岩山，一举歼灭游匪；其余90名战士，由二三两位排长率领，负责'明修栈道'，大张旗鼓，浩浩荡荡，时缓时快，从正面进攻白岩山，但不要到达敌人的射程之内。都明白了吗？"

"明白。"大家响亮回答。

"都明白就好。"吴秉熙接着道，"我最后再强调一下，'明修栈道'是做样子给敌人看的，以便吸引和牵制敌人的有生力量，而'暗度陈仓'是我方要达到的真正意图。修栈道要'明'，让敌人知道；度陈仓要'暗'，掩人耳目。只有做到这一明一暗，才能保证行动成功。"

吴秉熙部署作战，十分周到，简直滴水不漏。次日，全连以计策行事，一举攻取白岩山，彻底歼灭顽匪游作普。

游作普以为窝藏在这个"世外桃源"里就可以高枕无忧了。没想到解放军会上山来歼灭他们，更没想到会从没有路的悬崖峭壁攀登而来，如同天兵天将般从天而降，把他们一锅端了。全队50人都成了吴秉熙特务连的俘虏。

智取白岩山，完成剿灭顽匪游作普的任务之后，吴秉熙率领连队凯旋回到闽清六都待命。在回来的路上，指战员们忍不住唱起一首吴秉熙作词的豪迈战歌：

　　　　我们为人民打游击，
　　　　到处留下我们的足迹；
　　　　风雨黑夜是我们的朋友，

山路森林成了我们的伴侣，

哪一个敌人能逃过我们的枪口？

哪一场战斗不是我们宣告胜利？

我们无敌，

因为我们都是钢铁战士，

我们无敌，

因为我们用信仰举起红旗。

第十五回　剿匪英雄重新入党

　　1950年12月22日上午8时，闽侯军分区召开年终总结表彰大会。大会即将开始时，组织科科长饶瑞青走进会场听众席，对着坐在前排的特务连长吴秉熙耳边悄悄说："大会结束后，请你到我办公室，我有重要的话要对你说。"吴秉熙忙问："是什么重要的话？您现在就对我说吧！"饶科长微微一笑，摇摇手，小声道："不能在这里说。"

　　"是什么重要的话呢？"饶科长走后，吴秉熙一直在心里暗暗猜度着。

　　大会由吴副司令员主持，他首先请司令员在会上做1950年度分区工作总结报告。司令员黄永山在报告中用大量的篇幅，表彰吴秉熙特务连的剿匪战绩。他说，分区特务连是一个战无不胜的英雄连队，连长吴秉熙是一位屡立功勋的剿匪英雄。吴秉熙同志不但勇敢，而且睿智，是一位智勇双全的指挥员。他在解放战争和剿匪斗争中，都为党和人民做出了出色的贡献，立下了卓越的功勋，值得大会表彰，值得大家向他学习。

　　接着，吴副司令员请吴秉熙连长上台介绍特务连一年来的剿匪战绩和经验。

"是有一点成绩，但没有什么经验。如果一定要挖掘什么经验的话，那就是：一要勇敢，不怕苦，不怕死；二要机智，善于动脑筋，善于用计策。"吴秉熙上台后，开门见山，说了这几句话，然后他说，"我现在向大会汇报特务连一年来的剿匪情况。"

1950年1月25日深夜。春寒料峭，北风怒吼，漫天的箭雨拍打着混沌的永泰白云山头。100多位着装整肃、面容刚毅的解放军战士摸索着行走在悬崖边缘的羊肠小道上。雨越下越紧，路越走越滑，战士们一个拉着一个，爬行着前进。突然"扑通"一声，有位战士不慎失足掉落在黑魆魆的深坑里。走在前头的连长吴秉熙闻声慌忙回转头，当即命令3位高个子战士同他一道跳下深坑，把这位名叫李宗福的跌伤战士强行抬了上来。

这次吴秉熙之所以率兵夜行军，是因为这天午后军分区李参谋长发来一道紧急命令。命令说："务必于今天下午4点从闽清六都出发，赶在明天拂晓前到达永泰白云山剿灭惯匪徐国财。"

这几个月来，根据军分区司令部指示，吴秉熙的连队都驻扎在闽清六都，负责彻底剿灭闽清的股匪。现在闽清的土匪基本消灭了，但永泰县的匪风却很猖獗。特别是惯匪徐国财去年8月在洋尾寨一带被吴秉熙打垮之后，不甘心失败，又纠集1000多匪徒在永泰白云山一带，进行破坏活动，扰乱社会治安，危害人民群众。

次日，1月26日，在拂晓之前到达永泰白云山后，吴秉熙立即部署作战。徐国财虽然曾经是吴秉熙的手下败将，但他手中有千余人枪，吴秉熙不敢轻敌麻痹，他依然开动脑筋，运筹帷幄，策划灭敌之妙计。

作为手下败将，徐国财当然知道吴秉熙的厉害。他听说吴秉熙率领解放军前来剿灭他们，不禁吓了一跳，心就虚了许多。后来开战3天3夜，吴秉熙巧施"声东击西"等计策，使徐国财连连中埋伏，吃了几次大亏，死伤惨重，不禁哀叹"吾非伊对手也！"不得不下山向我解放军缴械投降。这是吴秉熙特务连今年（1950年）剿匪第一次大捷。

吴秉熙特务连今年剿匪第二次大捷，是剿灭闽侯尚干股匪关一戚。关一戚是闽侯县土匪中最狡猾的一股顽匪，共有匪徒60多人，拥有轻重机枪等精良武器。他居然仿效我们人民游击队，采取分散和集中相结合的游击战术，我们来，他们就分散为民，参加生产；我们走，他们就集中为匪，打家劫舍，做坏事。

1950年4月初，吴秉熙特务连进驻闽侯县城尚干镇后，采取走群众路线的剿匪办法。吴秉熙命令全体战士深入到群众的家庭中去，同群众交朋友，帮助群众干活，帮助群众解决生产生活中的困难，使群众认识到解放军是人民的子弟兵，是他们的亲人。由于建立了军民之间的深厚感情，群众就把所知道的情况告诉吴秉熙和他的战士们。在广大群众的检举、揭发、指认下，那些隐蔽在群众中的土匪都浮出水面，无处躲藏，不到20天，关一戚的60多名土匪，自首的自首，抓捕的抓捕，全部被肃清。

吴秉熙特务连今年剿匪第三次大捷，是剿灭后溪山区的散匪。后溪属闽侯县廷坪乡，位于闽侯县北部山区，境内群山环抱，山势巍峨，山坡陡峭，山谷幽深，山洞荫蔽，林茂竹盛，散匪易藏难捉。

1950年5月中旬，吴秉熙带兵来到后溪村剿匪，战士们登上高山峻岭，看了茫茫竹林，幽幽山谷，顿感不知所措，都说在此处剿灭散匪很难，实在没有信心。但吴秉熙在开会时对战士们说："天下无难事，只怕有心人。只要有决心，就有战胜困难的办法。"有的战士问："什么办法？"吴秉熙笑着敲敲自己的脑袋道："办法在这里，也在大家的脑瓜里。"接着他问："同志们，我们在尚干剿匪为什么会获得大捷？其成功经验是什么？"有几位战士同时回答："走群众路线。"

"对了，走群众路线，回答正确。"吴秉熙接着说，"能不能肃清散匪，就看我们有没有发动群众。群众觉醒起来了，散匪就无存身之地。我们全连战士要分散到各村各庄的群众家庭里去，访贫问苦，做群众的思想工作，启发群众的阶级觉悟，特别要讲清楚剿匪的意义，使他们自觉行动起来，主动帮助我们肃清害人的土匪，以便建立安居乐业的社会秩序。我们还要做土匪的家属、亲戚、朋友的思想工作，讲明我党对土匪的政策，运用党的宽大和惩罚相结合的政策瓦解他们。"

吴秉熙对战士这样讲，也组织战士这样做，不到一个月，分散躲藏在后溪一带林缝山洞的土匪都出来向吴秉熙连队自首，合计缴出所拥有的长短枪50多支、各种子弹3000多发。从此，后溪、廷坪一带山区的土匪销声匿迹，进出闽侯北大门安全无忧。

1950年6月1日之后，吴秉熙特务连奉命先后到连江、罗源两县，分别协助当地县大队剿匪。经过几个月的共同努力打了几个大胜仗，使这两县的土匪得到基本肃清。

1950年10月16日下午，吴秉熙的特务连刚从连江、罗源一带剿匪回到分区司令部，战士们在螺洲度尾村营房里正准备打铺休息，分区司令部又打来电话，命令吴秉熙马上带兵前往福清，务必在今晚赶到福清城关剿匪。说这股土匪，号称"反共改进军"，来头不小，气焰嚣张，近日在福清融城活动猖狂。昨天福清融城北门饭店被这批土匪洗劫一空，反动标语四处张贴。

"服从命令，是军人的天职。"吴秉熙接到分区司令部的命令电话，立即率领队伍出发。他们急行军50千米，到达福清县城时已是深夜11点半了。福清县人民政府县长李毅亲自领导这场剿匪斗争。他同吴秉熙一起分析敌情，一起研究剿灭这批土匪的具体计划方案。在李毅县长的正确领导和吴秉熙连长的精心组织下，通过精确的侦察、广泛的宣传、英勇而机智的战斗，不到半个月，就把这批200多人的土匪彻底肃清了。这是吴秉熙特务连今年剿匪的第四次大捷。

1950年11月25日上午，因李毅县长热情挽留而驻扎在福清一个多月的吴秉熙连队，又接到军分区司令部的命令，要求他们立即从福清开往长乐，配合长乐县大队剿匪。此时是午后1时许，经过一个下午的急行军，队伍开到长乐县城时，夜幕早已降临。但长乐县大队却要求他们立马赶往坑田，说坑田那里的土匪十分了得，活动最为猖獗，正在进行破坏活动。虽然战士们尚未放下背包喝水用餐，但吴秉熙就向还没有解散的队伍高声喊出口令："立正，向后转，目标坑田，快步走！"

坑田村属玉田镇，位于长乐西部，地处福州和闽南交通要冲，是长乐沟通福清、平潭、莆田的水陆转运航站。村前有一条深而宽的河流，名叫上洞江，直通闽江，以至外海。其古道头，船来船往，人流如织。连接古道头的道头街商店鳞次栉比，十分繁华，即使在深夜依然灯火通明。

深夜10点半，队伍到达坑田。食宿安顿妥当之后，吴秉熙携3位排长在道头街溜达一圈，然后停步古道头，他喃喃道："县大队说这里土匪活动猖獗，我信；说这里土匪十分了得，我却不信。因为，福州、长乐解放已经一年多了，新生政权已经巩固，区区几股土匪如同和尚头上的虱子，明摆在那里，怎么能存活？他们虽然还会垂死挣扎，但毕竟是强弩之末，没力。"排长们听了都点头称是。吴秉熙虽然这样说，但他依然不敢轻敌麻痹，而是反复构思剿灭坑田土匪的计策，然后如此这般地对部属面授机宜。其计策要点是：力敌和智取相结合，政治攻势和武力攻击相结合。

在吴秉熙连长的精密组织下，全体指战员经过20多天的辛苦努力，到了12月20日，坑田地区的土匪终于被肃清了。其中抓捕18人，自首56人，缴获长短枪60多支，各种子弹500多发。这是吴秉熙特务连今年剿匪第五次大捷。

如果加上1949年冬天在闽清的两次剿匪，吴秉熙特务连的剿匪已经获得了七次大捷……

吴秉熙汇报完，全场响起热烈的掌声。

吴副司令员在大会上宣布，闽侯军分区年终评比结果，吴秉熙荣获1950年度分区"剿匪英雄"称号，以吴秉熙为连长的分区特务连评为1950年度分区"剿匪英雄连"。

表彰大会结束后，吴秉熙立即跑到军分区组织科办公室。他喊声"报告"后进门，饶科长热情地请他就座，并递给他一杯热水，然后亲切地说道："老吴同志，关于你的党籍问题，军分区几位首长都很关心，都对我当面提过。"

"谢谢首长关心。"吴秉熙坐着喝口水后说。

"由于你屡立功勋，表现突出，处处起模范带头作用，像个真正的共产党员，军分区党委一直把你当为党员干部使用。"饶瑞青接着说，"有些很重要的事本来只能由党员来办，也大胆地交教给你去办，而你也总是很好地完成任务。"

"我本来就是一个为成立新中国和实现共产主义理想而奋斗的真正共产党员嘛！虽然我的党籍被停止，从组织上说是党外群众，但我严格按照真正的共产党员标准来要求自己、来规范自己的言行，所以我思想上依然是共产党员。"吴秉熙说完喝一口水后接着说，"军分区党委和首长对我的关心、爱护和信任，我很感动，我怎能辜负军分区党委和首长对我的信任呢？"

"你说的都很好，我都听感动了。你不愧是一位从枪林弹雨中走过来的老革命。"饶瑞青说的是真心话，他接着叹道，"遗憾的是，福建城工部问题还没有搞清楚，你的党籍还不能恢复。没有党籍势必给你带来许多不便，也影响你发挥更大作用。幸好，福建省委最近做出决定，在城工部问题还没有搞清楚之前，可以吸收其中个别优秀成员重新入党。因此，军分区党委昨晚研究决定，吸收你重新入党……"

"什么？吸收我重新入党？是真的吗？"好事来得太快，吴秉熙一时不敢相信。

"是真的。"饶瑞青正色道，"我今天是代表军分区党委找你谈话。但不知你个人有什么意见？"

"我吴秉熙高兴都来不及，还会有什么意见？"

"我相信，这叫喜出望外，机会难得。"饶瑞青说，"要吸收原城工部成员重新入党，在整个军分区中，你吴秉熙还是头一个。"

"太好了，我吴秉熙从今天起，又回到党的怀抱了，又是一个有党籍的共产党员了……"

"老吴同志，你会是一个有党籍的共产党员，但不是今天，你还要办理重新入党手续。"饶瑞青说着拿出一张党员登记表递给吴秉熙，说，"你要填好这张表，送给军分区党委审批。从军分区党委批准的那一天起，你才是一个有党籍的共产党员。"

121

"饶科长，你看这表该怎么填？填时要注意什么？"吴秉熙拿着表格看了一下问。

"你第一次入党时没填过申请表格吗？"

"没有。"吴秉熙说，"那时地下斗争环境，没有印刷的正规表格，只要手写的'个人自传'交给组织就算申请了。"

"喔。"饶瑞青说，"你有文化，当过小学校长，按表格要求填写，应该没有困难。必须注意的事项是，一要实事求是，如实填写；二要简明扼要，重点突出。所谓重点，就是有问题的，历史上有做过危害人民危害革命坏事的，一定要交代清楚。革命功绩，可不必写。"

"好的，我明白了。我拿回去填写。"吴秉熙问，"可以吗？"

"可以。"饶瑞青说，"你明天上午前填好交给我。"

"没问题。"吴秉熙应一声拿着表格走了。

第二天上午，吴秉熙交了重新入党的党员登记表。第六天，1950年12月28日，闽侯军分区党委正式批准吴秉熙重新入党。从此，吴秉熙重新回到党的怀抱，重新获得政治生命。从此，吴秉熙怀着一颗感恩的心，更加积极、主动地为党为人民做贡献。

第十六回　反特高手又立新功

正是"酒香不怕巷子深"，谁能想得到，位于福州台江三宝路末尾狭窄深巷里的茉莉花酒家，生意那么红火。全店一个大厅和一个临江小包厢，合计 11 个台桌，每天从上午 10 点到夜晚 12 点，座无虚席，无不爆满。其实，该店的经营之道，也很平常，无非是"物美价廉服务好" 7 个字，但能够始终如一地把这"七字经"做到极致，就数这个茉莉花酒家了。当然，这个酒家生意红火还有一个不便张扬的秘诀，那就是倒酒服务员全是年轻的绝色美女。自古酒色难分，那些以酗酒为乐之徒，当然就更喜欢光顾这个别有秀色可餐的茉莉花酒家了。

不过，1951 年 6 月 18 日这一天，茉莉花酒家却出现两个反常现象。一是那个临江小包厢从上午 10 点到傍晚 7 点，一直空着。据说是被 3 位富商付了订金预订包租了；二是坐在靠近小包厢门口那张台桌的 3 男 1 女宾客，从上午 10 点进来至傍晚 7 点，始终只吃菜，饮茶，不喝酒，尽管其台桌上也摆着两瓶福建老酒和全套酒杯。这 3 男 1 女宾客，穿着十分时尚考究，像是归国华侨，其中一个男的，身材魁梧，浓眉方脸，穿着西装，戴着高帽，很是气派，大概是他们的头儿。那位女的宾客一身素装，显得高雅、大方、美丽。这一伙宾客不可能没钱喝酒。酒家赚钱主要靠卖酒，茶水是免费的，下酒菜是按成本卖的，不喝酒却一整天占住一张台桌，这怎么可以？酒家老板实在看不过，便命倒酒小姐过去热情地为他们倒酒劝酒。但被那位素装女宾客谢绝，说她自己也会倒酒，不必贵店小姐代劳。这位女宾客年约二十四五，长得比倒酒小姐还要俊秀，她的白色穿着和倒酒小姐颇为相似。那位倒酒小姐当然坚持要倒，她说，如果你们不让她倒酒，酒家老板就会解雇她，让她丢了养家糊口的饭碗，贵客于心何忍？

正争执间，预订小包厢的3位富商客人来了。他们3人之中有一位个子很高，脸上有明显的刀疤，戴着黑色目镜，颇为神秘。当他们经过这张桌子走进小包厢时，那位女宾客突然站起来，接过倒酒小姐手中的服务托盘，道："小姐，我看你忙了一天，也累了，我替你到小包厢倒酒吧，你就坐在我的座位上陪陪我这几位朋友喝酒吧。"

"好啊，小姐，你就坐下来陪我们喝几杯吧！"那位穿西装的男子热情地说。

"酒家有规定，上班时间不能坐着陪宾客喝酒，但站着陪你们喝几杯，倒是可以。"倒酒小姐说着，便为客人和自己斟满酒，然后举杯道，"我先干为敬，干。"

"干！"

那3位男宾客，边喝酒边留意着小包厢里的动静。突然，清脆的"卡朗"一声从小包厢里传出来，显然是酒杯掷地的声响，那3位男宾客闻声立马冲进小包厢，说声"你们被捕了"，便一人一个，把小包厢里的3位富商全铐上手铐。

"你们是何人？为何无辜抓我们平民百姓？"那位高个子富商不服，抗议道，"我要控告你们。"。

"很好，我们现在就送你们到市公安局。"那位穿着西装的男子说，"到了局里，自然就知道我们是何人了。走！"

"走！"另外两个男宾客和一位女宾客同声呵斥道。

"我们确实是守法的商人，你们不能这样冤枉好人。"那位高个子富商心有不甘，赖着不走。

"林乌干！"着西装的男子大喝一声。

"哎……"林乌干的大名叫林文理，是福清县的头号流氓兼恶霸，为国民党军统中校特务，奉福建军统头子王调勋之命，中华人民共和国成立后潜伏在福州市内从事破坏活动。他乍听有人叫他的别名，大吃一惊，不禁应声"哎"。警觉过来后，他瞪了西装男子一眼，狐疑地问："你莫非就是吴秉熙？"

"正是。"吴秉熙说，"我们不杀俘虏，放心走吧！"

"共产党优待俘虏，这我知道，知道……"林乌干口说知道，却趁众人不备，转身一跃，从小包厢的临江窗口跳了下去。

"往哪里跑？"吴秉熙见林乌干跳窗逃跑，没有多想，也跟着跳下窗口，追捕而去。

窗口下就是苍霞洲段的闽江，水深流急，吴秉熙看到林乌干在江中潜游，他也跳进江里向林乌干游去。

吴秉熙和林乌干，一个平潭玉屿人，一个福清海口人，两人都是从小在海边长大的，都是游泳高手，又都经过严格的军事训练，武功高强。如果在条件相同的情况下格斗，只能打个平手。但是，邪不压正，林乌干的双手被铐着，自然不可能在吴秉熙手中逃脱。经过来回折腾，他就乖乖地让吴秉熙的铁钳般双手擒拿上岸。然后，连同他手下的两名特务，3 人一起被吴秉熙等 4 人押送到福州市公安局羁拘审讯。审讯之后移送福清县公安局处理。这是闽侯军分区情报科参谋吴

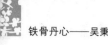

秉熙反特的初次胜利。

吴秉熙转任军分区情报科参谋是一个月前的事。

一个月前的 5 月 15 日上午，闽侯军分区组织科饶科长找吴秉熙谈话，对他说："当前，我区公开的土匪已经基本消灭了，但是暗藏的国民党特务却无处不在，其破坏活动十分猖獗。根据这个态势，军分区党委认为，今后分区工作的着重点应该转移到隐蔽战线的斗争上来。为了尽快肃清本区隐蔽战线上之敌，分区党委决定，增配情报科干部，加强情报科的战斗力量。根据分区党委这一决定精神，情报科华文波科长向党委要一个连级干部给他当参谋，负责情报科的行动组工作。其条件是，一要连级，二要党员，三会武功，四能力强，五会通本地话。党委研究时认为，在全分区官兵中选一个连级干部当情报科参谋并不难，但要选符合这 5 个条件的连级干部，就非吴秉熙莫属了。现在问题的关键是，就看吴秉熙同志本人愿意不愿意啰？"

吴秉熙听后忙说："我一向无条件服从组织决定，怎么会说关键是看我本人的意见呢？"

"老吴同志，你党性强，革命精神可嘉。关于对待工作变动的问题，如果组织已经决定了，那就应该坚决服从，不讲条件。但是，"饶瑞青一笑，接着说，"如果组织尚未决定，是在征求本人意见，那就可以发表自己的意见，说愿意，或者不愿意了。现在，我是受组织委托来征求你本人的意见呀！"

"饶科长，我明白了。"吴秉熙说，"但我想，既然党委信任我，认为我符合当参谋的 5 个条件，那我还有什么理由不愿意呢？"

"你愿意就好，那现在你就到我办公室开个介绍信向情报科报到。"饶瑞青说。

"好的。"吴秉熙问，"那我的青干队长工作移交给谁？"

原来，1951 年 1 月，为了培养一批新干部充实革命队伍，军分区党委决定招收 50 名初中学历以上青年学生，成立一个青干培训队，进行上岗前的集中培训。分区党委调刚刚重新入党的吴秉熙担任青干培训队队长，负责青干培训队的管理、教学和思想工作。特务连连长一职改由一位姓王的连级干部担任。从此，吴秉熙离开了他担任一年又 4 个月的军分区直属特务连。

吴秉熙干一行，爱一行，精一行。在吴秉熙强有力的组织领导下，青干培训队学员经过 4 个月的集中培训，提高了阶级觉悟，增长了革命知识，树立了为人民服务思想，从一个普通学生，练就成革命队伍里的一名干部，于 1951 年 5 月 10 日结业后，接受组织分配，愉快地走上革命工作岗位。吴秉熙由于管理青干培训队工作很出色，受到了分区党委领导的大会表扬……

饶科长见吴秉熙这样问，便回答道："你负责的青干培训队已经结业，以后有没有再办党委还没有研究。所以，你暂且不必移交，先去情报科报到上任。"

1951 年 5 月 15 日下午，吴秉熙拿着政治部组织科的介绍信到司令部情报科报到。情报科华文波科长给吴秉熙配备了两男一女 3 名助手，成立行动组，负责完成福（清）长（乐）平（潭）三县的肃特任务。组长由吴秉熙参谋担任，男组员为吴秉亮、吴自齐，女组员名李晓梅。

1951 年 5 月 18 日上午，行动组在吴秉熙的率领下前往福清县开展反特工作。根据福清县公安局长介绍的敌情，吴秉熙锁定军统中校特务林乌干（原名林文理）为第一个抓捕目标。

经过一个月在福清及福州两地调查、侦察，终于在 1951 年 6 月 18 日这一天，查出了林乌干在福州的破坏活动和日常生活的一些规律，知道他平时常到三宝路茉莉花酒家喝酒的信息，采取一个"守株待兔"的笨拙办法，把作恶多端的林乌干等3名军统特务一网打尽。

抓捕中校特务林乌干之后，吴秉熙接到分区情报科的通知，留在福州协助省军区情报处查办一桩特务破坏自来水厂的大案。案破后的7月底，吴秉熙的行动组奉命回螺洲参加纪念"八一"建军节活动。

8月2日上午，情报科华文波科长召集行动组组长吴秉熙和成员吴秉亮、吴自齐、李晓梅等开会，布置新的反特任务。会议刚开始，华科长就拿出一张发黄的半身个人照递给吴秉熙，问："你认识此人吗？"吴秉熙接过来一看，惊讶地道："此人莫非就是我邻村土库的高建武么？"华科长说："你说的对，但他现在不叫高建武，改名高锋。"

"早在1947年，高建武就参加国民党军统特务组织，他勇武过人，号称'百人莫敌'，是福建军统特务头子王调勋手下的一员干将。听说他在中华人民共和国成立前夕就跟随败军撤到台湾去了。"吴秉熙接着问，"华科长，您怎么有高建武的早年照片？"

"这张照片是省军区情报处派专人送来的。"华科长说，"其实，高锋并没有去台湾，中华人民共和国成立后他一直潜伏在福州城内从事破坏活动。因为他是平潭人，所以省军区情报处要我们分区情报科负责把他抓捕归案。但省军区情报处没有提供高锋的行踪线索，故此难度很大，要不要给你们加派两个会武功的战士？"

"不必了。"吴秉熙说，"兵贵在精不在多。我们行动组4位同志配合很默契。抓高建武虽有难度，但经过努力是可以完成任务的。请科长放心。"

福州省城，人海茫茫，到哪里去找高建武？仅仅依靠3男1女4个人的行动组前去搜捕，当然困难很大。但吴秉熙对革命路上的困难，司空见惯，不以为然。他总是笑着对他的助手们说，"如果抓特务没有困难，要我们行动组干什么？"

第二天，8月3日上午，吴秉熙就信心十足地率领他的3位助手进驻福州市台江旅社，然后分头调查、侦察。

半个月后的8月18日傍晚，吴秉熙漫步到台江第三码头时，无意间看到平潭土库的商船停泊在这里。出于关心家乡的情况，他便上船访问。在漫谈中终于从船上人的口中探听到高建武在福州的行踪信息。

信息说，高建武在福州有3个姘妇，分别住在三叉街、观音井和中亭街。住在三叉街的那位姘妇最年轻也最美丽，所以高建武经常夜宿三叉街的姘妇家。不过，他昼伏夜出，白天是看不到他的，只有夜间才出来活动。

于是，每当夜晚，经过化装的吴秉熙等4人就在三叉街民居附近埋伏，守候。但是，一周时间过去了，都不见夜间有男人出没走动，更没有高建武的踪影。行动组中有人不耐烦了，说不能老在三叉街一处守候，也要到其他两处看看。吴秉熙说："观音井和中亭街两处民居太过分散，不好守候，还是三叉街民居集中，埋伏和抓捕都比较容易，请大家耐心。成功与否，往往就在于能否'再坚持一下'。同志们不必多言，服从我的命令就是了。"

果然，到了第8天，8月26日的夜晚，在朦胧的月色中，要抓捕的目标终于出现了。他出来不为别的，是向一位卖香烟的美女购买一包进口的三五牌香烟。见他从中抽出一支烟，微微一笑的卖烟美女及时地划根洋火帮他点燃。他眯着眼睛美美地深吸一口香烟，正抬头深看一眼卖烟美女之际，倏见美女正端着手枪对准他的胸膛。他见状不禁大吃一惊，忙伸手欲夺美女手中的枪。可此时随着一声"你被捕了"的呵斥，他的双手已被两个大汉套上了手铐。

"高建武，请跟我们走一趟吧！"说这话的正是吴秉熙，卖烟的美女和两个大汉都是他的助手。

"我不是高建武，你们抓错人了。"高建武不是省油的灯，他想耍赖不走。

"那你就是高锋，对吗？"吴秉熙笑笑说。

"我也不是什么高锋。"高建武高声抗议，"现在解放了，朗朗乾坤，太平盛世，你们这帮强人乱抓平民百姓，必受政府的严惩，赶快把我放了。"

"土库的高建武，你抬眼看看，我是谁？"吴秉熙笑笑问。

"啊，你莫非就是玉屿村吴秉熙？"高建武细细一看，认出来了。

"没错。"吴秉熙说，"我今天奉政府之命来抓捕你归案，你还有什么话就到里头跟政府说吧！"

高建武此时知道再耍赖无用，只好乖乖地让吴秉熙等人就擒，送往福州市公安局拘审。随后，他被移送到平潭县公安局处理。

然而，高建武死不改悔，居然于当年（1951年）12月，从平潭监狱里越狱逃跑，下海投奔敌占马祖岛，担任台湾"情报局马祖闽北工作站行动队海上区队"63号炮艇少校艇长。

不过，"恶人总有恶报"。1959年2月2日，高建武奉台湾当局之命，率敌63号炮艇从马祖岛开进平潭牛山渔场，妄图对我沿海渔业生产和海上运输进行袭扰破坏。我人民海军东海舰队第四中队在平潭县流水民兵的配合下将该炮艇击沉，敌少校艇长高建武再次当了我军的俘虏。他率领的22名兵卒，被我俘虏和击毙各11人。此役轰动全国，平潭海军舰队和平潭流水民兵获得中央表彰。平潭流水民兵英雄代表方宝琳、郑振盛、郑琴肯和平潭海军英雄代表应邀参加1959年国庆10周年观礼，受到毛主席和刘少奇、周恩来、朱德、邓小平、陈毅等党和国家领导人的亲切接见。这是后话。

　　吴秉熙连续破两个反特大案，抓捕两股难抓的国民党潜伏特务，又立了新功，受到了省军区和闽侯军分区两级司令部通令嘉奖，被誉为"反特高手"。省军区政治部多次来函闽侯军分区政治部，商量借调吴秉熙到省军区情报处协助破案，闽侯军分区政治部虽然答应了，但未让他前去报到。

第十七回 "三反"运动错受处分

1951年12月至1952年10月,一场以反对贪污、浪费、官僚主义为主要内容的"三反"运动,在全国党政军干部中普遍展开。运动教育了干部的大多数,挽救了犯错误的同志,清除了革命队伍中的腐败分子,树立了廉洁朴素的社会风尚,对于在执政的条件下保持共产党人的革命精神,促进党风廉政建设,起到了重要的作用。

然而,正如"有战斗就会有牺牲,死人的事是经常发生的"的名言一样,"有运动就会有冤案,误伤好人的事也是经常发生的"。在"三反"运动处于高潮期间,一些地区和单位曾经误伤了许多好人,犯了扩大化的错误。这些问题虽然在甄别定案时基本上得到了纠正,但给当事人所造成的伤害往往是无法弥补的……

1952年3月18日,闽侯军分区党委召开连以上干部大会,动员开展"三反"运动。分区司令员兼党委书记黄永山在大会上做动员报告。他首先说了开展这场"三反"运动的重大意义,其中他强调道:"中华人民共和国成立后,在资产阶级的腐蚀和影响下,党政军机关里的贪污、浪费、官僚主义的现象严重滋长,有的干部腐化堕落变质,发展成为贪污犯。其中有贪污 1000 万元（旧币，1 万元 = 新币 1 元）以下的小老虎（小贪污犯），也有贪污一亿元（新币一万元）以上的大老虎（大贪污犯）。这些大小老虎已经是资产阶级分子，是叛变人民的敌人，如果不清除惩办，必将为患无穷。"接着，他说了这次"三反"运动的方针和做法，其中他说道："在这次运动中，要彻底揭露一切大中小贪污事件，但着重打击的是大贪污犯（大老虎），对于中小贪污犯（中小老虎）则取教育改造不使重犯的方针。在做法上，要大张旗鼓，雷厉风行；要首长负责，亲自动手；要发动坦白和检举；要组织'打虎队'，还要成立'办案组'。"最后，黄司令员号召军分区全体干部立即行动起来，积极参加"三反"运动，同贪污腐败分子做坚决的斗争。特别是共产党员要在这场运动中发挥模范带头作用。

吴秉熙听了分区黄司令员的动员报告，知道了开展这场"三反"运动的背景和意义，心情很激动。他对干部队伍中的贪污腐化现象很气愤，他暗下决心要响应党的号召，积极投身到"三反"运动中去。但是，运动的开头一个月，吴秉熙却因他负责的人武部干部训练班还没有结束而无法参加。

1951 年 5 月，闽侯军分区所属各县相继成立人民武装部（简称人武部），属正团级的解放军建制。1951 年 12 月，为了提高各县人武部干部的业务水平，军分区党委决定举办 3 期（每期 1 个月左右）人武部干部训练班，抽调还在福州侦破敌特案件的参谋吴秉熙回来担任训练班队长，负责每期训练班的行政管理、课程安排和思想教育等工作。其理由是吴秉熙曾经担任青干培训队队长，工作很出色，具有办训练班的工作经验。

于是，去年（1951）12 月，吴秉熙奉命从福州回螺洲接受办人武部干部训练班的任务，至今已经办了两期，现在刚开始办第 3 期。

一个月后的 1952 年 4 月 18 日，第 3 期人武部干部训练班顺利结束。连同前两期，共 3 期，每期 360 多人，合计训练了 1100 多名县人武部干部。他们经过一期一个月左右时间的培训，听取了分区几位首长的轮流讲课，学习了有关文件，提高了业务水平，分别回到各县人民武装部工作，都发挥了很好的作用。黄永山司令员在第 3 期训练班结业大会上，肯定军分区相继举办三期人武部干部训练班的收获和经验，同时表扬队长吴秉熙在负责训练班的行政管理、课程安排和思想教育等工作的成绩和贡献。

人武部干部训练班结束后，吴秉熙正准备回机关参加"三反"运动，然而，情报科华科长却先来找他谈话，对他说："前日，省军区政治部又来函，要求借调你到省军区情报处协助他们侦破几个敌特案子。分区首长认为不能拒绝省军区的借调要求，但何时上去报到倒可以由我们分区安排。因此，首长要我征求你本人的意见，是现在就到省军区报到协助他们办案呢，还是等'三反'运动结束后再上去报到？"吴秉熙听后随口说："我一向服从组织决定。"华科长笑道："这一回组织上尊重你本人的意愿，没做决定，是想按照你本人的意见办。"

"那我现在就……"吴秉熙对抓特务这项工作很感兴趣，也有侦破敌特案子的本领，因此，他本来想说"那我现在就到省军区报到协助他们办案"，可是，他说到一半却犹豫了一下，因为他突然想起共产党员要带头参加"三反"运动，再说自己又没有经济问题，也不怕在运动中挨整，所以他便改口道："不，我还是等'三反'运动结束后再上去报到吧！"华科长听后点点走了。

此时，吴秉熙并不知道就因为他这么犹豫了一下，便改写了他的人生，注定了他的坎坷一生。如果，吴秉熙当时到省军区报到协助侦破潜伏的国民党特务案件，不参加闽侯军分区的"三反"运动，那么，他就会像当年率领特务连"剿匪"一样，屡立功勋，受到上级的表彰和重用；或许，他也会与高飞、张纬荣、吴兆英等当年亲密战友一样，中华人民共和国成立后始终在县处级的领导岗位上为社会主义建设做出卓越贡献。

可是，历史没有"如果"，人生不能"假设"。

1952 年 4 月 19 日，吴秉熙开始参加运动时，军分区机关的"三反"运动已经进行了一个月。这一个月来，通过大会动员和小组学习，号召坦白和检举，还组织"打虎队"作为运动骨干，像战场上的"敢死队"一样打头阵，使军分区机关的"三反"运动有了起色，已经揭发出几个"小老虎"，勒令他们在中、小型的会议上做深刻检查，彻底坦白交代自己的问题，并要他们虚心接受大家的严肃批判斗争。

迟了一个月参加运动的吴秉熙，由于自己没有贪污行为可以"坦白"，也没有别人的贪污事件可以"检举"，因此，在开头的一周时间里，他每次开会都是只听不说。

"吴秉熙同志，你为何不肯说话？"打虎队队长不满地问。他姓马，是保卫科参谋。

"我不是不肯说活，而是不了解情况没话说。"吴秉熙如实回答。

"别人的情况你不了解，难道你对自己的情况也不了解吗？"马队长质问，"你为何不坦白？"

"我无贪污行为，也无贪污意识，你叫我坦白什么？"吴秉熙理直气壮地反问，"马参谋，我能胡编瞎说吗？"

"嘿，你说的比唱的还好听。"马队长冷笑道，"我才不信呢！"

"信不信由你。"吴秉熙坦诚道，"为了支持革命，我不惜变卖所有田厝，所得的款项全部交给党组织。你想想，一个毁家纾党的共产党人，他会贪污公款吗？"

过了一周之后，原打虎队队长马参谋因有人检举他贪污公款而免职受审。分区首长指定没有经济问题的情报科参谋吴秉熙接任打虎队队长。这就把吴秉熙推向"三反"运动的风口浪尖上去。作为打虎队队长，吴秉熙要组织打虎队队员四处搜集干部中的一切大中小贪污事件，向首长和办案组汇报；要协助主持人开好对重点审查对象的批斗会议，并且要带头在批斗会议上作有力度的批斗发言。

近三年来，吴秉熙在剿匪、反特、办班等方面工作出色，功勋卓著，军分区机关众口交赞。他与人为善，对同志彬彬有礼，群众关系很好。他个人对运动的重点审查对象没有私仇，也没有掌握他们贪污公款的真凭实据，然而，一向疾恶如仇的他，由于对贪污现象恨之入骨，所以，在批斗重点审查对象时也有一些过"左"的言行，给挨批斗者带来不快和反感，甚至痛恨。这就为他自己后来的不幸埋下了祸根。

1952年10月，根据党中央指示精神，闽侯军分区"三反"运动宣布结束。打虎队和办案组随之撤销，运动的扫尾工作转由分区政治部保卫科负责。其扫尾工作任务有两项，一是对运动中揭发出来的贪污案件进行甄别定案，分别处理，该处分的处分，该排除的排除；二是对运动中发现的干部政治历史问题进行审查。

1952年10月18日上午8点，吴秉熙怀揣分区政治部介绍信正准备前往省军区报到时，却见华科长急匆匆破门进来，对他说："你今天还不能去省军区报到，因为保卫科想问你个人的一些问题。"

"问我个人什么问题？"吴秉熙感到惊讶。

"可能是你个人历史问题。"华科长安慰道，"应该没有什么要紧，保卫科问清楚了你就可以上去报到，省军区情报处催你上去催得很紧。"

"好吧。"吴秉熙笑笑说。

"那你就在屋里等着，他们会派人来通知你。"华科长说完走了。

吴秉熙心想，我问心无愧，从来没做过对不起人民的事，保卫科想问就问，何惧之有？所以他没听华科长的话在屋里等，而是主动到保卫科去。保卫科长见他气昂昂地雄步进来，不禁一惊，忙请坐，笑容满面地道："你不请自来，果然是个痛快的人。"吴秉熙却生硬地道："你要问我个人历史问题，现在就问吧！"保卫科长递过一杯开水后道："不急，你先喝水。为了更好地帮助你，我们成立了一个三人小组，等下就由这个小组的组长负责问你一些问题。"

"组长是谁？"吴秉熙问。

"马参谋。"

"马参谋？"吴秉熙听保卫科长说此名字，心中不禁暗暗叫苦，"这可真是冤家路窄啊！"

这个马参谋不是别人，正是原打虎队队长因有人检举而受审挨斗的保卫科马参谋。后来，他的贪污公款事件，由于证据不足，无法认定，所以给予排除，让他重新工作。然而，他对运动中受审挨斗的事不能正确对待，特别对取代他担任打虎队队长的吴秉熙耿耿于怀，总想伺机报复，居然向分区党委打了一份吴秉熙历史有问题的小报告，引起了分区党委对吴秉熙的怀疑，做出了一个意想不到的决定，谢绝省军区的借调要求，把他留下来接受保卫科的审查。更没想到的是，组织上会分配同吴秉熙有芥蒂的马参谋负责审查他的历史问题。

"吴秉熙同志，我现在代表党组织询问你几个问题，你要如实回答。你知道吗？"这是马参谋审问吴秉熙的开场白。他讲话的语气虽然尽量装作平和，但仍然掩饰不住其趾高气扬和幸灾乐祸的意味。

"我当然知道。"吴秉熙理直气壮地说，"作为一个光明磊落的共产党员，我无事不可对党言。我不会隐瞒，我也无须隐瞒，因为我平生不做亏心事。你尽管问吧！"

"你何时何地参加国民党、三青团？"马参谋突然问。

"什么？"虽然马参谋问得古怪，但吴秉熙此时也只好如实回答，"我从来没有参加过国民党和三青团。"

"你为何没有参加国民党和三青团？"马参谋不信，厉声问。

"因为我讨厌国民党和三青团呗。"吴秉熙反问，"怎么？我没有参加反动党团你不高兴？"

"那你为什么要参加国民党军？"马参谋笑着自问自答，"喔，我知道了，是因为你喜欢国民党军。"

"你错了。"吴秉熙气极，但控制住自己的情绪，没有发作，而是说明道，"我是为了抗日救亡才投笔从戎加入军队的。那时国共两党合作抗日，国民党军来平潭征兵抗日，我抗日心切，就报名入伍了。"

"你真的是为了抗日救亡投笔从戎当国民党军吗？我看未必。你说得这样冠冕堂皇，谁信呢？"马参谋接着道，"共产党领导的八路军、新四军才是真正的抗日队伍，你为何不参加呢？"

"我不是不参加，而是无法参加。"吴秉熙说，"我为了抗日救亡投笔从戎，是1937年年底的事。那时候，我作为一个偏僻海岛的高小毕业生，你叫我到那里去找八路军、新四军呢？"

"这——"马参谋一时语塞，顿了顿又问，"你在国民党军队里当过什么官？"

"我没当过国民党军队里的什么官，只当过一个带领30多位兵士服役的少尉排长。"吴秉熙说。

"那你在再度入党的志愿书上为何没有填写当过少尉排长？"马参谋高声问，"你说啊！？"

"我当时以为只是少尉排长，不算官，又没做过任何坏事，不必写。"吴秉熙如实说。

"少尉排长的官衔虽然不大，但毕竟不是兵士，而是军官，你在国民党军里当少尉排长，就是一个反动军官。而你却没有填写，这说明什么？这说明你有意隐瞒反动历史，对党不忠诚。"马参谋不依不饶地逼问："你为何要隐瞒自己的反动历史？"

"因为我没做过坏事，不需要隐瞒什么，所以我不是有意隐瞒，而是不经意的疏忽。"吴秉熙平静地辩解之后承认，"当然，疏忽也是不对的，我愿意接受组织的审查和考验。"

"这就好。"马参谋对吴秉熙的态度颇为满意，说，"今天就问到这里。你回去之后，要把你在国民党军队8年期间里所任的职务和所做的要事写一个详细的书面汇报，送给我们小组审阅，然后由我们小组上报给分区党委审处。"

"好的。"吴秉熙答应着离开保卫科问话室。

本着"无事不可对党言"的态度，吴秉熙整整花了3天时间，写了一份洋洋洒洒的万言汇报书，把自己在国民党军队服役8年期间里所任职务和所做要事的经历毫无隐瞒地写了出来，汇报给组织审查处理。

吴秉熙在国民党军队服役从1948年至1946年整整8年，虽然担任少尉排长，但他牢记"常怀报国心，永立救民志"的师训，始终没有干过任何欺压人民群众、"围剿"革命游击队的坏事，相反的他却做了许多除恶扬善、助民兴学等好事。参加革命之后又一心为党，屡立功勋，如果说没填写当过"少尉排长"的事有错，那也仅仅是不经意间的疏忽，给个党内警告不就可以了？因此，他交了万言汇报书之后，如释重负，心中好一阵轻松。

然而，轻松几天的吴秉熙却接到出乎意料的处分通知。

由于吴秉熙同志在重新入党时，怀有不可告人的目的，没有交代在国民党军队里任职的全过程，有意隐瞒反动历史，对党不忠诚老实，经军分区党委研究决定，给予开除党籍、连级降为排级、撤销情报科参谋职务、调往福州军区政训班学习的处分。

这个通知是 1952 年 10 月底下达的。此时，屡立功勋的战斗英雄、反特高手吴秉熙被一撸到底，仅仅保留个军籍。但是，经过一年半政训班学习后的 1954 年 3 月，失去党籍的吴秉熙连军籍也没有保住。他的人生面临着新的挑战和严峻的考验。

第十八回　复员回乡荣评模范

1954 年 6 月 5 日，恰逢传统的农历五月五端午节，老区玉屿村家家户户忙于过节，插菖蒲艾，喷雄黄酒，吃粽子、面饼、咸粿，洋溢着一派祥和、温馨、欢乐的浓浓节日氛围。

午餐后，林惠和她的二女儿吴云华（1949 年 12 月 29 日生）、三女儿吴云钦（1953 年 11 月 20 日生）以及 40 岁的婶婶杨玉珠，都已经进房间午睡了，只有读小学 1 年级的大女儿吴云英独自伏在厅堂的矮桌上写作业。

突然，一位穿军装的大个子挎着厚重行李风风火火地跨进门来。7 岁的吴云英抬头一看便礼貌地起身打招呼："解放军叔叔好！"

"小朋友好！"穿军装的大个子放下行李，笑笑说，"你是大姐吴云英吧？"

"叔叔，您怎么知道我的名字？"吴云英瞪着惊奇的眼睛问，"您是谁？"

"你说我是谁？"穿军装的大个子反问后笑道，"你猜猜看。"

"他是你爸爸，云英！"婶婶杨玉珠闻声从里间走出来为吴云英作介绍。然后，她对来人道，"大哥，你刚回来，午饭还没吃吧？"

"我在苏澳街吃过了。"穿军装的大个子问，"婶婶，林惠呢？"

"大嫂陪三妹在房间里午睡。"婶婶杨玉珠说，"我进去告诉她你回来了。"

"您真的就是我爸爸？"吴云英似信似不信地问。

"真的，我就是你的爸爸吴秉熙。"

"爸爸！"吴云英羞涩地轻呼了一声。

"嗯。"吴秉熙亲昵地抚摸一下吴云英的头，动情地说，"女儿啊，爸爸离家一晃5年过去，你都长成大姑娘了。"

"秉熙，你可回来了。"林惠抱着7个月大的三女儿吴云钦、牵着5岁的二女儿吴云华走出来。

"林惠，你辛苦了。"吴秉熙忙接过林惠怀里的小云钦，并在她的红嘟嘟粉脸上"噗"地亲了一口，然后递给林惠。

"云华，他是你爸爸，快叫！"林惠欲把吴云华推向吴秉熙跟前。但她因出生后从来没见过父亲，故躲到母亲身边，怯生生地瞪着眼珠子望对方。

"不要为难孩子。"吴秉熙问，"怎么没看到月送妹妹？"

"月送妹妹结婚了。"林惠说。

"她跟谁结婚？"

"跟县公安局指导员刘文旗结婚。"林惠说，"刘文旗是山西人，他最近调回山西工作，月送妹妹就随他到山西去了。"

"哦。"

听说吴秉熙回来了，许多村里人都来探望，有的老大娘还拉着他的手问长问短，表达对这位当年的平潭人民游击支队副支队长的亲切问候。久别家乡的吴秉熙本来就思念支持他干革命的根据地乡亲，也乐得接触他们，借机了解他们在中华人民共和国成立后的生产和生活情况。双方交谈甚欢，直谈到夜幕降临，方依依散回。

林惠在一旁看着吴秉熙和乡亲们的亲热交谈，无意间发现38周岁的丈夫比过去清瘦多了，额头上明显地多了几道皱纹，那英俊威武的脸庞也黝黑了许多。没有改变的是他那开朗乐观的性格，还有那如同响雷般的高昂嗓门。

深夜，这对久别胜新婚的恩爱夫妻上床后都没有睡意，便躺在床上悄声细语一阵。

"秉熙，你这次回家探亲会住多久？打算何时回部队？"林惠关心丈夫的假期，她从内心希望他多住数时。

"我不回部队了，林惠。"吴秉熙微笑说。

"你又讲笑话哄我开心。"林惠说，"你以为我会相信你说的吗？"

"我知道你一时不会相信，但我不再回部队是真的。"吴秉熙平静地说。

"怎么？你转业回地方工作了？"林惠感到惊讶。

"不是转业回地方工作，而是复员退伍回家，建设社会主义新农村。"吴秉熙说。

"什么？你复员退伍回乡当农民？"林惠更感到难以置信，"难道你犯了大错误，被部队清洗回家，对吗？"

"不对，至少不完全对。"吴秉熙说，"林惠，你难道不知道我是一个什么样的人吗？"

"你是一个'常怀报国心，永立救民志'的男子汉，你是一个战无不胜、功勋卓著的战斗英雄。我为自己有你这样的丈夫感到骄傲。"林惠说，"我怎么会不知道？"

"知道就好。"吴秉熙说，"你说，像我这样的人怎么可能会犯大的错误呢？"

"可你现在却突然复员退伍回家，和村上没文化的人一样当农民，作为你的妻子，"林惠说，"我怎么能接受这个事实？怎么能够理解这其中的缘由？"

"林惠，我理解你的不理解。其实，我自己开头也不理解。"吴秉熙说，"我年富力强，有勇有谋，打仗战无不胜，剿匪是英雄，反特是高手，出生入死7个年头，屡立功勋受表彰，又没犯过任何大错误，怎么就叫我复员退伍回家呢？这180度的转折，我做梦都不会想得到。于是，我感到委屈，感到惆怅。委实，我想不通啊！但是，后来我想通了……"

"你后来想通了，是真通？还是假通？还是事出无奈不通也得通呢？"林惠这一问简直切入骨髓。

"人生多无奈，有的人是事出无奈被迫复退回家，因为没有想通，回家后就发牢骚讲怪话。"吴秉熙说，"而我与众不同，我是真的想通了。"

"你是怎么想通的，我愿听其详。"

"福州军区转业复退大队张政委说：'过去党根据形势任务需要，动员大家参军；现在党又根据新的形势任务需要，动员大家回乡生产。总之，参军和复员都是根据党的需要。'由此我想，'党的需要就是我的选择'，这是我早已立下的人生宗旨。既然复员退伍回乡生产是党的需要，这不正合我的人生宗旨吗？那我还有什么想不通的呢？因此，我愉快地服从复员退伍回家，决心在建设社会主义新农村的岗位上为党立新功！"

"你觉悟高，真想通了，我佩服。"林惠说，"可我心里还是无法平静。你看看，当年和你一起打游击的3位战友，他们无不在县团级领导岗位上任职。高飞先任平潭县副县长，后历任永安专署建设科副科长、龙岩专署农业局副局长、三明市农业局长；张纬荣历任平潭县委政策研究员、闽侯专署干校教员、闽侯专署办公室秘书；吴兆英为副团级的平潭县人武部副部长。而你屡立战功，却从副团级连降3级为正连级使用，这还不够，居然一撸到底，复员退伍回家当农民，扛起锄头修地球。这种反差？这种不公平，你愉快，我却笑不出来；你想通了，但我还没有想通。"

"林惠，你记得我们当初入党时的誓言吗？"

"我当然记得。但是，我因城工部事件被停止党籍，已经不是党员了。"林惠说，"而你呢？去年2月我到福州军区政训班看望你，你说你重新入党后又因一个疏忽被开除党籍，现在的你和我一个样也不是党员，你还提入党誓言做什么呢？"

"我的党籍虽然被开除了，但我的党性没有被开除。在组织上，我暂时不是党员；但在思想上，我永远都是真正的共产党员。准确地说，我是一位暂时没有党籍的真正共产党员。"吴秉熙接着说道，"曾焕乾同志说：'作为一个真正的共产党员，个人的荣枯宠辱不必介意，应该把自己的一切（包括生命）献给党和人民。'我吴秉熙从1948年2月入党宣誓那一天起，就把自己的一生交给党，党需要我做什么我就做什么。没有私心杂念，才称得上'真正'的共产党员；不计较个人得失，才称得上'完全彻底'为共产主义事业而奋斗。你说对吗？林惠。"

"对，很对。"林惠说。

"那么，你也想通了，支持我复退当农民，是吗？"吴秉熙高兴地问。

"你说呢？"林惠笑笑反问。

"林惠，你真是我的好妻子。"吴秉熙喜极而泣，忍不住把她紧紧抱住。

林惠是位有文化、有信仰、有觉悟的贤惠妻子。他爱丈夫，崇拜丈夫，尊重丈夫，理解丈夫。对于丈夫的重大决定，她一向选择支持。当年吴秉熙变卖田厝毁家纾党，没有她的支持也是办不成的。同样的，这次吴秉熙复退回乡，她也只能取支持配合的态度。仅仅感到不公平就事论事说说而已。

"林惠，谢谢你。"

"嗯……"

林惠梦呓般应答一声睡了过去，她太累了。吴秉熙离家5年从来没有寄过钱回家，一家大小5个人的生活来源全靠她在县水产网具店当营业员的微薄薪水。她既要上班，又要打理家务，还要为刚出生7个月的三女儿哺乳，委实很累，很困倦。

次日天亮，林惠从睡梦中醒来，伸手摸一下身旁被窝，却是空的。睡在身旁的丈夫吴秉熙不知何时已经起床出去，直到吃早饭时间也不见其踪影。那么，他去哪里呢？

原来，天刚破晓，朝阳未露，吴秉熙就从酣睡的妻子身旁悄悄地起床出门，独自一人在村子里转了一圈。从山头、园尾、村中，到澳口，他都细细地观察了一遍。在他的心里，眼前就是一张等待他描绘的洁白图纸，他要用重墨浓彩描绘出一幅衣食无忧的社会主义新农村蓝图；眼前就是一个等待他拼刺的崭新战场，他要像当年带兵作战一样，率领村民打一场"脱贫致富"的攻坚战……

"想帮助村里'脱贫致富'，这个愿望很好。但是，你一个复退军人，有这个能力吗？"林惠听了吴秉熙的想法后提出质疑。

"我能力有限，这不假；'脱贫致富'的愿望能否在我手上实现？

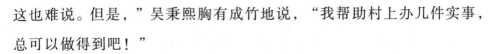

这也难说。但是，"吴秉熙胸有成竹地说，"我帮助村上办几件实事，总可以做得到吧！"

"这我相信。"林惠说。

吴秉熙说到做到，经过一年半的努力，到了 1955 年 12 月，他就为玉岐村办了 5 件实事好事，促进村上走上富裕道路。

第一件事，兴修水利，抗旱保丰收。

吴秉熙回乡的第二天下午，县上派来的驻村工作组 3 位同志就登门拜访。吴秉熙打游击和剿匪的英雄事迹，他们早有所闻，所以双方一见面交谈就十分亲热。吴秉熙向他们查问村里的生产情况，他们说了当前灾情严重抗旱困难的问题，请吴秉熙出面帮助村里兴修水利抗旱。吴秉熙认为兴修农田水利是保证农业丰收的关键，便满口答应道："义不容辞。"他组织村里 10 多位青年参加水利施工队，并从自己复退安家资助金中捐出 20 元购买石灰，为村里修建了"圆圆水井""额澳水闸""下洋斗门"等 3 处水利工程。这 3 处水利工程在抗旱中发挥了重要作用，保证了大片田园的丰收。

第二件事，创办图书馆，为村民阅读提供方便。

复员回乡后，吴秉熙常对村里人说，社会主义新农村的农民应该是一个有文化懂科技的新型农民，否则就跟不上时代的发展。1954 年 9 月，为了给村里人提供阅读政治、文学、科普书籍的方便，提高村民的文化水平，吴秉熙慷慨解囊，从自己复退安家资助金中捐出 250 元，购买了适合农民阅读的各类图书 500 多册，并租赁了一间民房，在玉岐村办起了平潭第一个农民图书馆，吸引了村里和周边的广大农民读者前来阅读，顿时读书之风大盛，轰动全岛。

第三件事，组织农业生产合作社，引导农民走集体化道路。

1955 年 3 月，平潭县的农业合作运动便如火如荼地开展起来了。

吴秉熙挺身而出，带头响应。首先，他召集全村 56 位复退军人开会，他在会上对大家说："组织农民走集体化道路，是我们复员回乡军人的头等任务。过去，我们能够把农民变成游击队的队员，难道今天我们就不能把单干的农民组织起来，变成农业合作社的社员吗？"接着，他和吴秉亮、张心德等复退军人，通过多种形式向村上农民宣传办农业生产合作社、走集体化道路的优越性。经过 20 多天的宣传发动，玉屿村 170 多户村民全部报名入社，于 1955 年 5 月，就办起了玉福、玉建、玉平等 3 个初级农业生产合作社和自瑞、水清等 2 个生产互助组。到了这年秋冬之交，这 3 个初级社和 2 个互助又合并为一个玉屿高级农业合作社。

第四件事，捐献巨资，帮助村上发展渔业生产。

玉屿村依山傍海，澳口、渔场就在家门口，可历来没有发挥这个得天独厚的海边优势，居然没有渔船、冬缯、浮网等渔业生产工具。吴秉熙为了帮助村民致富，在贤德妻子林惠的支持下，不惜捐献 400 元巨资，给玉屿高级社购置渔船、渔网，发展渔业生产，使社员年收入有了明显的增加。

第五件事，筹办玉屿造船厂，发展社队企业。

吴秉熙复员退伍回乡当一个普通农民，同村上成年人一个样，每天日出而作，日落而息。他既不是村党支部里的一位党员，也不是行政村里的一个村干部，也没担任生产合作社里的社长、社委和组长，他真正是一位"无官一身轻"的草民，但他却把帮助村民"脱贫致富"为己任，日夜搜索枯肠，冥思苦想，如何让村民富起来，做到丰衣足食。有一次，他到苏澳造船厂看望一位战友回村的路上，突发奇想，玉屿高级社能否也办一个造船厂呢？经同玉屿村社干部商量，都说可行。资金、工匠、厂场等条件皆备不缺，缺的是木材供应指标。那时平潭木材供应特紧，由县长一支笔批准。吴秉熙说此事包在我老"牛"（平潭方言，牛和吴同音）身上。于是，他一次又一次跑县城找县长张厚生批准木材指标，以满足玉屿造船厂的造船所需木材。造船厂利润高，效益好，使社员的年收入大幅度增加。

1955 年 12 月，平潭县民政科组织人员深入各个乡镇，调查总结几年来复员退伍军人回乡参加生产建设的成绩和经验，并开展全县复员退伍军人评比活动。由于回乡一年半为民办实事的成绩显著，吴秉熙光荣地被评为平潭县"模范复员军人"。

第十九回　修公路破格当指挥

1956年9月15日下午，玉屿村大雨滂沱。村党支部利用雨天召开党员大会。这是玉屿村党支部在"城工部冤案"平反后第一次党员大会。参加的有林惠等刚刚恢复党籍的原城工部党员，合计15人。吴秉熙因未恢复党籍不能参加。他在家协助婶婶照看四妹吴云平（1955年2月20日生）、五妹吴云玲（1956年1月14日生）等两位幼女。但婶婶说无须他协助看小孩，他该做什么就做什么。

此时，无所事事的吴秉熙便躲进房间里，翻出一张今年6月28日的《福建日报》来，对其中的一则消息念了又念：

> 1956年6月27日，在中共福建省第一次代表大会上严正宣布，经中共中央批准，对福建城工部组织予以公开平反，认定城工部组织是中共组织，恢复城工部党员的党籍；对被错误处理的城工部党员给以平反，恢复名誉；对被错杀的人员，予以昭雪，追认其为烈士，其家属为烈属，得到人民政府的抚恤和照顾……

"吴秉熙同志在家吗？"突然出现在门口的一位小青年高声问。

"小同志，你是谁？"婶婶问。

"我是苏澳区委通信员小高。"小青年回答。

"什么事？小高。"吴秉熙闻声走出来。

"县委打来电话，要你明天下午4时之前到县人委（县人民委员会）人事科报到。"

"报到做什么？"吴秉熙不禁问，"小高，你知道吗？"

"我不知道。"通信员说，"不过，区里有人议论，说你复员回乡表现好，贡献大，是模范复员军人，可能要调你到县里当干部。"

次日，1956年9月16日，下午3时，吴秉熙来到城关县人委人事科。人事科长见吴秉熙到来热情地请他就座，并递给他一杯开水，然后说："老吴同志，县委根据形势任务需要和你本人回乡的良好表现，决定调你出来工作，临时安排在县交通局当科员，当然，这只是临时的，待你的党籍解决后再正式任命你的职务。由于你曾经是一位战无不胜的常胜将军、钢铁战士，剿匪英雄，反特高手，组织领导能力强，因此，你虽然目前还只是一名临时工，但却破格让你挑重担，担任县战备公路建设指挥部副总指挥，率领全县民工建设战备公路。不知你本人有什么意见？"

"党的需要就是我的选择，我本人没有什么意见。"吴秉熙平静地说。他没有惊讶，也没有狂喜，调他出来工作似乎是他意料中之事，率领民工建公路也不是很难的事。

"你这位老游击，果然觉悟高。"人事科长不禁称赞一句，接着道，"那就这样定了。张县长要亲自找你谈话，我们一道到县长室。"

"老吴同志，由于台湾蒋介石和日本岸信介相互勾结，妄图反攻大陆，当前台海形势非常严峻。我们平潭县是海防对敌斗争最前线，上级对我县的战备工作抓得很紧，要求我县在两个月之内建设好县城通往各个主要澳口的战备公路。"县委常委、县长张厚生待吴秉熙坐下后就直奔主题，说了这段话，接着他说，"为此，县委决定：一，全县修建8条长80公里左右的战备公路，分别通往苏澳、伯塘、溪口、流水、观音澳、芬尾、娘宫、雾里等8大澳口；二，征集各乡镇修路民工2000人；三，成立县战备公路建设指挥部，由我兼任总指挥，抽调你担任专职副总指挥，负责带领全县民工突击完成建设战备公路的光荣任务。不知你有什么要求？"

"张县长，您放心，我保证如期完成任务。在修路问题上，我没有什么要求。但是，"吴秉熙说，"我的党籍问题还希望县委帮助我解决。由于城工部冤案已经平反，我爱人林惠的党籍都已恢复，而作为她的入党介绍人，我却没有党籍，不能参加党的会议。张县长，您能理解我心中的感受吗？"

"我当然能够理解，并且深表同情。其实，县委常委都很关心你的党籍问题，还专题开会研究了两次。"张厚生说，"但是，你的情况比较特殊，也比较复杂。一是你重新入党后被开除党籍，这就不能像你爱人林惠那样没有重新入党的城工部党员随着城工部冤案平反而恢复党籍，也不能像那些重新入党后没有受过处分的城工部党员一样随着城工部冤案平反而恢复原党龄，而要等你在'三反'运动中受处分案件复查纠正后才能恢复党籍。二是你的问题不是我们平潭县委办的，而是闽侯军分区处理的，复查纠正本来也得由闽侯军分区来办，可闽侯军分区今年5月就随着闽侯专署撤销而撤销，这就难上加难了。后来获悉你的档案移交给福州军区。因此，我们县委于月初就把你的情况具函转告给福州军区，并请他们为你复查。福州军区监委近日复函说他们正在复查你的案件，看来不久就会有复查结果。"

"张县长，我明白了。我衷心感谢县委对我政治生命的关心。"
吴秉熙动情地说了这句话之后，问，"关于建设战备公路的事，您还
有什么指示？"

"指示倒没有，就是要告诉你，"张厚生说，"明天上午要召开
县战备公路建设指挥部会议，具体部署建设战备公路的有关开工事
项，已经通知大岛乡镇各派一名分管领导干部担任指挥部成员，前来
参加会议。你要在会上作一个如何保证在两个月内完成建设 8 条战备
公路任务的发言。"

"没问题。"

表示"没问题"的副总指挥吴秉熙在次日（1956 年 11 月 17 日）
"县战备公路建设指挥部会议"上，就"如何保证在两个月内完成建
设 8 条战备公路任务"的发言中，一连讲了 5 个问题、5 项措施。其
中他讲到要开展"比出勤、比进度、比质量"的评比活动。8 条公路
（8 个工地）成立 8 支建路民工大队，分别由苏澳、国彩（伯塘）、
中楼、流水、东澳、芬尾、北厝、潭城 8 个乡镇党委负责组建并领导。
吴秉熙在发言结束时铿锵有力地说："天下无难事，只怕有心人。只
要我们下定决心，建设战备公路是没有任何艰难困苦不能克服的。我
和在座大家一起向县委和张县长保证，一定会在两个月内完成建设 8
条 80 公里战备公路的光荣任务！"

"我相信！"张厚生县长带头为吴秉熙的表态鼓掌，说，"吴秉
熙同志带兵打战，战无不胜；这次由他负责率众建路也一定会如期完
成。"

从此，吴秉熙日夜与民工们一道奋战在修建公路的工地上，奔跑
于分布在全岛东南西北中各个方位的 8 个工地之间，深入检查各个工

地的修路进度，及时帮助各个工地解决修路中的存在问题，连周末和节假日也不回家休息。

为了往来各个工地的交通方便，提高检查指导修路的工作效率，吴秉熙自费购买了一架旧自行车骑行。

两个月之后的 1956 年 11 月 20 日，经县委组织有关人员验收，宣告平潭县城通往 8 个主要澳口的 8 条战备公路全部建成，质量完全合格，实际总长度为 79.1 千米。这是一件中华人民共和国成立后，平潭发展史上的大事，载入了《平潭县志》（方志出版社 2000 年 10 月版）。

1956 年 11 月 22 日上午，平潭县委、县人委在潭城电影院召开县战备公路建设庆功表彰大会，对 8 个工地评选出来的建路先进单位和先进个人给予表彰奖励。

县委常委兼县长张厚生主持庆功表彰大会。

县委书记白怀成出席大会并讲话。他讲了当前台海的紧张形势，讲了平潭建设战备公路的重大意义；他表扬吴秉熙率领民工修建战备公路的艰苦奋斗精神。他说，平潭海岛人民具有优良的革命传统，当年，100 多位平潭游击队员在敌强我弱的情况下，破釜沉舟，与敌决一死战，一举解放平潭县城，创造了闽浙赣游击斗争史上的奇迹。今天，两千多位平潭建路民工在没有汽车、拖拉机、推土机等先进工具的情况下，不怕艰难困苦，运用锄头、鹤嘴、扁担、土箕等原始工具，手挖肩挑，仅仅两个月就建成 8 条、近 80 公里的战备公路，创造了平潭县建路史上的奇迹。

县委副书记杨玉鸿、县委常委兼宣传部长林中长、县人武部副部长吴兆英大尉等平潭县党政军各级领导，县战备公路建设指挥部成员，建路先进单位代表和先进个人，共 500 多人出席今天的庆功表彰大会。

但是，在率领民工建设战备公路中做出突出贡献的副总指挥吴秉熙，却没有在这日的庆功表彰大会上出现。

这是为何？

原来，前天（20日）傍晚，吴秉熙亲自到东澳工地复检修路质量之后，骑着自行车回县城，路经侨联会至观音井那一段下坡路时，因天黑路陡，不慎摔倒，导致左小腿开放性移位骨折。虽经骨科医生手术治疗，但因伤情严重，不能行走，已于昨天下午送回玉峤家里静养，所以他没能出席今天的庆功表彰大会。

吴秉熙的前半生，可谓身经百战，在枪林弹雨中，他从无负伤挂彩，简直毫发无损，故有"钢铁战士"之称。没想到在并无硝烟弥漫的日子里，他为了保质保量完成修建战备公路的任务，却身负重伤。这不禁令人唏嘘叹息。

都说"伤筋动骨一百天"，但吴秉熙摔倒骨折才两个月60天，他就拄着一根木拐杖在玉峤村的山头澳尾到处走动。还向林惠闹着要回县交通局上班。

1957年1月22日上午11点，拄着一根木拐杖的吴秉熙正一瘸一拐地在村道上走着，忽闻背后有人喊他："老吴，你骨折还没有全好，怎么一个人跑出来？"吴秉熙闻声回头一看，见是平潭县委常委兼宣传部长林中长，感到惊讶，忙问："啊，林部长，你今天怎么会来玉峤？"林中长说："我来玉峤看望你呀。"吴秉熙听此话似有一股暖流从心田淌漾而过，他激动地说："谢谢你，林部长！你那么忙，何必跑这么远来看望我？"

"老吴，你因公受伤，作为老战友，我难道不应该来看望你吗？"林中长说，"再说，我今天专程来玉峤看望你，还是奉了县委白书记之命。是平潭县委派我来的，你要感谢就感谢县委吧。"

"林部长，那就请你代我向白书记表示感谢，感谢县委关心我的身体。"吴秉熙说。

"老吴，今天县委派我专程来玉屿，不单单是为了看看你的跌伤恢复得怎么样？其实，还要告诉你一个喜讯。"

"什么喜讯？"吴秉熙催促道，"您快说，林部长！"

"不，到你家里说，让林惠同志也听听。"林中长边扶吴秉熙边说，"我扶你回家，走。"

到了吴秉熙家，林中长同林惠寒暄几句话后，便拿出一份红头文件，边读边讲。其要点是：

经福州军区监委复查，决定撤销原闽侯军分区政治部于1952年10月做出的"关于对吴秉熙同志开除党籍军籍处分的决定"，恢复吴秉熙同志的党籍、军籍和级别，由复员回乡生产改为转业地方工作，建议平潭县委给吴秉熙同志安排适当的工作职务……

"吁吁吁……"林中长还没有传达完，吴秉熙就喜极而泣。他等待这一天整整等了4年半1643天，他怎能不欣喜若狂？激动得热泪盈眶呢？

"老吴同志，根据上级指示，县委决定设立'平潭县老区建设办公室（简称老区办）'，需要一位平潭籍的老地下党员出任县老区办主任。常委们都认为由你担任最为合适，但不知你本人是否乐意？所以叫我征求你本人意见。"

"林部长，我老吴还是那句老话，'党的需要就是我的选择'，只要党做出决定，我就无条件服从，不存在什么'是否乐意'的问题。"吴秉熙如实说。

"那好，老吴，我就把你的这个意思向常委汇报。你的工作单位和职务问题就等县委决定吧。"

"好的。"吴秉熙说。

"老吴，你安心养伤吧，我走了。"

林中长说着辞别出来，他走了几步之后对送他出来的林惠说："林惠同志，我看老吴的骨伤至少还要一个月才能康复。你要劝他不要急于上班，一定要等到骨伤完全彻底痊愈了才让他到县上就职，否则将会带来终生苦痛的后遗症！"林惠边送边说道："我知道了，林部长，谢谢您关心。"走到村口时，林中长说："林惠同志，你回去吧！"林惠向林中长招招手道，"林部长，那你慢走！"

1957 年 2 月 22 日，骨伤已痊的吴秉熙到县交通局上班。

1957 年 3 月 1 日，平潭县委正式下文任命中共党员、连级转业军人吴秉熙同志为新成立的平潭县老区办主任。

至此，吴秉熙肩无包袱，心无旁骛，该可以放开手脚，为党为人民，为平潭老区建设大干一场了吧！然而，好景不长，仅仅过了 10 个月，命运多舛的吴秉熙防不胜防，又被险恶人性的魔爪推入度日如年的苦难深渊。

第二十回　反"右派"蒙冤成死囚

几缕残阳斜斜地照射在那一溜乱石砌就的高墙上，但只一瞬就被无边的黑暗所吞噬。高墙内是一排宛如坟墓群般坐落在潭城港的一处僻静角落，矮矮的，充满着压抑。那就是用作囚禁犯罪嫌疑人的监所，一块写着"平潭县看守所"的木牌子挂在高高围墙的大门口。

1958年1月8日（农历十一月十九）傍晚，夜幕即将笼罩之际，一位背着行军被的大汉被两名警察推推搡搡地押进"平潭县看守所"内的一间名为"3号"的牢房。

一跨进3号牢房门，大汉就闻到一股古怪的异味，像是雨后的潮湿加上已经干涸的血的味道，依稀还有一种死亡的气息。整个房间十分昏暗，只有一个高高的、囚人举起手来也够不着的小窗孔，可以透进一丝亮光。但此时天已黯黑，号房内没有牵电灯，只有一盏半明半灭的马灯。号房不大，约有8平方米，却住着12人的号员。号房内不摆床架，也没有别的家具，只有靠墙边铺着杂乱稻草的一溜地通铺。那稻草上密集的跳蚤一闻到新鲜的肉香，就迫不及待地蹦跳上来亲吻大汉的脸颊，使他抓痒的大手应接不暇。他本想放下背上的行军被，但不知自己睡的铺位安在何处？

"你的铺位就在最里面的粪坑旁。"有个胖子高声回答。

"为什么？"大汉一时不解。

"这是规矩。"胖子说，"除非你有本事取代老子当号长。"

"这样说，你就是号长了。"大汉说，"你当号长当好好的，我为何要取代你？我此生什么地方没睡过？我按规矩打铺就是了。"

"你倒很懂事。"胖子笑笑说。稍后，他见大汉已经把行军棉被安放在指定的粪坑旁地铺，便正色道，"新来的，你现在可以帮我洗脚了。"

"什么？你要我帮你洗脚？"大汉大惑不解，高声反问，"这是为什么？"

"这是规矩。"胖子说，"新来的，我要睡了，你要快一点取水来啊！"

"请问号长，你说的这个规矩是谁订的？"大汉问。

"是本号长订的，已经实行一年多了。"胖子说后问大家，"你们说是不是呀？"

"是，是！"全号人异口同声。

"号友们，你们说，这个规矩合理不合理呀？"大汉高声问。

"合理，当然合理。"回答的只有胖子一个人，其他人都没作声。

"看来大家都认为不合理，那么，从现刻起，这个新来的要为号长洗脚的规矩就废除了。"大汉高声宣布。

"新来的，你好大的胆子。你胆敢破坏我的规矩，请先吃我一拳。"

恼怒的胖子说着就一拳向大汉的头部挥去，不料却被大汉举起的右手轻轻接住，然后顺势把胖子掀翻在地。胖子也有武功，居然一跃而起，再次向大汉的胸膛使劲击去。大汉不慌不忙，以迅雷不及掩耳之速闪过一旁，让胖子扑个四脚朝天，引得全号人哈哈大笑。胖子知道自己一人打不过大汉，便高喊："号友们，大家一起上呀！"可是，大家都面面相觑，没有一个人响应。胖子知道大势已去，赶忙认怂，他扑通一声跪在大汉面前，哭声求饶道："好汉在上，小的有眼不识泰山，从现刻起，您就是本号的号长，我和大家都听您的吩咐。"大汉赶忙扶胖子起来，笑笑道："起来，号长还是你当，但是，今后不许你再欺压号友。"胖子破涕为笑，道，"小的马大邦，今后再也不敢胡来了。敢问好汉，您的尊姓大名？"

"我叫吴秉熙。"大汉平静地说。

"吴秉熙？"马大邦不相信大汉就是大名鼎鼎的吴秉熙，号内也没有人相信，无不忍声偷笑。

"你们笑什么？"吴秉熙感到莫名其妙。

"大家笑你冒名顶替。"马大邦说。

"凭什么？你们见过吴秉熙吗？"吴秉熙问。

"我们虽然没见过吴秉熙，但吴秉熙的大名如雷贯耳，谁不知道他是一位共产党的大英雄呢？他怎么可能像你这样倒霉，被抓进来当犯人蹲共产党的号房呢？"马大邦说完，好心劝道，"大汉啊，您为人仗义，武功高超，您不用假借吴秉熙的大名，我们也都会拥护您呀。"

胖子马大邦一席话说得吴秉熙无言以对。他想，是啊！我吴秉熙不忘入党誓言，牢记恩师教诲，是一位对党赤胆忠心的共产党员，是一位屡立功勋的战斗英雄，怎么会进来当犯人蹲共产党的号房呢？这究竟是为什么？

他要好好地想一想。

夜渐深，同室的号友陆续打着抑扬顿挫的鼾声入睡了，唯独刚收监的吴秉熙无法入眠。他闭着双眼躺在地铺的稻草上回想着。他回想

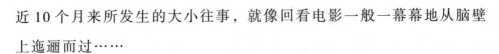
近 10 个月来所发生的大小往事，就像回看电影一般一幕幕地从脑壁上迤逦而过……

第一幕，接待老区群众来访。

1957 年 3 月 1 日，县老区办主任吴秉熙欢天喜地来到县机关走马上任。第一天就接待了来自玉屿、国彩、大福等老区基点村的 3 批 10 多位基本群众。他耐心地听取他们的困难情况汇报和对政府的要求意见，一一作了详细的记录。然后，吴秉熙根据党的实事求是精神，本着对党和对老区群众负责的态度，进行整理，编写成"老区情况简报"，呈送给县委和县人委有关部门领导阅处，引起了党和政府有关领导对老区问题的重视，从而帮助老区人民解决了一部分困难问题。

第二幕，下乡煞住宗派械斗歪风。

1957 年春夏之交时节，由于受地方恶势力的恶意挑动，平潭三区的江楼村和半山村、上攀村和亭安村、国彩村和东占村，发生村与村之间的宗派械斗现象，闹得人心惶惶，社会不宁。县委书记白怀成认为吴秉熙在平潭地方干部和老区群众中威望高，便派他到这些地方做工作，以便煞住令县委领导头痛的宗派械斗歪风。4 月初，吴秉熙在三区副区长阮邦惠的配合下，分别召开那几个村庄的群众大会，动员老区群众和复退军人认清形势，团结起来跟党走，狠狠打击地方恶势力坏分子的挑拨破坏活动，坚决制止各村宗派械斗的现象发生。经过吴秉熙整整一个月的深入细致思想工作，终于平息了三区各村的宗派纠纷斗争，煞住了宗派械斗歪风，出现了团结起来发展生产的新气象。

第三幕，列席复退军人代表会。

1957 年 4 月 27 日，中共中央公布《关于整风运动的指示》，决定在全党进行一次以正确处理人民内部矛盾为主题，以反对官僚主义、宗派主义和主观主义为内容的整风运动，广泛发动群众向党提出批评建议。根据中央这个指示精神，平潭县委于 5 月 8 日召开复退军人代表座谈会（简称"代表会"），发动代表们向党员领导干部提意见，帮助党整风。与会代表都是农民出身的复退军人，没有什么文化，但他们性格爽直，敢说真话。会议的头两天，代表们指名道姓向县区领导干部提意见，态度比较激动，言词比较激烈，使那些被点名批评的领导干部感到难受。甚至有人深感难堪，对此耿耿于怀。其实，代表们所提的意见都是指一些领导干部的个人思想作风和工作态度问题，没有涉及党的领导和党的大政方针。吴秉熙不是会议代表，他是以县老区办主任的身份列席会议旁听的。会议第 3 天，白书记要到晋江地委开会，临行时嘱咐老区办主任吴秉熙协助县领导开好复退军人代表会。会议第 4 天上午，主持人临时请吴秉熙在会上发言，但他对党的领导干部没有意见，无言可发，便在会上读一篇登载在《福建日报》上题为"中共中央对回乡复退军人的指示"的文章。会议第 5 天，吴秉熙受委托帮助会议草拟"给全县复退军人的一封信"，信中号召全县复退军人发扬光荣革命传统，共同为建设社会主义新农村而努力。会议共开 6 天，于 5 月 13 日下午结束。与会代表都说这次会议对他们教育启发很大，纷纷表示要坚决执行党的方针政策，积极参加生产建设，不再提困难补助给政府添麻烦。林中长部长代表县委常委作会议总结，他说："县委常委一致认为，这次会议开得很成功，是一次真正帮助党整风的会议。"

第四幕，整风运动给省委书记写信。

1957 年 5 月 18 日，平潭县级机关整风运动正式开始，县委号召干部群众积极向党提出批评建议，开展大鸣、大放、大字报、大辩论。一时间，各式各样的大字报，铺天盖地，贴满机关内外、街头巷尾。吴秉熙对党心存感恩，没有意见可写，但他关心党的整风运动，每天都抽空到机关和街上看大字报。看了许多大字报之后，他忧心忡忡，深感平潭干部队伍的情况复杂，平潭党政机关确实存在不少问题。而平潭地处海防对敌斗争最前线，各项工作都应该做得更好更出色，这些存在的问题如不及时解决，势必影响平潭海防建设的巩固和平潭人民生活的安定。那么，谁能解决平潭的问题呢？吴秉熙认为省委能够解决，但省委不知道平潭的情况，必须有人向省委写信反映才行。吴秉熙感到自己刚刚恢复共产党员的光荣身份，更应该对党赤胆忠心，更应该为了党的利益冲锋陷阵，何况向党的上级机关写信反映情况是党员的权利，也是义务呢。于是，吴秉熙亲笔写了一封600字的短信寄给省委书记叶飞，反映平潭存在的一些问题，要求省委派一位能够代表省委的领导干部来帮助平潭处理整风中的问题。省委接到此信后，立即将此信批转给平潭县委处理。

第五幕，反右派斗争被划为"极右"分子。

1957年6月8日，随着人民日报《这是为什么？》社论发表，一场规模浩大的群众性反"右派"斗争在中华大地全面展开。

1957年6月27日，平潭开始发起反"右派"斗争，至1958年1月初反"右派"斗争结束，全县共有78人被划为"右派"分子。吴秉熙是其中之一，但他并非一般的"右派"分子。平潭县监委定吴秉熙为"右派"分子中的"极右"分子，即反革命分子。所列"罪状"是：1. 操纵复退军人代表会，是复退军人闹事的策划者和煽动者；2. 写黑信诬告县委，是平潭地方势力的代表；3. 曾任国民党反动军官，是暗藏的反革命分子。决定给予吴秉熙开除党籍、公籍、逮捕法办的严惩。

于是，1958年1月8日下午，吴秉熙在玉屿村家里被县公安局派出的两名武装刑事警察逮捕，押送进平潭县看守所……

吴秉熙回想到这里迷迷糊糊地睡了过去。一觉醒来，天已大亮，见号友们都站在号门口的小院子里集合，他赶忙起床入队，接受狱警高喊着"吴秉熙"三字的点名。由此，号友们方相信武功高超的大汉真的就是"大英雄"吴秉熙。

吴秉熙当然不认为自己是一位"大英雄"，但他认定自己是一个"问心无愧"的真正共产党员，尽管他又被开除出党、第3次失去党籍。

因为，昨夜回顾近10个月来所发生的往事，吴秉熙没有发现自己做过一件对党对人民不利的亏心事。吴秉熙性情急躁，容易激动，心直口快，其缺点、弱点、失误都是难免的，但他不忘入党时的誓言初心，努力为党为人民做贡献，在事关民族大义、事关党纪国法的大是大非问题上，他立场坚定，毫不含糊，因此，他没有犯错，更没有犯罪。平潭县监委所列的3条罪状都是"莫须有"的，"牵强附会"的，"站不住脚"的。

吴秉熙这回之所以被错定为"极右"，让他当犯人蹲监狱，这个中的缘由，有政治运动之复杂，有党内斗争之残酷，有人性之险恶，也不排除在整风中挨批评的个别人趁反"右派"斗争之机对吴秉熙进行打击报复，欲置他于死地而后快。

然而，吴秉熙对自己的理想信念坚如磐石，毫不动摇。他坚信中国共产党是伟大英明正确的党，他坚信总有一天党会为他澄清事实，洗刷冤情。他从"城工部"冤案平反和自己"三反"错案纠正的事实中，相信他当犯人蹲监狱只是暂时的，短期的，重见光明只是迟早的问题。

于是，吴秉熙无悔无恨，也无怨言。他把对他的错划严惩看成是亲爱的党对他一次严酷考验；看成是严母错打孝子给予理解。

监房是人生受苦受难的地狱，但苦难可以炼英雄，可以造就传奇。问心无愧的吴秉熙把监房当作磨炼自己革命意志的习武场。他本着"既来之，则安之"的精神，在号房里平心静气地打发时光。他订了《福建日报》等三份党报，在号房里认真阅读，天天关注祖国日新月异的形势发展。他常常为号友读读报，讲讲当年剿匪反特的有趣故事；他每天坚持写回忆录，坚持做操、跑步、打拳术，锻炼身体，硬是把烦闷无聊、枯燥乏味的坐牢日子打发得有滋有味。

潮起潮落，天光天暗，拘押在监房里的吴秉熙就这样一天又一天地过去，居然过了6个多月无人问津。既没有监察或法院人员审讯，也没有亲友同事探望，与世隔绝的他好像被世人遗忘了。

渴望自由是人的本性，报国救民、奉献社会是吴秉熙的人生追求。吴秉熙认为自己是党培养的德才兼备的干部，他没有犯罪，他不是犯人，他不应该待在专为惩罚改造犯人而设置的监房里蹉跎岁月，虚度时光。因此，吴秉熙盼望着、期待着还他自由放他出去为党工作的日子早日到来。

然而，命运多舛的吴秉熙，时没来运未到，自由之神背他而驰，死亡之魔却迎他而来。

1958年7月29日下午，平潭县法院某法官前来看守所宣布：吴秉熙罪大恶极，铁证如山，判处吴犯秉熙死刑，剥夺政治权利终身。

吴秉熙听到宣判，当即表示不服，严正指出："法院执法不公，判决有误，危害革命。"该法官回答道："吴犯秉熙死不悔改，不杀不足以平民愤。为体现革命人道主义精神，你不服可以上诉，但只限你3小时内写好上诉书，超过时间不收。"

吴秉熙知道，法律有允许嫌犯10天内上诉的规定，但平潭法院有人欲置他于死地只限他3小时时间。这短短的3小时将决定他的生死，可时间是如此的短促，叫吴秉熙怎么够写一份为自己辩解的上诉书呢？事出无奈的吴秉熙，思量再三，便挥笔疾书"请速刀下留人，免得冤沉黑海"12言向某法官抛去。

法警不容分说，将吴秉熙的四肢戴上镣铐和链索，然后粗暴地把他从3号普通号房推出，押解往死囚室里羁押。

在经过其他死囚室的小径上，吴秉熙看到死囚们神态各异的表情，有的露出凶狠而阴鸷的目光，有的精神已经崩溃，不断地在边走边唱，神色诡异。

吴秉熙听了看了之后心里暗道，一个大丈夫，男子汉，死则死罢了，何惧之有？我吴秉熙本来无罪，如果真的冤死了，也会像曾焕乾一样成为一名光荣的革命烈士，死得其所。镣铐可以锁住我的手脚，但却锁不住我的理想信仰，锁不住我对党和对祖国的赤胆忠心，锁不住一个真正共产党员的铮铮铁骨。

于是，吴秉熙在戴着镣铐待毙的8个月死刑期里，他依然自信、坦然、乐观，顽强地同自己的命运抗争。每天，他照常坚持锻炼身体，坚持看报，坚持写自己大半生岁月的回忆录。尽管双手被铐得青淤出血，疼痛异常，写字艰难不便，但他还是坚韧不拔地忍痛破难写下去，以便作为上诉材料交给上级组织，让组织对自己的人生经历和心路历程有个正确的了解。

第二十一回　上诉有力得以活命

　　平潭县法院对吴秉熙的死刑判决，因为需要上一级法院核准，所以尚未公布，但吴秉熙被判处死刑的消息，却不胫而走，很快就扩散到全县的大岛小屿，连盘踞在马祖岛的国民党林荫残部都已知晓，然而，却有一人被蒙在鼓里，直到一个月之后才隐隐约约地听说个大概。

　　这位被蒙在鼓里的人就是吴秉熙的最亲密战友、夫人林惠。

　　乍听吴秉熙被判死刑，林惠惊吓得魂飞魄散，连手中攥着的小瓷碗掉落地下都无感觉。作为亲密的革命伴侣，她无法接受这个残酷的事实。作为懂政策的知识党员，她不相信这是真的。她知道，"右派"分子最重的处罚只是劳动教养，全国都没有判"右派"死刑的事例。有血债、有民愤的"历史反革命"在"镇反"期间可判死刑，但吴秉熙只是少尉排长，不是上线的国民党军政骨干，"历史反革命"他不够格，且无血债，又非"镇反"特殊时期，怎么可能被判死刑呢？

　　"一定是传错了。"

　　林惠此时心里这样说，但她读了《平潭人民报》发表的题为"暗藏反革命分子吴秉熙受到法律制裁"的署名奇文后，才相信英雄的革命丈夫真的被判了死刑。这篇奇文她读了又读。

暗藏反革命分子吴秉熙受到法律制裁

反革命魁首吴秉熙，国民党员，之前受过伪保安所军官的训练，历任伪自卫队长、保长、青年军特务长等反动职务。任职期间，杀人放火，无恶不作。

早在1941年农历九月初一任松溪县郑墩乡自卫队长时，就亲自带队到招鬼山、大源等地积极围剿我游击队，阴谋根除我人民游击武装力量。当游击队知情撤离后，该犯竟然下令把大源等3村15家群众财产洗劫一空，并放火把58间民房烧毁，片瓦不留，害得无辜农民流离失所，其惨状实难忍睹。其被害者吴清娘一家因房屋被毁生活无靠，只有与人挑水为生。如今当地群众愤愤不平，普遍要求将吴犯送去松溪审判，要求用铁锥刺他几下才甘心。

翌年农历四月间，在溪西李坑地方捕我游击队员张隆生同志，经受严刑拷打，并被勒款伪币500元。

同年11月，吴犯又亲自带队到国珑口围捕我游击队员吴才仔等3人，带回到郑墩乡，把才仔同志吊在太奶庙梁柱上毒打，昏倒后又用冷水喷再行毒打。次晚吴犯竟惨无人道地亲自将才仔同志枪决，并砍下首级挂在太奶庙戏台前进行"示众"。其他二人被扣至伪县中队部后，又被杀死一人，另一人生死不明。

该犯在作恶期间，过该县东平村时，将一青年妇女抓去，竟欲发泄兽性，被逃后又将该妇女的父亲抓去勒打，追其交人，结果该父女二人被押到伪政府，至今下落不明。当地群众对吴犯的兽行无不切齿痛恨，通称为"山寨大王"。

1943年农历三四月间，该犯带兵强迫大布乡农民600多人到浙江边界龙泉、高山等地，与浙江伪自卫队配合围剿我游击队，后因伪军之间自相残杀，被夹在中间的善良农民死伤20多人。

同年7月间，吴犯又亲自带队到大布乡东峰村"围剿"我游击队，被捕的游击队和革命群众计有23人，被害死3人，被关在狱中不堪折磨死10人，并烧毁民房50多间。此外，该犯还勾结地痞殴打群众不计其数，还以各种名义勒索群众干谷600多担和施树枚、叶加胡的款80元。

1947年转任平潭县伪警察局巡官兼军事科科员，带职由伪县长郑叔平派到本县伯塘村任伪保长，受命监视我平西北游击队活动情况。在此期间，农民吴章府被打残废，吴开德被迫破产，吴国忠被迫卖掉孩子。

吴犯自混入革命队伍后，逆性又未改，仍坚持反动立场，1949年本县游击队解放潭城时，命令其杀死匪特翁某某，但该犯拒绝执行，且将翁匪放逃，相反擅自将一个搞男女关系的一般群众杀死。

中华人民共和国成立后思想仍然极端反动，长期隐瞒重大历史不交代。去年趁我党整风机会，阴谋反攻复辟，有领导、有计划、有组织、有纲领地指挥"右派"分子向党进攻，利用部分人落后思想，操纵复退军人代表会，幕后指使复退军人闹事，要挟县委成立"平反小组"，公开为反革命分子招魂。并为首组织反党集团"群众组织部"，笼络反革命分子、坏分子以及反党分子等阴谋篡夺领导权。还煽动了部分木帆船船民准备殴打干部，在农、渔区到处挑衅（动）群众闹退社。更其阴谋的是百般离间老区人民和党的关系，拉拢土匪、流氓、地主等承认其为"游击队员"，蓄心积虑的想在平潭制造匈牙利事件，以便遂其不可告人的反革命目的。

根据上述事实，吴犯秉熙先前杀人放火，血债累累，罪恶滔天，是一个原原本本的反革命魁首。自混入革命队伍后，又隐瞒重大历史罪恶，并利用各种机会继续进行反革命活动，民愤极大，实属国法难容。平潭县人民法院根据吴犯严重的罪恶事实，依法惩治反革命条例规定，已予以严厉的法律制裁……

由于《平潭人民报》是中共平潭县委机关报，因此许多人都以为这篇奇文是真实的文章。但当事人吴秉熙在狱中读完这篇文章之后，却不禁发笑三声，道："这篇奇文居然没有一句是真的。"

林惠根本不相信"奇文"中所列举的丈夫罪行会是真的，但她需要向丈夫本人求证，才可尽她所能为丈夫洗刷被泼在身上的污水。然而，平潭看守所却不准家属探监，这可怎么办呢？

林惠正为此事苦恼之际，突然喜从天降，林中长部长大步流星朝着她家的大门走来。她激动地说："林部长，别人对我这个死刑犯家属躲都来不及，您却专程来看望我，我真感谢您啊！"

"林惠，你别这么说，老吴 1 月 8 日进去，至今天 8 月 29 日，都快 8 个月了，我今天才来看你，你没骂我就够大度了，还说什么谢我？"林中长坐下说。

"我知道您工作特别忙，怎么敢说你？"林惠说。

"忙是事实，但我不是因为忙，而是……"林中长欲说又止，但想到林惠是老地下党员，党性强，便接下去说，"而是我也是运动后期的审查对象，说我犯了'严重的地方主义错误'，审查了几个月，批斗了几场，直到半个月前才真正解脱，让我继续当县委常委兼宣传部长，还派我参加省里的一个很重要的会议，前天才回平潭，今早永华大姐（林中长夫人林永华）就催我来看你，看看你有什么困难需要我帮助没有？"

"林部长，您可是我家的'及时雨'啊，今天我真的有事需要您帮忙。"

"您快说。"

"林部长，老吴进去快8个月了，作为他的家属，我都没有进去看望他，特别他现在成了死囚，脑袋朝夕不保，我们夫妻一场，我怎么能够忍心不进去最后见他一面呢？我……"林惠说到这里鼻子一酸，眼泪不禁夺眶而出，接着嘤嘤饮泣，讲不下去了。

"林惠，你欲讲未讲的话，我都已经明白了。"林中长说，"你要探监的事，这好办，我可以帮你安排，但不知你想何时去？"

"我想明天中午探监。"林惠说。

"没问题。"林中长说，"林惠，你还有什么事尽管跟我说。有人讲我是吴秉熙的黑后台，但我不怕。"

"林部长，老吴的事全是冤枉的。"林惠见林中长点点头，接着说，"您在省地县三级都有老战友，您能不能替老吴说句话，帮他洗刷被诬的冤情？"

"林惠，这是我义不容辞的事，你不说我也会尽力帮的。"林中长说，"这次到省里开会，我为了老吴的事特地拜访韩政委。"

"韩政委？"林惠问，"是刚解放时的平潭县委书记韩陵甫吗？"

"是的。他现在是省委宣传部副部长兼卫生厅长。"林中长说，"韩政委很关心老吴的事，我还未说他就先问，听我汇报之后，韩政委说：'判老吴死刑很不妥，即使他有这些罪责，也属于参加革命前的事，应该既往不咎，何况他参加革命后还有战功？这样判决是对敌有利，对我不利;是替林荫巩固队伍。这样敌人会乘机说,跟共产党走,吴秉熙就是下场。不利于团结同志,分化敌人。平潭是前沿岛屿,肩负着战备的重任,平潭县委更要注意党的政策,慎重处理老吴的事。'韩政委这一席话使我十分感动,我当即请求他将他的这些意见向平潭县委提出,以救老吴的一条命。韩政委点点头表示同意。"

"这么说老吴有救了?"林惠喜极而泣。

"林惠,现在可以这样说,但是,"林中长接着说,"事情较为复杂,有关部门有老吴罪责的调查证据和现场拍下的照片,还有当地群众要求把他拿到那里处决的签名信。由于老吴的事已经上报给晋江专区政法部门,这样就不是平潭县委想变就可以马上变的。要改变对老吴的判决,还必须走一定的法律程序。"

"怎么走?"

"由家属出面向晋江专署政法部门提出申诉,请他们重新调查取证,退回平潭重审。"林中长说到这里站起来,又说,"我今天来就是要告诉你这些。因我还有急事要办,就先走了。"

林中长走后,林惠就准备明天探监的事。她知道家属探死囚的时间很短暂,规定不准讲与案情有关的话,带物进去要严查等限制,但为了申诉又必须向他求证,因此,她动了脑筋,做了巧妙的安排。

由于林中长部长的特别关照,翌日中午12点来探监的林惠,一路绿灯,顺利地见到了她8个月来日夜思念的丈夫。她本是一位刚强的女性,但看到眼前原本满面红光、气宇轩昂的他,却变成面容憔悴、骨瘦如柴的戴铐人,也忍不住失声痛哭。但吴秉熙却笑着安慰道:"林惠,我能吃能睡,会看报会写字,我一切都好,你要照顾好五朵金花和你自己,千万别为我担惊受怕。"林惠自知在狱警面前失态不妥当,忙破涕道:"我知道有党做主,道路虽曲折,但前途定光明。金花们都盼着你早日回家呢。但你要记住，我带给你的这一算你最爱吃的咸粿你要全部吃完，吃完之后你就'时来运转'了。"吴秉熙听话地点点头之后，就被狱警带走了。

回到单人独处的死囚室后，吴秉熙逐粒品尝着爱妻送来的内包海蛎蟹黄的美味咸粿（薯粉丸，今名"时来运转"）。当咬到第三粒时，他发现咸粿内是一颗小赤鳌。他掰开小赤鳌的贝壳，忙取出壳内的小纸丸摸平，看到了林惠的亲笔信："我相信党的英明正确，也相信你对党的赤胆忠心，我理解在平潭所发生在你身上的事情，但不知道指责你过去在外地服役时的那些破事是否属实？望明言，以便我代你上诉。"

吴秉熙读了林惠的亲笔信后当即写了回信，通过一个狱警的帮助，辗转送到林惠的手上。

林惠慌忙展开，只见吴秉熙写道："请相信我不是那样的人，'奇文'所指的那些破事，全部凭空捏造，纯属子虚乌有。只要一到当地调查，就会发现张冠李戴，牛头不对马嘴。我是一个铁了心的真正共产党员，即使开除党籍，即使判了死刑，也改变不了我对党的赤胆忠心和对共产主义的理想信仰。谁说共产党不好，谁就是最无耻的人，我就要同他斗争到底。"信末尾还题诗一首：

真金不怕高炉火，
革命何愁苦难深？
与君相伴十三载，
朝夕不忘国家兴。
蒙冤岂敢忘报国，
献身只为主义真。

为建大同扫赤贫，

誓做革命接班人。

吴秉熙的明确答复，更加坚定了林惠为他上诉的决心。为了取得有力的反证材料，林惠有计划有步骤地进行调查取证工作。

首先，林惠到国彩村访问"奇文"中列举的吴章府、吴开德、吴国忠等3位村民，询问他们当年有否受到吴秉熙的迫害？他们乍听感到莫名其妙，异口同声否定吴秉熙有过迫害他们的事。这3人当年都参加平潭游击队，他们都说吴秉熙英勇善战，爱党爱兵，对游击队的贡献很大。

接着，林惠找到几位出席县复退军人代表会的代表，问他们吴秉熙有否在会上煽动闹事？他们都说没有这回事，根本没听说有"平反小组""群众组织部"这些名词，都是凭空乱写的。

再接着，林惠在家里起草了一份为吴秉熙申冤的上诉书，并请韩祥柱、林光众两位同志帮助整理和刻印，分发给县里有关部门领导。

然后，林惠亲自到泉州，先住在熟友林莲玉家。她和她的丈夫曾经在平潭工作，对吴秉熙的处境很同情。在林莲玉夫妇的热心帮助下，林惠把上诉书直接呈送给晋江专署政法部门领导，请求领导为吴秉熙申冤。这位领导十分重视，当即表示同意重新调查吴秉熙一案。他组织了两个调查组，分别派出专案人员深入松溪、平潭两地重新调查。

派到松溪复查的地区调查组，经过半个月深入细致的调查，查清了吴秉熙在松溪服役期间的真实表现。当地群众都说，吴秉熙在松溪没有干过任何坏事，为民办了许多好事，所列吴秉熙在松溪的罪责全是张冠李戴，将其他匪徒所犯的罪行统统按在吴秉熙一人头上。因此，应该给予排除。但是，派到平潭复查的地区调查组，在调查中受到当地有关方面的干扰，没能查清所有事件的真实情况，无法全部排除对吴秉熙的指控。晋江地区政法部门认为，即使如此，吴秉熙也没有死罪，便责令平潭县法院撤销对吴秉熙的死刑判决。

于是，1959 年 3 月初，平潭县人民法院改为判处吴秉熙有期徒刑 15 年，送江西某监狱劳改场服刑。

吴秉熙没有犯罪，所列罪责纯属诬陷，本应无罪释放，但却无辜遭受 15 年牢狱之灾。一般人对此都是很不甘心地，但吴秉熙与众不同，当得知这一改判时，他却很开心，很满足，当即写了一首反映当时心情的诗：

囚笼待毙 8 个月，
垂死有幸得活命。
人生哪能多如意，
万事只求半称心。

第二十二回　劳改积极平反释放

明媚春光伴我行，

献身何须虑前程？

但求改造欣然去，

浑水日久自会清。

1963 年 5 月 10 日早晨，吴秉熙扛着锄头哼着这首自撰的短诗愉快地走在江西某劳改场的出工大路上。其实，这首自撰的短诗，是 1959 年 3 月初他来江西劳改的途中写下的。真是光阴荏苒，不觉吴秉熙在劳改场服刑已经 4 个年头了。那么，他在这 1400 多天的劳改日子里是怎么走过来的呢？

江西某劳改场，也称江西某劳改农场，是犯人服刑的监狱，设有监狱长和政委，配备管教干部和狱警，严格加强对服刑犯人的管理教育，促使他们洗心革面，重新做人。服刑犯人，俗称劳改犯，要参加超负荷的体力劳动，让他们在繁重的体力劳动中触及灵魂，获得脱胎换骨的改造。由于没有人身自由，没有人格尊严，一旦触犯监规，他们就要经受戴镣铐、蹲禁闭等惩罚。

吴秉熙死罪虽免，但活罪难逃，他要继续承受着苦难的牢狱之灾。然而，吴秉熙这个铁汉，与众不同，却说这4年的服刑日子，他过得很开心、很惬意。

究其因，主要是吴秉熙的心态好。他的理想信仰始终坚定不移，他坚信党的伟大英明正确，坚信自己的冤案总有一天会大白于天下。他大度超凡，不恨不怨迫害他被关押在死囚室里的险恶小人。他对党始终心存感激，感激党当年引导他走上正确的革命道路，感激党把他从鬼门关中拉回了人间。他觉得，从羁押在阴森潮湿、暗无天日的平潭死囚室，到劳动于山清水秀、阳光灿烂的江西劳改场，简直就是从地狱回到了人间的天堂。尽管他头上还戴着15年重刑期帽子，尚未获得人身自由，但他已经很知足。他内心强大，意志坚强，那繁重的体力劳动、严格的管教制度，对他来说统统是小菜一碟，不在话下。坚定的信念，顽强的意志，使他不怨天不尤人，始终保持乐观愉快、勇往直前的精神状态。

于是，这4年来，心情舒畅的吴秉熙，总是埋头苦干，自觉地参加劳改场里的一切繁重劳动，努力完成并超额完成场里所分配给他的各项生产任务。他还主动地帮助体弱多病的狱友完成一些劳动项目。他不但劳动表现突出，而且在遵守狱规牢纪、学习政治、团结狱友和内务清洁等方面都发挥其带头模范作用。他经常向狱友宣传共产党的伟大英明正确，讲解党和国家的方针政策，他还通过交朋友、个别谈心，热情鼓励狱友在劳动中改邪归正、弃恶从善，做一个对社会有益有用的人。有的狱友见吴秉熙如此卖力地为共产党做宣传，还误认他是监狱局派来的"卧底"。由于，吴秉熙的突出表现，年年都被评为劳动改造积极分子，年年立功获奖，而且奖级一年上一个台阶。入劳改场第一年获三等奖，第二年获二等奖，第三年获一等奖，第四年获特等奖。并且，还被任命为劳改队组长，颇像当年叱咤风云的游击队长，率领着 100 多号狱友，挥锄大战荒山造良田……

这日，1963 年 5 月 10 日，傍晚，吴秉熙扛着锄头收工回场，路过场部接待室门前时，看到一位衣衫褴褛、蓬头垢面的老女人，胸挂一个布包袱，手拄一根打狗棍，坐在门口石凳上打瞌睡。吴秉熙觉得这个乞丐婆很可怜，顿生恻隐之心，忙拿出今天刚发的一元人民币补贴递上，道："大娘，这一元钱送给你。天暗了，快回家吧！"不料那女人却站起来朝他喊了一声："吴秉熙！"

"大娘，你是？"吴秉熙不禁一怔。

"我是林惠啊！"

"啊，林惠。你怎么这样打扮？"吴秉熙的声音没变，但有点嘶哑。

"不这样巧妙打扮，我一个女人，初次出远门，能平安走到这里见到你吗？"林惠抹一下潮湿的眼睛。

"说的也是，千里迢迢，一路苦楚风险，可想而知。"吴秉熙心疼地抱怨，"但你又何必来呢？"

"你来江西劳改已有 4 年之久，音信全无，死活不知，我思念你，挂念你，度日如年，能不来吗？"

"来了好，来了好。"吴秉熙说着放下锄头，接过林惠胸前的小包袱，道，"刚好我今天领了劳动补贴，我先带你到场部小吃店吃碗面条填饱肚子后再说。"

"好的，我今天还没吃过东西呢。"

到了小吃店，林惠狼吞虎咽地吃罢一碗清煮面条后，有了精神，方对吴秉熙说了从平潭来江西的一路惊险。

在决定来江西探监之后动身之前，林惠做了两项准备工作。一是制作了一袋子可口的地瓜饼，准备带给吴秉熙在劳动时充饥；二是四处打听去江西的路该怎么走？

那时候，鹰厦铁路已经通车，但福州通往江西鹰潭的铁路虽已铺上铁轨但尚未修筑完毕通车。当然，即使通车了林惠也没钱购买车票。她只能沿着铁路线从福州步行到江西。

于是，1963年4月5日早晨，林惠带着一袋子自制的地瓜饼，连同随身的几件旧衣服，用一块包袱布包好，就匆匆上路了。

她从平潭玉屿家里出发，先到苏澳搭渡至福清海口上岸，然后步行70多里羊肠小路，打算到长乐坑田乘小船到福州。没想到过了阳下镇作坊村之后，途经路陡林密的小湖岭时，却被一个不轨的壮汉跟踪着。

林惠年方40挂零，虽经坎坷岁月，但她风韵犹存。那壮汉的企图很明显，是要劫财又劫色了。当跟踪到一个僻静处，壮汉即将对林惠行凶施暴时，却有一队解放军迎面而来，使壮汉吓得拔腿而逃。经这一惊，为了路上安全起见，林惠便将自己装扮成沿街行乞的老太婆，从此无人会打她的坏主意。到福州后，就沿着铁路干线走，走累走不动了，就坐在路轨边歇一歇再走，饿了就拿出半块蒸熟的地瓜片咬两口，渴了就找个冷水漱漱口。夜晚就在修路工棚的外边露宿，好在天气不冷不热。尽管有时走得筋疲力尽，饥渴难忍，但一想到很快就会见到日思夜想的丈夫，并能给他惊喜的时候，就会觉得浑身添了无穷的力气，心中什么顾虑都没有，前方有什么困难险阻都不怕。其实，为了到山上采摘野果充饥，她还遇到一次被毒蛇追赶和一次跌落深沟的险情……

"如此说来，你在路上走了一个月又5天，真了不起啊。"吴秉熙听了不禁动容。

"是走了一个多月。此刻见到你回想起来，我还真有点后怕。不知一路上我哪来的那么大的胆量和勇气！"林惠不无自豪地说。

江西监狱局规定，对表现特别优秀的劳改场犯人，其家属探监的时候可以同犯人一起用餐（叫"共餐"），还能夫妻同住一晚。吴秉熙就是一个表现特别优秀的犯人，经监狱长批准，他们这对患难夫妻享受了这个规定。

走出小吃店，两人一起到大餐厅"共餐"。饭罢，吴秉熙携林惠到场里专为探监夫妻准备的宿舍同住。待林惠洗刷之后准备上床就寝时，吴秉熙问："家里大小都好吗？"

"还好，还好。"林惠说着说着眼泪却像决堤的洪水汹汹奔涌。

"你一路辛苦，太累了。"吴秉熙见状说，"林惠，你先睡吧，明天再说。"

但林惠没有听吴秉熙的话等明天说，她擦一把泪水就滔滔不绝地说了起来。

1959年初，台海形势紧张，为加强战备，海防前线平潭的"反革命"家属都要迁移到内陆山区居住（简称"内迁"）。吴秉熙押往江西劳改之后没几天，县里就来人通知"反革命"家属林惠内迁永泰山区。林惠说："要我内迁可以，但我这5个丫头谁来领养？"县里领导都不敢表态，但又不甘愿让"反属"林惠逍遥上班过普通人的正常日子，便勒令她停职到中楼参加全县"炼钢大会战"，让她负责捡柴、烧炭、拉风箱、干重活。

"炼钢大会战"失败之后，林惠退回玉屿村闲居。她没有单位上班，没有工资可领，全家大小7口仅靠亲朋好友的有限接济苦度时日。1960年9月，有位好友见林惠家有上餐没下餐的艰难，便建议她将最小的两个女儿送给别人养育，以减轻生活负担。但林惠开头于心不忍，后看到围在身旁的 5 个女儿一个个饿得皮包骨，便下了狠心，将 5 岁的老四云平、4 岁的老五云玲分别送给霞屿与国彩的朋友抚养。孩子是母亲的心头肉，望着被带走的两位幼女受委屈的眼神，听着她们不情愿的哇哇哭声，林惠那时真有锥心割肤之痛，哭得肝肠寸断，几乎昏了过去。

送走两个小女儿，只能减轻负担，并没有解决 5 口之家的生活困难。

面对困难，林惠想，天无绝人之路，她要学习吴秉熙的坚定信念，顽强意志，依靠自己的一双巧手，战胜困难，哺养 3 个女儿成人，等待丈夫的归来。

为了 3 个女儿和婶婶，林惠买了一台旧缝纫机的机头，请村里巧匠帮助安装踏脚，摆在村头路边做裁缝生意，日夜为远近客人缝制修补衣衫，工钱收入与日俱增，解决了 5 口之家的温饱生活，终于让林惠度过了不堪回首的苦难岁月……

"林惠，你真是女中豪杰，你为我生儿育女，你为我养家糊口，你为我忍辱负重，你为我担惊受怕，毫无怨言，我吴秉熙三生有幸，会遇上你做我的妻子，可是我却没能让你过上好日子，真对不起你啊！"铁汉吴秉熙是和着满眶泪水说这段话的。

"可是我却把你最疼爱的两个小丫头送给别人。"林惠内疚地说完，问，"你不怪我吗？"

"不怪，那是你的无奈之举，要怪也只能怪我自己，是我犯事牵累了亲属妻女。"吴秉熙自责后，问，"但不知秉华近来可好？"

"秉华他……没了。"林惠突然鼻子酸涩，泪如泉涌，讲不下去了。

"这怎么可能？他还不到 40 岁呀！"吴秉熙乍听大吃一惊，他不愿意相信这个比他小 8 岁的同胞弟弟殁了。

吴秉华，1924 年生，8 岁丧父，跟随其兄吴秉熙长大。1945 年 21 岁时被国民党抓壮丁当兵打内战，1948 年 2 月偷跑回来加入平潭人民游击支队，担任军事参谋兼一连副连长，曾参加奇袭中正堂、福清的菜安阻击战和永泰的洋尾寨、霞拔、安平寨等战斗，以及剿匪战斗，屡屡立功受表彰。1952 年复员退伍回家，积极参加家乡建设，过着与世无争的平静日子。

然而，祸从天降，1959 年 4 月，吴秉华受其兄吴秉熙株连，作为"反属"内迁大田某农场劳动教养。起初，他认了命，积极参加场里劳动，还受过表扬，力求早日解除劳教，返乡同新婚妻子团聚。可是到了第二年，他却被列为"重管"人员，进行审查批斗，逼他交代在国民党军队里当班长的"反革命历史罪行"，坦白混入革命队伍的"不纯动机"。每日的白天，他要扛着锄头上山参加繁重的田间劳动；夜晚他要站在批斗会上接受众人的指责、污辱、怒骂、嘲笑，甚至还被鞭打。吴秉华像其兄长也是一个铮铮铁骨的硬汉，头个月的批斗，他软硬不吃，拒不认怂，绝不把无罪说成有罪，但过了一个月之后，他身心疲惫，病倒不起，高烧不退，又举目无亲，连口水都喝不上。在此情况下，他万念俱灰，选择自杀，以死抗议人间之不公，证明自己之清白。临死前，他写了一封遗书寄给大嫂林惠，交代几件后事：一，请他的新婚妻子节哀，另找合适的男人改嫁，不必为他守寡；二，寄回的两丈繁花西洋布是送给侄女们做衣服用的；三，放在家中后厅的一副寿板，是留给兄长吴秉熙百年之后使用的……

听了林惠说的吴秉华自杀身亡的事，吴秉熙忍不住泪光闪闪，连声道："是我拖累了他，我对不起他。"

"秉华的一缕幽魂飘落在异乡的荒山野岭，连个坟墓都没有。"林惠说。

"我一定要亲自到大田将他的骨骸迁回玉屿山安葬，以告慰秉华在天之灵。"吴秉熙坚定地说。

"你？你亲自？"

"是我，是我亲自。"吴秉熙说，"我的问题很快就会搞清楚。"

"真的？"林惠不敢相信，"你又哄我开心。"

"我何时骗过你？"吴秉熙说，"最近，闽侯中级人民法院杨院长亲自携两个助手来这里看我，我如实向他汇报了我的情况，并把这几年来我写的 11 万字申诉书交给他。他看之后，说我不久就会没事回去的，劝我放心。"

"是吗？我这不是在睡梦之中吗？"林惠喜出望外，说，"我在家里做梦时也听你这样对我说，'我不久就会没事回去的'。"

"但现刻不是在梦中，不信，你让我打一下看看痛不痛？"吴秉熙说着举起一只手装着欲打的样子，然而却顺势把她的娇小身躯环抱起来。

"你好像胖了。"林惠轻轻推他一把说。

"是胖了，我的体重从原来的 116 斤增加到 142 斤，4 年胖了 26 斤。"吴秉熙笑笑说，"这是上苍对我这位心情舒畅的'劳改积极分子'的奖赏。"

"劳改积极分子？"林惠问，"犯人也有积极分子？"

"死人都有英雄，犯人怎么没有积极分子？"

"此话怎说？"林惠不解。

"宋代才女李清照有两句名诗，你记得吗？"吴秉熙问。

"是'生当作人杰，死亦为鬼雄'这两句，对吗？"林惠当然知道。

"对呀。人家死了都要当鬼雄，何况我这个"劳改犯"大活人，为何不能当劳改积极分子呢？"吴秉熙十分得意地说，"由于有突出表现，我年年都被评为劳改积极分子，年年都立功获奖。我收到的奖状、奖品都装满了我那个行军包。你如果不信，我明天就拿出来让你瞧瞧。"

"秉熙呀，秉熙。"林惠望着丈夫洋洋得意的样款，不由得指着他的鼻子感叹道，"你这个臭积极！"

1964 年 2 月的一天，"臭积极"吴秉熙终于获得平反，宣布无罪释放。

这日上午，吴秉熙辞别了让他度过 5 年劳改生涯的江西某监狱，大步流星走在通往鹰潭火车站的山路上，口中哼着一首"返故乡"的自撰诗：

河山处处好风光，

伴我遥遥返故乡；

伟大英明正确党，

再生之恩永不忘。

第二十三回　扶贫村正旺筑水库

坐火车真快，吴秉熙从鹰潭上车，路经光泽、邵武、顺昌、南平、古田、闽清，当天傍晚就到达省城福州。次日下午，他回到了离开5年的平潭县城；晚上，他终于回到了阔别6年又一个月的故乡玉屿，见到了日思夜想的妻子、女儿和婶婶等一家人。

峰回路转。吴秉熙无罪释放回家后，平潭县委为他办理了"右派"平反，恢复党籍、公籍、职务和工资级别等手续，发文任命他续任平潭县老区建设办公室（县老区办）主任。其妻林惠也随之恢复了公籍和工资级别，先后担任县供销社业务员、县新华书店经理等。送给乡下亲戚抚养的云平、云玲两位小女儿，在她们的养父母支持下，也回来同亲生父母团聚，安排在县城学校读书。

懂得感恩、知足的吴秉熙与林惠这对革命伉俪，对眼前的境况很是满意，他们日夜沉浸在幸福的甜蜜之中。更让他们夫妻欣慰的是，吴秉熙回来一年后的1965年2月21日，林惠生下了一个男孩，取名吴平。已有5个女孩，生个男孩是他们久盼的愿望，今天终于实现，自然喜之不禁，欢乐异常。

欢乐的日子犹如白驹过隙，过得飞快。转瞬间，到了1966年6月开始的"十年动乱"，吴秉熙在此期间又被勒令进"学习班"接受隔离审查。不过只审查了几个月，就宣布他没有问题，可以出来工作了。

1972年5月，56周岁的吴秉熙被任命为平潭县卫生局副局长，主持日常工作。县领导的意思，是让这位坎坷半生的老干部在安定的工作中度过离休前的最后4年。

但是，吴秉熙却不这样想。他想，我从小就立下"报国救民"之志，入党时又发誓要为党为人民的利益献身，可岁月蹉跎，不觉年近花甲，能工作的时间已经不多。再说，平潭虽已解放20多年，但农村还很落后，群众还很贫穷，我应该在有限的时间里，下农村，为群众办一些实事，帮扶他们脱贫致富。

此时，平潭县革委会正动员县社两级干部下乡当工作队，进驻全县各个生产大队，组织社员学习大寨人的"自力更生、艰苦奋斗"精神，开展以兴修水利、改良土壤为主要内容的农田基本建设，以提高农作物产量。

本想下农村扶贫的吴秉熙，见干部们纷纷下乡，便向县革委会主任史奎元提出要求，派他到贫困的正旺大队当工作队，以尽自己绵薄之力，帮助当地群众脱贫致富。

史奎元，山西翼城人，南下老干部，时为平潭县革委会主任。由于县委书记是军代表吕锡三副师长兼任，故全县的工作都由他负责。

史奎元主任对历经坎坷的老革命吴秉熙十分钦佩，深受他主动请缨下农村扶贫的精神所感动，当即表示同意，并组建了一个以吴秉熙为队长的精干工作队，进驻正旺大队，以成全他为民办实事扶贫的夙愿。至于县卫生局的日常工作，则安排另一位副局长负责。

于是，1972年6月，吴秉熙放弃安稳舒适的县城生活，带领3名工作队员，进驻正旺大队井盂垄村，在村里上班办公。

　　正旺大队，位于平潭县城北门外4公里处，时属红心公社，后为岚城乡正旺行政村，由井盂垄、一埔、石鼓头、小岭等4个自然村组成，背靠长满石头的荒丘隆兴岭，面朝缺水干旱的沙埔园地，农作物产量很低。该村是平潭不多的几个纯农业区之一，不能享受海岛人"靠海吃海"的优势。又没有其他副业收入，解放都23年了，群众的温饱问题还没有解决，至今还有人过着衣食堪忧的苦日子。

　　吴秉熙平反回乡后，因看望一位老战友来到井盂垄村，听到村里的贫困情况，心如刀剜。他发誓要让正旺群众脱贫致富，过上丰衣足食的好日子。

　　"能做到吗？"吴秉熙在进村头一天晚上召开的大队党员干部大会上，就提出这个命题，然后，他坚定地回答道，"能，一定能。大寨人的精神，是'自力更生，艰苦奋斗'，毛主席说，'自己动手，丰衣足食'。关键的关键是要自力更生，自己动手。那么，要从哪几个方面动手呢？我想请大家动脑筋、想办法，群策群力，一起开拓脱贫致富、建设社会主义新农村之路。"

　　连日来，吴秉熙多次召集大队干部和工作队员一起开会，讨论眼前正旺大队要办的大事，最后决定在石鼓头村办养猪场、米粉厂；在井盂垄村建配电房，办面粉厂；在小岭筑水库；以及造林绿化等几件大事。这几件大事都是既有利于发展生产、增加社员收入，又切实可行的项目。此后，吴秉熙就狠抓这几件大事的落实。

　　第一件大事，在石鼓头村筹办了一个存栏100头的养猪场。由于吴秉熙亲自抓，饲养员精心饲养，养猪场一年见效，既增加了社员的年收入，改善了社员的生活，还为农业生产积聚了优质农家肥，提高了粮食产量。当然，办养猪场也遇到了没有资金和缺乏猪苗的困难，而吴秉熙却用自己有限的工资捐了一笔购买猪苗的款目。他还不惜用自己的面子亲自到霞屿村战友处欠账买猪苗，待菜猪养大出售后还清赊欠的猪苗款。

第二件大事，在石鼓头村兴建一个颇具规模的米粉厂，制作大小米粉，批发出售。在兴建时没有资金，吴秉熙跑到国彩村向跑运输的战友暂借款目；不懂技术，他亲自到闽侯桐口请一个老师傅前来指导。一年之后，正旺石鼓头米粉就打入平潭市场，有了名气，取得了良好的经济效益，使社员年终分红有了成沓的钞票。

第三件大事，在井孟垄村兴建面粉厂，取得成功投产。

第四件大事，修筑了一座 50 万立方米、让数百亩旱园得到适时灌溉的水库。修筑一座能够灌溉数百亩旱园的大水库，是一项大工程，靠一个大队的力量来完成，并非一件容易的事，大队干部开头都有畏难情绪。吴秉熙满怀信地对他们说："修水库，灌旱园，保丰收，功在眼前，利在子孙后代，是一定要干的。至于困难嘛，当然有，但只要我们下定决心，任何艰难困苦都是能够克服的。"

吴秉熙并非一个"出嘴别人使力"的领导人。他是一位亲力亲为的实干家。他的大话一出，他的实际行动便紧紧地跟上。他把修水库当作一场战役来打，经过思考，订出行动方案，做到有计划有组织有步骤地进行。

一是建立机构。为了加强对修筑水库工程的领导，根据吴秉熙的建议和安排，正旺大队成立"水库修筑工程指挥部"，由大队党支部书记挂帅，任总指挥，大队长任副总指挥兼现场指挥。各生产队长为指挥部成员兼各民工排排长。驻村工作队为顾问组，吴秉熙为工程总顾问，实为总负责人。指挥部成立后，他带领指挥部成员参观附近的韩厝水库和敖东的六桥水库，使大家对水库的样子和作用有个初步的概念。

二是做好协调工作。正旺水库的主要功能是解决石鼓头村西南面数百亩海滩地农田的灌溉问题。而水库的位置又在小岭村上，水库筑成势必把小岭的村庄和农田全部淹没。由于受益和受损不匹配，吴秉熙用自己的智慧和影响力，做了大量的艰苦细致协调工作，从而得到了妥善解决。吴秉熙把小岭村农民的房屋搬迁到更靠近大公路和县城的水库南边开阔地上，又调整相应的农田分配给小岭村农民。吴秉熙为石鼓头村筑一条 2 千米长大水渠，把水库的水源源不断地引到他们的海滩地上，使数百亩旱田得到灌溉。这样，两村农民都非常高兴，无不举双手赞成。

三是进行设计。吴秉熙知道修水库是百年大计，不能随意蛮干，造成返工等损失。因此，他聘请了一位有经验的水利技术员前来正旺进行现场勘察，画图设计，然后按设计图纸的要求施工，确保工程质量，使水库的效益最大化。

四是筹集资金。遇到没有资金，吴秉熙首先想到的人是支持他的史主任。他向史主任汇报了要建正旺水库的事，请求县里拨款补助。但史主任说："平潭地方财政特别困难拮据，连县干部的每月工资都要四处暂借，正旺建水库的资金只能靠你这个老革命自筹解决。"这样，吴秉熙只好前往福清，冒昧向老战友开口，终于借到了购买钢筋、水泥等材料的所需资金。

五是解决工具。土法上马修水库，不用汽车、推土机，只用锄头、鹤嘴、铁锤、扁担、畚箕等原始工具。这些原始工具本来不很值钱，可以购置，但为了省钱，吴秉熙还是向福清菜安村暂借。说是暂借，其实是请他们赠送。因为畚箕等工具用完也就损耗了，怎么还？老区群众记住当年吴秉熙在菜安阻击战中的贡献，明知"有借无还"也都乐意借给他。

六是组织劳力。吴秉熙要求，凡水库受益的生产队都要组织一个50人左右的民工排，投入到紧张而有序的修水库劳动中去。根据出工的时间和劳动量，吴秉熙要大队给民工们记工分，参加年终分红，以提高民工的劳动积极性。对于有技术的石匠、土匠，则另发技术补贴，以体现按贡献分配。

七是亲临现场指挥。率兵打战，不怕牺牲的吴秉熙总是身先士卒，冲锋陷阵在前；率众劳动，不怕艰险的他也总是亲临现场，解决施工中的难题在前。

一次，在隆兴岭山坡，吴秉熙正埋头挖掘砌水库堤坝用的石料，突然，山顶一块扁圆石头"轰隆隆"地向他的位置滚落下来。幸好站在他身后的年轻大队长，眼疾腿快，纵身一跃，将他推向一旁，让那块足以砸死人的扁圆石头与他擦肩而过，从而避免了一次灭顶之险。真是天幸！

在吴秉熙和大队党支部的强有力领导下，经过一年又8个月的努力，一座蓄水量50万立方米的正旺水库终于在1974年5月宣告建筑竣工，正式投入使用，当地数百亩旱园得到灌溉，大大提高了农作物的产量。

第五件大事，大力植树造林。每年植树节，吴秉熙四处购买树苗，发动学生和干部义务种树，几年时间，北至正旺后山隆兴岭，南至莲花山，全部披上了绿装。同时，他还到福清拿水蜜桃树苗回来在正旺种植。此外，吴秉熙还为正旺大队建了一个电房，解决了村里的照明问题。

1975年5月，平潭县革委会在正旺水库堤坝召开全县农田基本建设现场会议，参观学习正旺大队修筑水库的先进经验，参加现场会议的有全县各个社队的主干和驻队工作队长 100 多人。正旺大队工作队队长吴秉熙在会上介绍了"发动社员筑水库保丰收"的经验体会。县革委会主任林敬平在会议上讲话中，对正旺大队发扬"自力更生、艰苦奋斗"精神，依靠自己的力量，修筑水库的事迹，进行表彰，并且称驻队工作队队长吴秉熙为"老先进"。

然而，只过一年，"老先进"又遇上意想不到的新灾难。

第二十四回　帮老区国彩建影院

　　1976 年 10 月 6 日，"十年内乱"结束。全国亿万军民随即举行盛大的集会游行，热烈庆祝粉碎"四人帮"的历史性胜利。饱受"文革"之苦的吴秉熙，站在平潭县城宿舍的阳台上，听到游行队伍在大街上鸣放的鞭炮声，高兴地呼喊道："天下从此可以太平了。"

　　吴秉熙此话没有说错。粉碎"四人帮"，结束了那场经济崩溃、文化凋敝、社会动荡、国民精神压抑和心里恐惧的浩劫，从危难中挽救了党，挽救了革命，使我们的国家进入了新的历史发展时期，从此全国人民可以安心搞建设了。但用在吴秉熙自己的身上，未免说得太早了。

　　1976 年 12 月，平潭县开始举办"揭、批、查"学习班，清查同"四人班"篡党夺权有关的人和事。学习班分两期举办，全县有 2800 人参加。

　　由于"左"的思想影响，清查扩大化，吴秉熙不幸又被列为重点清查对象，于 1979 年 11 月，被判处有期徒刑 8 年，开除党籍、公职，送往崇安监狱服刑，接受劳动改造。

　　这是吴秉熙此生第四次失去党籍（其中 1 次停止，3 次开除），第八次蹲监狱（其中 6 次国民党监狱）。

崇安监狱，原为崇安黄土农场，位于武夷山下的武夷宫上埔，群山环抱，风景优美。虽然监狱不是犯人的乐园，但这里的环境和设备，和1959 年时的"平潭看守所"大相径庭。

吴秉熙这次坐牢出乎他意料之外，他想想觉得好笑。他在"文革"中受审查，吃尽苦头，对这个"史无前例"恨都来不及，怎么说他参与"四人班"篡党夺权呢？这显然又是一起冤假错案。他坚信，我们的党是伟大英明正确的党，凡冤假错案，最后都会平反。因此，他不担忧，不苦恼。

吴秉熙后来调侃道："惯吃砒霜腹肠厚，老蹲监狱就觉得监狱生活也平常，这次坐牢没有度日如年之感，倒觉得宛如到武夷山度假疗养似的。只是不能为民办实事，浪费了有限的生命，很是遗憾。"

正如吴秉熙所说，这次坐牢又是一起冤假错案。

1981 年 8 月，莆田市中级人民法院改判吴秉熙无罪，释放回家，完全彻底平反，恢复名誉，恢复党籍、公职和工资级别。

这是吴秉熙一生第四次恢复党籍；第八次无罪释放出狱。像吴秉熙这样一生起起落落，反反复复，频繁遇难坐牢，在古今中外的历史中都是罕见的。

当然，苦难成就传奇，艰难困苦淬炼英雄。

吴秉熙无悔无恨。有位福清战友前来看望他时问他："老吴呀，你老是受冤枉，吃了许多不该吃的苦，我们都为你打抱不平，难道你对错误处理都没有记恨吗？"吴秉熙笑着回答道："世上母亲错打孩子，哪有孩子记恨母亲的？"那位福清战友又问："那么，你对蓄意诬告也不生气吗？"吴秉熙平静地说："人性险恶，实属难免，我嗤之以鼻就是了。生气是会伤身体的，我何必用别人的错误来惩罚我自己呢？"

平反后，吴秉熙被重新任命为平潭县老区办主任。

可此时，吴秉熙已经 65 周岁了，大大超过了离休年龄。岁月不饶人，加上非人的监狱生活，他原本硬朗的身板变得弱不禁风，居然病魔缠身。林惠见状，心疼得潸然泪下，劝道："我看你还是把离休手续办了。"但吴秉熙却说："不，党现在还需要我为老区人民服务，我也想把被坐牢耽误的时间补回来，所以你就让我再干几年吧！"

稍事休息，吴秉熙就到县老区办上班了。但只到办里上班两天，他就向县委书记潘长恒提出，他要带领两名干部，组成老区工作队，轮番下到各个老区基点村蹲点，帮助老区人民脱贫致富。潘长恒书记对吴秉熙也很欣赏，当即表示赞同。

于是，吴秉熙次日就开始有计划有步骤地下乡，到平潭各个老区基点村扶贫济困。他的第一站就选在国彩村。

国彩村，原名伯塘村，是1947年8月，吴秉熙一手开辟的革命基点村。中华人民共和国成立后，为了纪念伯塘人吴国彩烈士，平潭县人民政府决定把伯塘村改名为国彩村。

而到了国彩村，吴秉熙要做的头一件事，就是慰问革命烈士吴国彩的家属。

吴国彩，1923年生，1948年4月经吴秉熙介绍入党，1949年2月任平潭人民游击支队第一连连长。1949年5月初，他自报参加强攻平潭的敢死队，为敢死队队长。在5月5日深夜奇袭中正堂时，他身先士卒打头阵，不幸胸部中弹，但他不顾流血伤痛，继续向前冲杀，打伤了对我威胁最大的盐缉队长，缴了他还在使用的两支驳壳枪，逼使盐缉队全体官兵缴械投降。随后，他腿部又中了两弹，伤势危重，被抬到医院急救。和他同时被送到医院的，还有一个危重伤员吴翊成。那时，医院只有一个主刀医生，只能依次动手术。医生认为救治吴国彩更有把握，便决定先对他动手术。但吴国彩坚持先抢救战友吴翊成。当医生做完吴翊成的手术，回过头准备救治吴国彩时，他却因时间拖得太久，流血过多，已经停止了呼吸。吴国彩这种无私无畏、先人后己的高尚品德，对党对人民铮铮铁骨、赤胆忠心的革命精神，永远活在平潭人民心中……

慰问了吴国彩家属之后，吴秉熙就到国彩村办公楼，向村党支部书记报到，并向他提出："要把国彩村建设成为文明村当前该办哪些事？"

为此，村党支书在当天晚上召开党支委和村委会联席会议，请大家一起讨论、共同回答县老区办吴主任提出的这个题目。吴秉熙和工作队员应邀参加国彩两委会议。

见两委会议讨论许久都没说到重点，吴秉熙便把自己经过考虑的想法说出来。他说："国彩村是我县重点老区基点村。由于自然经济落后，文明村的各项文化建设始终处于落后状态。全村 800 余户、3000 多人，居然没有一座可供村民看戏、看电影和开大会的场所。因此，我倡议，村党支部和村委会当前应着手筹建一座可容 1500 人的电影院。"

"什么？我们伯塘要建电影院？"两委会议中有人听了惊讶地咋舌，"这不是在做梦吗？"。

"当然不是做梦，——即使是梦想也可以变为现实嘛。"吴秉熙说，"事在人为，靠的是村干部齐心协力，自力更生，艰苦奋斗。"

"吴主任说得有理，世界上没有办不成的事。"年轻的村党支书说，"我拥护建电影院，把我们国彩建成文明的老区基点村。"

"如果能够建成电影院，谁不拥护？问题是资金在哪里？木料在哪里？"年过半百的村主任说了这段话之后，居然毫不客气地质问，"不知吴主任有没有替我们想过这个难题？"

"这个吗？"吴秉熙听村主任说此话，仿佛下棋突然被将一军，有点猝不及防，幸好他早就想过这个问题，便理直气壮地道，"我当然想过这个关键的难题。"

"那怎么解决？谁来解决？"村主任问。

"我。"吴秉熙胸有成竹地说，"关于筹建国彩电影院所需的资金和三材就包在我老吴身上。"

"好啊！好啊！"会场上一片欢腾，"谢吴主任！"

"感谢吴主任帮助我们国彩老区人民建设文明村。"村党支部书记最后道，"从现在起，我们村两委就是建设工程的指挥部。我和村主任同为总指挥。两委们要齐心协力，发扬'自力更生，艰苦奋斗'精神，在吴主任的指导和帮助下，为建成国彩电影院而努力。"

建电影院是大工程，在吴秉熙的大力支持和具体帮助下，国彩村群众发扬"自力更生"精神，经过两年多时间的艰苦奋斗，终于胜利竣工，投入使用。

其间，吴秉熙为解决资金和三材指标，简直磨破嘴，跑断腿。

吴秉熙首先请工程师设计，请会计师测算，知道建筑电影院工程所需资金共32万元。他就以32万元为目标，采取"民办公助"的办法，筹集资金。先到县文化局、教育局和财政局申请补助，虽然批拨了两笔公款，但很不够。所以，吴秉熙就想出向当地群众募捐的主意。他就像乞丐一样挨家挨户地说服、动员、乞讨，人们碍于他的面子还是让他募到了一部分钱。不过，都加起来算一下，离32万元还有一个不小的缺口。怎么办？吴秉熙不远几千里跑到湖北，伸手向在那里承包隧道工程的乡亲求援。该乡亲被感动了，慷慨解囊，没让他白跑。这样合起来，就筹集到足足32万元，建电影院的资金解决了。

资金解决了，吴秉熙便开始跑所需的钢筋、水泥、木料等"三材"。"三材"之中的钢筋、水泥倒好办，到县里跑一趟县计委就解决了。但木材指标海岛平潭十分紧缺，盖大跨度屋架结构的电影院，包括建成后制作座椅，不但所需的木料数量多，而且要求木材口径大、材身长。平潭根本就没有供应这种高规格的特等材，哪有指标可言？要解决这个问题，就非到内陆林区采购不可。但木材是国家计划部门严格控制的物资，就是到林区采购木材也需要当地政府批准。

也是天助吴秉熙心想事成。他获悉时任南平市（县级市）委书记的林心华是平潭芬尾钱便澳人，还知道林心华为人正派，为官清廉，重乡情，常热心帮助乡亲办事。

于是，有一天，吴秉熙专程前往南平，先找在南平军队某部七三一八工厂工作的女婿高仁太，请他陪同到市里拜访林心华乡亲。见年近古稀的老革命吴秉熙为了盖老区国彩电影院不远千里而来，林心华十分感动，当即表示大力支持。他热情地说："吴老放心，您的事就是我的事。我会尽快安排解决。"

林心华一诺千金，说完就办，办得滴水不漏。当晚，他的秘书就通知高仁太明天就可到该市所属的土堡镇山头采运木料。次日上午，吴秉熙和高仁太两人坐着一部军用大卡车来到土堡镇时，镇领导早已在镇里接待室等候，热情地接待，并亲自陪同吴秉熙岳婿到深山老林中采运木材。那茂密的古老森林中，每一株杉木的胸径都在20厘米以上。镇领导热情地说："昨天下午林书记就给我们挂电话，再三交代我们一定要把事情办快办好。吴老您看中哪片林就砍哪片林，看中哪棵树就砍哪棵树，只要吴老满意，我们都大力支持。"这使吴秉熙、高仁太岳婿十分感动。多年之后，高仁太还慨叹道："国彩村能建成电影院，林心华乡贤功不可没。"当然，国彩村民也不会忘记年近古稀的吴秉熙，是他不顾高血压头晕、脚面红肿和脚跟风湿的疼痛，亲自跑到深山老林采运木材回来，解决了国彩建电影院所需的木料。

在国彩村蹲点一段时间里，吴秉熙除了帮助解决兴建电影院所需的资金和"三材"之外，还帮助国彩村修路搭桥、建配电房、挖井建水塔，解决村民用水和用电的问题，同时还帮助他们落实建保健院的地址等问题。

之后，吴秉熙和他的老区工作队便转移到老根据地玉屿村蹲点，具体帮助他们解决扩建玉屿造船厂和新建玉屿小学的资金和"三材"指标，以及村里牵电网发电等项老区建设的困难问题。此外，吴秉熙还发动玉屿村民种树造林搞绿化。

再后来，吴秉熙率领他的老区工作队先后进驻裕藩、大富、大福、屿头、东庠等老区基点村，切实帮助他们解决在脱贫致富路上的一些难题。

吴秉熙心系老区人民，关心群众疾苦，总想着为他们扶贫、帮他们致富。因此，他复当县老区办主任这两年来，直至1983年3月离休，他的上班办公地点都在生活艰苦不便的乡下村庄，都在全县大小海岛的老区基点村之间，以体察民情，帮民解难。

吴秉熙不喜欢待在县城的办公室里办公，不愿意过那种按时上下班、"看看文件读读报，打打电话听汇报"的日子。因此，吴秉熙受到平潭广大人民群众的普遍称赞和爱戴。

直到本书即将定稿，笔者还收到民主村党支部原书记吴长民寄来称赞吴秉熙同志助民办好事的信。他在信中说，"在吴秉熙同志的不懈努力下，民主村小学终于在1986年4月建成了，学校（含教学楼、厨房、餐厅、厕所）使用面积1052平方米；另外还有一个大操场，总投资12.7万元，全是吴老帮助筹集的。每当听到孩子们琅琅读书声回荡在民主村上空时，我就想起吴老。是他生前为了建校殚精竭虑，亲力亲为，从选址、征地、设计，到现场施工，他都亲自参与、亲自筹划、亲自部署。没有他，民主村的孩子们就不可能坐在明亮宽敞的教室里学习。"

第二十五回　偿夙愿开发大嵩岛

疯狂的台风欲到未到，惊骇的巨浪却已光临。一艘载满木麻黄树苗的小渔船，像一个醉汉，跌跌撞撞，颠簸在波峰浪谷之间。小渔船上有一位年近古稀的老汉，他神定气闲，随着小渔船时而像一只鸥鸟，跃上白茫茫的波峰；时而如一条青鱼，沉入黑黢黢的浪谷，不见了踪影……

这是 1983 年 8 月 15 日中午，离休老干部吴秉熙和一名青年工人，抢在台风来临之前，冒着惊涛骇浪之险，从国彩澳口运送满船的木麻黄苗前往大嵩岛的一幕。

"好险哪，秉熙！我站在岸上眺望，看到你运树苗的小渔船在浪涛中沉沉浮浮的样子，一直提心吊胆着，我真为你捏一把汗啊。"林惠站在大嵩岛岸边的沙滩上说这段话后，问，"你为何不等台风过后再把树苗运过来呢？"

"林惠呀，全县木麻黄苗十分紧缺，我花了九牛二虎之力，才从县防护林场购买来这一船树苗。如果等台风过后再运过来，那这木麻黄移植还能成活吗？"站在船旁的吴秉熙边卸树苗边说，"那我靠什么绿化荒岛？靠什么迈出开发大嵩岛的第一步呢？"

大嵩岛，俗名大垱，位于国彩村东离岸 2 千米处海域，同巍峨君山隔海遥遥相望，陆地面积约有 600 亩，是一座孤悬海上的无人岛。其周边还有牛尾岛、小嵩岛、赤鞋特岛、山洲岛、东洲岛、坪洲岛等6 个小小岛，星罗棋布着，构成一个群岛。从天空鸟瞰，大嵩群岛犹如北斗七星倒映海面，蔚为奇观。在很早以前，大嵩岛曾经住过几户渔家，后来由于海产资源日渐枯竭，他们便陆续迁离，使大嵩岛成了一座无人问津的荒岛。

然而，大嵩岛地理位置特殊，没有污染，具有原生态的珍贵资源和自然景观。其岸滩丰富多样，盛产石斑鱼、海鲫鱼、八爪鱼和天然坛紫菜，以及各种各色的海螺、海贝，适合内海水产养殖。其众多黄灿灿的沙滩，平缓、洁净、柔软、细腻，没有乱石杂物；周边海水湛蓝清澈，水质良好，是理想的海滨游泳场。因此，大嵩岛是一块潜藏着丰富旅游经济资源的未开垦处女地。

吴秉熙对大嵩岛情有独钟。因为该岛历来归属伯塘村，所以，1947 年秋至 1848 年夏，他以伯塘小学校长和伯塘保长为掩护从事地下革命活动时，曾经多次携伯塘渔民来大嵩岛视察，对岛上的前世今生了如指掌，早就有"开发大嵩岛造福伯塘人民"的愿望。

一个月前的 1983 年 2 月，在办理了离休手续之后，吴秉熙分别向县委书记潘长恒、县长蒋宝璋提出，他要开发大嵩岛，实现他多年的夙愿。两位县主要领导，开头都认为，坎坷一生的老革命吴秉熙同志年近古稀，且有高血压、高血糖、心脏病等多种老年疾病，应该在家好好休息，过静谧舒适的日子，安度晚年，所以没有一下子就答应。

但吴秉熙拿出牛劲，一不做二不休，一再向领导说明，他开发大嵩岛的宗旨，一是为了报答伯塘群众长期以来对平潭游击队开展革命活动的掩护和支持；二是出于对伯塘游击队员家属困难的同情，想在自己有生之年，尽自己力所能及，为他们子女提供就业机会，帮助他们解决找工作难的问题。吴秉熙一再请求县领导大力支持，给他提供必要的开发大嵩岛方便。

在此情况下，两位县领导考虑到，吴秉熙同志与众不同，他是一个闲不住的人，更是一个满心想着为党为人民多做贡献的好党员，便决定破例批准他的请求，以成全他的夙望。

然而，吴秉熙的夫人林惠和子女们对他要开发大嵩岛的事都不赞同。主要是担心他在艰苦的荒岛上生活身体吃不消，病倒了，得不偿失。吴秉熙说："我开发大嵩岛，是偿我多年的夙愿，是为我革命的一生下完'最后一盘棋'，并不期望得到什么个人利益。我没有期望，就不会有失望；不想得，就不会失。"

家里人都深知吴秉熙的牛脾气，他决定要干的事，就会一往无前，任谁都阻挡不了，便随他去了。林惠见吴秉熙如此坚决，知道再劝也没有用，便改为支持，道："你一定要开发大嵩岛，那我陪你一道去，这样你的生活也有个照顾，反正我也离休了。"但吴秉熙却不领她的情，他说："那不行，你一个年过花甲的老太婆，怎么受得了孤岛上的困苦生活？"林惠很果断地说："你反对无效，此事就这么定了！"

于是，1983 年 3 月 1 日，一对曾经提着脑袋跟党闹革命的离休老干部夫妻，怀着对党对人民对社会多做贡献的信念，就这样抛弃清闲舒适的城市生活，义无反顾地来到了荆棘丛生、虫蛇栖息、惊涛包围的荒岛上"安家落户"了。

荒岛上，只有两间破渔寮和一座古庙，其他就是荆棘丛生的沙埔地了。

吴秉熙夫妇要在这个荒岛上安的"家"，落的"户"，是一座被蛛网封锁、年久失修的古庙。这座古庙建于清康熙年间，俗称"大嵩宫"，但古庙的门楣上却横写着"大嵩帝爷公"5个金色大字。古庙那红色的外墙和古朴的瓦檐显得庄重醒目，但庙内却只有前后两个小宫殿，合计不到30平方米，后殿摆放大嵩公菩萨像，前殿实为过道。前后殿之间，有一个一米见方的小天井。没有内室卧房，更没有床架床铺。到了夜晚，吴秉熙夫妇便在前殿过道上清扫了几尺见方的地面，打开他们自己带来的铺盖卷，便算他们夫妇安了"家"，落了"户"，可以就寝休息了。

而被吴秉熙招收来开发大嵩岛的10多位青年工人，则安排在另外两间破渔楼里住下。

次日上午，那10多位青年工人到古庙来看望吴秉熙夫妇时，看到后殿立柱上新贴的一副对联：为社会造福甘居古庙，为子孙开源虽苦犹甜。这副新对联反映了吴秉熙立志艰苦创业的精神，青年工人读了都很受感动。稍后，他们跟随吴秉熙出了庙大门，又看到庙前立着的一块石碑上新写的"最后一盘棋 老金"这几个字，感到不解，便问吴秉熙是什么意思？吴秉熙说："人生如棋，一个阶段的工作，一个战役的战斗，就是一盘棋。我此生已经下过很多盘棋，而如今年近古稀，来日无多，想在'开发大嵩岛'的战斗中，下完人生'最后一盘棋'。老金是我在地下革命时的化名。你们要帮老金一起下好这'最后一盘棋'呀！"青年工人听后无不满怀信心地说："我们都听您的指挥，一定会辅佐您下赢这'最后一盘棋'，没问题。"

这10多位青年人，多数为伯塘游击队员的儿子，也有几个是玉屿村和潭水村老战友的子弟。他们是开发大嵩岛的中坚力量。吴秉熙视他们为自己的亲生儿子，对他们十分爱重。在参观了石碑之后，吴秉熙请他们到古庙前殿席地而坐开会，一起商讨开发大嵩岛的规划方案，以发挥他们的积极性和主动性。针对有些青年工人的畏难情绪，吴秉熙对他们说："创业难，在荒岛上创业更加困难。但是，世上没有克服不了的困难。干事业，只要下定决心，任何艰难困苦都是能够克服的。"

这10多位青年工人组成的拓荒队，人人都很争气，个个都能吃苦。他们在吴秉熙的直接教导和强有力领导下，发扬"自力更生，艰苦奋斗"的精神，胼手胝足，披荆斩棘，向荒芜的大嵩岛英勇奋战。他们用自己沾着海水咸味的汗水辛勤地浇灌着这块渐渐苏醒过来的处女地，让她开出美丽而芬芳之花，结出香甜而丰硕之果。

果然，天道酬勤。从1983年3月至1991年7月，经过吴秉熙拓荒队的8年艰苦奋斗，终于取得显著的开发成绩，改变了大嵩岛的面貌。

八年来，他们植树造林20万株，消灭荒地400亩，森林覆盖率达67%。他们用茂密树林编织的严严实实屏障锁住了风沙的肆虐，让沙土裸露的荒岛披上了翠绿的新装，成为海上的一块绿洲。

八年来，他们开垦荒地40亩，耕种番薯、花生、萝卜、西瓜、蔬菜，一季接一季，产量可观，为拓荒者提供自给自足之外，还有颇丰的分红收入。

八年来，他们努力发展水产养殖业，试养贻贝和日本黑鲍等海珍品，均获得可喜的成功，使大嵩岛定为我省海珍品养殖的试验基地。

从1985年开始，吴秉熙的主要精力就放在发展水产养殖上。他在大嵩岛海域铺设了20多亩浮筏式养殖台，开展海带养殖和太平洋牡蛎试养。随后，他亲自到大连和连江等地取经，尝试发展贻贝养殖，取得成功后向全县推广，开创了平潭贻贝养殖的先河。后来全县贻贝养殖发展到几万亩，成为许多渔区的支柱产业。省水产厅在大嵩岛进行紫贻贝半人工采苗技术试验，获得巨大成功，从而荣获省水产技术推广成果一等奖。

1986年12月7日，吴秉熙经过艰苦努力，大嵩岛从日本长崎市苗种中心场引进黑鲍鱼苗1000粒试种，成活率达70%。1987年6月20日，日本黑鲍鱼养殖专家久原俊之到大嵩岛考察，认为大嵩岛养殖黑鲍鱼的生态环境比日本的好，在该岛养殖6个月的黑鲍鱼相当于在日本养殖14个月，是养殖黑鲍鱼的理想场所。1995年，大嵩岛"黑鲍鱼引进与人工育苗及养殖"课题获得福州市科技进步一等奖和福建省科技进步二等奖。吴秉熙在大嵩岛养殖日本黑鲍鱼的成功经验很快就推广到省内外，经过30多年的不断发展，鲍鱼养殖已成为我国南方沿海水产养殖的支柱产业，年经济效益达几百亿元，但很少有人知道中国黑鲍鱼养殖业的源头在平潭大嵩岛，更无人记住吴秉熙是中国养黑鲍鱼的第一人。吴秉熙对中国鲍鱼养殖业的兴起和发展功不可没。

八年来，他们利用大嵩岛无污染、少病害的优势，饲养优良品种的耕牛3头和蛋鸡400多只，并向大岛群众推广这些优良的禽畜，受到受益者的欢迎。

八年来，他们新建职工宿舍2座，饭厅、厨房、厕所、浴室各一间，大大改善了拓荒者的居住和生活条件；同时，还新建了仓库、牛棚、鸡窝等发展生产用房；此外，他们还建了一座小型风力发电站，使这个荒岛原来黑魆魆的夜晚变成如同白昼般的光明通亮。在吴秉熙的努力下，在岛上打了一口机井，神奇的是，这口机井水源充沛，不但能满足10多人的生活用水，而且还能解决生产用水。干旱时用抽水机能灌溉几十亩农田，水位下降不超过1米。且水质甘甜可口，富含矿物质，可达矿泉水指标。

八年来，吴秉熙他们开发大嵩岛的辉煌成就，得到了平潭县委、县政府和上级有关部门的认可和称赞，被选定为省级自然保护区，纳入福建省首批 20 座无居民旅游岛之列。由于开发大嵩岛功勋卓著，吴秉熙被评为"县劳动模范"。离休了还获此殊荣，实属罕见。

从此，大嵩岛是屋里敲铜锣名声在外。它那得天独厚的地理位置，天然优美的自然景观，经过吴秉熙装扮的海上绿洲，吸引着四面八方的旅行者前来游览度假，每年上岛的海内外游客达五六千人。

此时，年逾古稀的吴秉熙心中升腾起一股壮志已酬的自豪感，一股夙愿以偿的满足感。他觉得他已经下完了人生的"最后一盘棋"。

这"最后一盘棋"，吴秉熙下得很有意义，这是他传奇人生之树中的又一朵奇葩。

然而，这"最后一盘棋"，他又下得很艰难，很辛苦。这种艰难辛苦的滋味，没有亲身在荒岛上生活过的人是很难想象得到的。

荒岛环境恶劣，条件很差，他们初上岛时，住无房，睡无床，只好在破庙、破渔楼里打地铺。吃的粮食、蔬菜和用的所有物品，都要从大岛运进来。一旦风大浪高不能开船，岛上就断了食物的来源。曾有几次出现粮食暂缺，靠吃野菜和海螺止饿充饥的状况。

小岛气象孩儿脸，说变就变。有时阳光明媚，风平浪静，大海温柔得像娇羞的美丽处子；有时暴雨瓢泼，狂风怒吼，骇浪发疯，大海凶恶得如同张开血盆大口要吃人的怪魔。

特别是台风季节，住在小岛的人往往都是提心吊胆地过日子。吴秉熙记得，上岛第四年的 1986 年 8 月的一天夜晚，13 级强台风不请自来。一时狂飙呼啸，巨浪冲天，整个大嵩岛仿佛一叶扁舟颠簸在汹涌澎湃的波浪之中，好像随时都要被大海吞没似的。刮东南风时，大嵩岛外飞沙走石，折断的树枝漫天飞舞。那天林惠回县看病，吴秉熙独自一人守在庙里，他心里记挂着住在破渔楼里的职工安全，但又走不出去。正焦急间，突然，正面受风的大嵩宫大门的粗大门栓被一阵大风拦腰折断，宫庙大门让狂风强行推开。不甘落后的雨水也趁机泼进大门来，把吴秉熙的衣服被窝全打湿了。吴秉熙忙关住大门，并用自己的单薄身躯顶住大门。尽管年老的他力气没有发狂的风大，他还是用尽力气不让大门被推开。如果大门被台风推开，整座宫庙都有可能被掀掉。吴秉熙事后说："当时我就是一个意念不能倒下，我这最后一盘棋刚刚落子，若大门被台风推开，那整座古庙及我本人都完了。"幸好，有两个关心他的青年工人不久就来看他，帮助他把大门关牢。否则，吴秉熙这一夜将不知如何待到天明。

类似的台风袭击情况，吴秉熙经历多次，慢慢习以为常，不足挂齿。其实，开发大嵩岛遇到最难的事，还是筹集创业的资金。

吴秉熙首先把自己夫妇的离休金全部拿出来，捐献给大嵩岛开发之用。虽然数额有限，但作为初期开办费还是能够应付的。

接着，吴秉熙到省民政厅申请开发荒岛补助款，他打了报告，跑了三次，终于找到下乡回来的厅长李新鉴。李厅长对吴秉熙很热情，耐心地听取他的汇报，当即在他的申请报告上签批了一笔可观的补助款，并教他到财务处办理拨款手续，使吴秉熙很受感动。

再接着，吴秉熙到省水产厅申请试养贻贝、鲍鱼的补助款，跑了几次，也没有白跑，最终拿到一笔令人满意的试验养殖海珍品经费。这样合计起来，就有近40万元开发大嵩岛资金，解决了植树造林、试验养殖贻贝、鲍鱼，种植无籽西瓜等项所需要的资金。资金解决了，吴秉熙便开始跑海上养殖所需要的铁锚、聚乙烯、塑料泡沫等材料。

值得一提的是，他出县跑三材所花的差旅费全部从自己的离休工资中开支，没有在他筹集的近40万元开发大嵩岛的资金中报销分毫。

也许人们不会相信，吴秉熙日夜泡在大嵩岛上，开发呀劳动呀，只付出做贡献，不要一分回报。后来岛上有经济收入了，那 10 多位青年工人实行"按劳分配"分红拿工资，而他和他的妻子只拿国家每月发给的离休工资，不参加岛上分红，也没有索取其他补贴。青年工人对此都过意不去。有一年，岛上花生大丰收，他们就送两担花生放在他住的宫庙里。但他却不拿回家，一直放着没动。见谁出工肚子空，他就抓几把送给他，直到送完为止。

吴秉熙对海珍品的养殖试验和禽畜良种饲养试验高度重视，始终都是亲力亲为。引进日本黑鲍鱼时，正值严寒的 12 月 7 日，吴秉熙此后每天与技术员一起观察这批"贵客"是否适应新环境，详细记录每天的成活率、每月的生长速度、喜欢吃什么饵料、水文条件对其影响等数据。工人们在吴老的影响下，视试养的黑鲍鱼比生命还重要。有一次，由于养殖海域风大浪急，工人们喂饵料时，不小心掉落了一个养殖笼，眼看一笼鲍鱼就要沉没海底，吴老在船上急得就要跳海抢救。但有一工人忙阻止吴老，冒着生命危险，抢先跳入刺骨寒的海水中，旋即潜入海底捞起这一笼掉落的鲍鱼。功夫不负有心人，吴老养殖黑鲍鱼终于获得成功。

为了观察良种鸡孵化的全过程，吴秉熙把自己的床铺摆在鸡窝旁边。从凌晨鸡叫至夜晚朗月当空，他片刻不离地细看着刚出壳的小鸡。而此时，他正患着重感冒。

吴秉熙关心别人，不关心自己。岛上哪一位职工生病了，他总是亲自察看，亲自送药送汤，甚至还亲自送重病号到县医院治疗，并为之办理住院的一切手续。而他自己病了，却无所谓，亦不肯卧床休息，给他的药也没按医嘱吃。直到发现患了"肺癌"恶病，他还不肯从开发荒岛的"第一线"撤退下来回县城就医。

　　吴秉熙对自己生活的苛刻简直难以置信。他一年四季永远都是一身褪色的绿军装，一双解放鞋，从未见过他穿一件像样的衣服。岛上常年以地瓜和地瓜米为主食，配萝卜干和咸豆乳下饭。偶尔煮面食和干饭，配讨小海的鱼虾贝等改善生活。吴老家里寄来肉类等来给他补营养，他都与工人们一起分享。

　　林惠亲自到大嵩岛劝他回县，而他却笑着对她说："看来，我此生剩下来的日子不多了，我更应该加快工作节奏，为党的革命事业多做一点贡献啊。"林惠听了苦着脸责嗔道："秉熙呀，秉熙！你真是'秉性难移'啊！"

二十六回　志终酬高风扬四海

1996 年 6 月 28 日（农历丙子年五月十三日）凌晨，吴秉熙同志走完他那坎坷而精彩的 80 年传奇人生，酬完他那"报国救民"的雄心壮志，不幸驾鹤西去。

噩耗不翼而飞，迅速传遍全县，整个海坛岛顿时沉浸在伤心悲痛的氛围之中。巍巍东岚山似在低首垂泪，泱泱东海水也在鸣咽悲号。

平潭人民为之痛惜。吴秉熙同志虽已跨入耄耋之年，也算有寿，但他原本身体健壮如牛，只因他离而不休开发荒岛，劳累过度而患了病。患了病本来没什么要紧，但他迟于发现，又失于治疗，连最起码的送福州医院诊治都没有，就这样看着饱尝世上酸甜苦辣的他，离开愈来愈美好的人间。不然，他一定还会为造福社会再下几盘棋；不然，他还能同相濡以沫 50 载的老伴林惠携手共享太平盛世 20 年。

收殓 12 天后的 7 月 10 日，平潭县委、县政府在电影院隆重举行"吴秉熙同志追悼会"。吴秉熙同志含笑的巨幅肖像悬挂在庄严肃穆的会场中央。

县委书记兼县长施能柏任治丧委员会主任。参加追悼会的有各级领导和吴秉熙同志的亲属、战友、同事和生前友好，以及老区群众代表共3000多人。电影院内座无虚席，大门口还站着许多人。县人大常委会主任高扬龙在追悼会上致悼词。县政协主席何名坤，县委副书记陈进生，县委常委翁晓岚、邓祥训等县5套领导班子成员出席追悼会。

送花圈或发唁电的各级领导和海内外友人300多人。其中有，省政协副主席左丰美、许集美，省顾委副主任黄扆禹，原闽浙赣省委委员苏华，原闽中地委领导饶云山、祝增华、王涛、康金树、吴珊（黄国璋夫人），厅级老地下党战友杨兰珍、陈振亮、沈祖腾（省老区办主任）、李心鉴、谢统院，平潭籍老战友林中长、吴秉瑜、吴兆英、翁强吾、林正光、王祥和、吴聿静、刘益泉、吴正寿、吴兆杰等。由于花圈多，会场内外都摆不下，只好摆在潭城街道两旁。

追悼会结束后出殡。参加出殡送行的有领导、亲属、战友、同事和自发的群众达数千人。那摆成一条长龙的伤悲队伍首尾不能相顾。他们在送行大道上的共同心声是："吴老，您一路走好。"

吴秉熙之墓坐落在面朝石碑洋的老家玉屿山上。其灵柩同先他而去的爱子吴平、胞弟吴秉华安葬在一处。

总之，吴秉熙的后事办得很风光。一个按县处级待遇离休的老干部逝世，能享受如此哀荣，也是很少见的。

于是，人们也为之欣慰。吴秉熙同志与众不同，一是他对党特别忠诚，对信仰特别坚定，无论受多大的委屈和冤枉，他对党和祖国的赤胆忠心从来没有动摇过。然而，他的人生特别坎坷，他的命运特别多舛。他一生被错误开除党籍3次，被错误停止党籍1次；他一生蒙冤蹲国民党监狱6次，蒙冤坐共产党监牢2次，包括一次蒙冤当死囚，险些命赴黄泉。有幸的是，我们的党是伟大英明正确的党，有着强大的纠错能力，极强的自我修复能力，能保持先进性和旺盛生命力，终于为他完全彻底平反，使他的冤情大白于天下，还他一个铁骨铮铮的共产党员光辉形象，受到了广大平潭人民的爱戴。这也是吴秉熙矢志不渝地相信党、坚定地跟党走，践行初心使命，为民奉献，为党的事业奉献终生的良好结局……

高扬龙同志代表县委、县人大、县政府和县政协在追悼会上的致悼词中，概括地介绍了吴秉熙同志的生平事迹之后，他接着沉痛地说：

遗憾的是，在中华人民共和国成立后的几次政治运动中，吴秉熙同志经受着比战争年代更加严峻的考验，蒙受着种种不白之冤。"三反"运动时期，他受到无端审查达两年之久，被错误地开除党籍、降级，并复员退伍回家。在"反右"斗争中，由于他为地下党员的境遇和复员退伍军人的困苦讲了真话，受到报复陷害，被打成"极右"分子，甚至被判处死刑。经过不断申诉，才在关押了 6 年之后得到平反。"十年内乱"时期，再次被审查、批斗、判刑、劳改，直到 1981 年 8 月才无罪释放，完全彻底平反。

面对这一切不公正的待遇，吴秉熙同志始终没有忘记自己是一名共产党员，在逆境中坚持真理，坚持斗争。他对党没有一句怨言，而是坚信真理终将战胜谬误。由于他被判刑、关押，他的家属也受到连累，被清洗回家，家庭生活陷入极度困难，以致借债度日，不得不卖掉两个女儿。

然而，在冤案平反之后，吴秉熙同志服从组织的安排，没有伸手、没有要求任何补偿。

从 1954 年复员退伍回乡至 1983 年离休共 30 年中，他有 11 年失去自由，在监狱、劳改场中苦度时光。可以说，吴秉熙同志是受极"左"路线迫害最深、挫折最多的一位老革命。难能可贵的是，他从未在逆境中动摇过对党的忠诚和献身革命的信念。

离休之后，他已近古稀之年，本可静心养老，安度晚年，但他牢记党的教导，要在有生之年发挥余热。他四处奔走，积极募捐，筑水库、修道路、办学校、建戏院，走到哪里好事做到哪里。他主动提出开发大嵩岛，并把这项工作视为人生的"最后一盘棋"。经过他的苦心经营，终于使荒无人烟的大嵩岛面貌大为改观。首创我县岛屿贻贝养殖基地，填补了我县贻贝养殖的空白，同时引进日本黑鲍养殖获得巨大成功；为促进全县岛屿养殖业的发展做出不可磨灭的贡献，使大嵩岛列为省级自然保护区。

吴秉熙同志由于劳累过度，诱发老年综合病症，使预言自己可以活到90岁的他，却在80岁就走完了他的人生旅途。

吴秉熙同志的不幸逝世，使我们失去一位令人敬仰的好战友、好干部、好党员。为此，我们深感痛惜！

吴秉熙同志的一生是革命的一生，奋斗的一生。他对革命事业奉献的多，为个人想得少。在战争年代，他获得过"钢铁战士"的光荣称号；在社会主义建设时期，他多次评为劳动模范；就是在劳改期间，他也多次被评为劳改积极分子。

今天，我们在此开追悼会，缅怀吴秉熙同志的不平凡人生经历时，更加感到他对党和对革命事业的赤诚之心。而这正是他令人敬仰之处。

今天，我们悼念他，就要学习他对党、人民和祖国的赤胆忠心品德，学习他对革命事业的满腔热情、无私奉献精神，学习他身处逆境不忘理想信念、坚持真理、顽强忍受痛苦折磨的铁骨意志，学习他离而不休，发挥余热，为民创业，奋斗终生的精神，学习他一颗丹心、两袖清风、满身正气的清正廉洁风格……

20 年后的 2016 年 11 月 3 日（农历十月初四），离休老干部林惠同志无疾而终，享年 95 岁。她的骨灰盒同夫君吴秉熙的灵柩合葬在玉屿山上。

吴秉熙、林惠这对革命夫妻情深意笃，其坚贞的爱情可歌可泣。在吴秉熙蒙冤遇难被判处死刑时，林惠顶着巨大的政治压力，对他不离不弃，而且还四处奔波上诉，为他洗刷冤情，使吴秉熙得以死里逃生，捡回丈夫吴秉熙的一条命，其妻林惠功不可没。

吴秉熙过世之后，林惠独处长达 20 个年头。每当夜深人静时，吴秉熙的音容笑貌就会在她的脑海中闪过。吴秉熙并非完人，他有优点，也有缺点。她尽情享受他的优点，也尽力包容他的缺点，所以夫妻俩始终和谐恩爱，相敬如宾。

为了纪念传奇人生的夫君，林惠生前写了一份《吴秉熙生平故事》的回忆录稿子，但没有出版，也没有印刷，只是一个打印稿。在这个打印稿中，有一章是她写吴秉熙为人处世的个性特点，很是感人，现抄录如下：

> 吴秉熙和我携手走过了整整半个世纪，我对他的为人处世还是有所了解。他的个性特点，可以用"性直、心软、脚轻"6 个字来概括。
>
> 性直，为人耿直，心直口快。他心性急躁，容易激动，又喜欢主持公道，爱打抱不平，总是看到什么，想到什么，就马上讲什么，一吐为快，从不考虑讲话后果，从不注意讲话的场合和听者的对象，从不讲究讲话的方法方式。这就容易得罪人，使人反

感、不快、记恨，以至于遭人报复、陷害，让自己吃尽苦头。后来他也知道自己有这个毛病，也想改，但就是改不了，还自我解嘲说："我这天生的脾气改也难哪！"

心软，心肠软。他既有铮铮铁骨的一面，又有柔情似水的另一面。他爱憎分明，对恶人，疾恶如仇；对弱者，常怀恻隐之心，寄予同情，甚至出手帮助。一次，一个卖鸡蛋的小姑娘坐在路边哭，他看到她那竹篮子里的鸡蛋全部破碎了，就知道她为什么哭，他动了恻隐之心，忙从口袋里掏出几张人民币塞给她，道："小姑娘，你这篮子里的鸡蛋我全买了。"小姑娘见状破涕为笑，忙给他行个大礼，说声"谢谢"走了。另有一次，那是天寒地冻的年关，吴秉熙在路上遇到一位衣衫单薄而又破旧的老爷爷，见他浑身颤抖的样子，顿生怜悯，忙脱下自己身上的外衣帮他披上，而吴秉熙自己却冷得连打几个大喷嚏。类似的事例，不胜枚举。

脚轻，脚神轻；力落，利索。这都是平潭方言，意思是说：容易受人之托办事，而且办得很勤快。这是许多亲友对吴秉熙的共同评语。凡有人托吴秉熙办事，只要他能够办到，他就不推辞；只要他答应了的事，他就放开双腿拼命去跑，一直跑到事情办成为止。特别是玉屿、国彩两个老区基点村和他帮扶的正旺村，他们要兴建水库、公路、学校、造船厂、电影院，所需的资金和三材指标，几乎都是托他一个人跑到手的。人们知道他人脉广，为人"好疼"（可爱），助人为乐，遇到麻烦的事，为难的事，就托他办。他一生替人办了多少好事，数也数不过来。

然而，他对自己子女的事，却漠不关心。子女们难免有所抱怨。有一年三明钢铁厂给平潭几个招工名额，县里决定留一个名额给待业在家的吴秉熙大女儿，但吴秉熙却说他的女儿不急，硬把这个名额让给一个老游击队员的子女去。他唯一的男孩子吴平，开头受吴秉熙连累，平潭一中、城关中学都进不去，只好到乡下中学寄宿就读。高中毕业后，因成绩不够没考上大学，想找工作，但吴秉熙却不肯出面托人解决。他只好到日本打工谋生。临行前，我想在大嵩岛晒两斤坛紫菜让他带去，以减轻他的生活开销。可吴秉熙却气呼呼地说："大嵩岛属于公家的，岛上的一草一木我们家都不能伸手去拿。"我见他如此说，只好作罢……

　　吴秉熙同志逝世时，许多生前友好还发来挽联和挽诗，以示悼念。囿于篇幅，本书谨录部分。

附一 挽联等

挽联（9则，署名略）

其 一

怀锦心玉德千秋共仰

显亮节高风百代长昭

其 二

以公仆为怀艰难历尽

留清名在世遗范长存

其 三

正直无邪树当今美德

艰难不畏传毕世雄风

其 四

戎马开来晖云树东岚共仰

化鹤杳去遗惠泽君山同哀

其 五

忠诚于事业励志励行无私无畏

奔走在征途论功论德可敬可歌

其 六

经霜历雪傲严寒气节崇高人共仰

立业建功抒壮志雄心不老世同钦

其 七

一身正气两袖清风马列灵前应无憾

三寸丹心百磨筋骨世人眼里自成碑

其 八

离而不休老而更忙数平生字典独少安闲两字

品可为镜德可垂范留一世清名长教仰慕千秋

其 九

艰危未惧荣辱不惊立功于斯世虽贫穷亦富有

奉献倾情鞠躬尽瘁树德在当今论风格是楷模

缅怀秉熙君（林永光）

壮岁赴疆场，攻城奏凯章。

解悬酬夙愿，勤政应天常。

漫说春来早，坦言留祸根。

铁窗多感慨，逆境显坚强。

嵩岛开棋局，丹心献海洋。

残躯挑重担，白首傲风霜。

遽世万民痛，高风四海扬。

附二 吴公秉熙事略

公生于乱世，幼年丧父，家境贫寒。年轻时，便萌生报国救民之志，投笔从戎。日寇败降后，回转家乡，在中共地下党的影响下，走上革命道路。1948年2月入党，翌年2月任平潭游击支队副支队长，负军事指挥之责。其时根据地初创，公献出祖屋、田地为游击队筹措经费；在攻打中正堂、保卫根据地及奉命转战于福清、永泰、闽清的数次战斗中，沉着指挥，英勇杀敌，赢得"钢铁战士"的美誉；在解放初期剿匪和反特战斗中，又以战功卓著，屡获上级好评，被誉为"剿匪英雄""反特高手"。遗憾的是，因秉性耿直，敢吐真言，在"三反""反右""文革"等几次政治运动中，屡受无端的审查、批斗、判刑、劳改，其胞弟秉华因受牵连遭迫害致亡。难能可贵的是，公身受百般磨难而不改其节，平反昭雪后，不计辛苦地为多项公益事业四处奔波。修正旺水库、盖伯塘戏院、建玉屿小学，诸凡善举，争先恐后，每逢求助，倾情尽力。已届古稀之年，力倡开发大嵩岛，开荒造林，放养鱼贝，将营造绿色环境、改变荒岛旧貌视为人生的"最后一盘棋"。终因劳碌过度，诱发老年病症，而累倒在甘心付出、为民创业的征途上。诚如挽联所云：

艰危不惧荣辱不惊立功于斯世虽贫穷亦富有

奉献倾情鞠躬尽瘁树德在当今论风格是楷模

公生于1916年12月10日（农历十一月十六日），殁于1996年6月28日（农历五月十三日），享年80岁。

附三　吴秉熙年表

1916年12月10日（农历丙辰年十一月十六日），出生于平潭县苏澳镇玉屿村。

1934年2月，18周岁，苏澳小学插班读三年级。

1935年2月，考入潭城中心小学，读四年级。

1937年12月，潭城中心小学高小毕业。

1938年2月，为了抗日救亡，投笔从戎，加入国民党军，接受军训。

1940年10月，军训结束后，派往福安县自卫队任少尉分队长（排长）。

1941年10月，调往松溪县任自卫队少尉分队长。

1942年12月，调回平潭任县军事科科员，后改任县保警大队少尉副官。

1944年6月，因不满国民党平潭县长林荫的所作所为，被逮捕关押，于当年10月获释。后调入省第一行政区自卫队任少尉分队长。

1945年8月，被编入国民党青年军208师，开赴山东青岛驻防。

1946年8月，请假回乡与林惠女士结婚，不归，脱离国民党军队。

1947年8月31日，以伯塘小学校长为掩护，从事地下革命斗争。

1948年2月，加入中国共产党。

1948年3月，被村民选为伯塘保长。

1949年2月，在玉屿基督教堂召开平潭人民游击支队成立大会，吴秉熙任副支队长。随后，他变卖田厝，毁家纾党，为游击队筹集粮食。

1949年5月5日，他和高飞、吴兆英一起率领平潭游击支队主力117人解放平潭县城，创造闽浙赣游击斗争史上奇迹。

1949年5月13日，平潭县人民政府成立，吴秉熙率领300名游击队伍到县城驻防，保卫新生政权。

1949年7月3日，国民党73军退据平潭，吴秉熙和高飞、吴兆英奉命率领平潭游击队主力150人战略转移参加内陆敌后作战。

1949年7月7日，吴秉熙指挥福清菜安狙击战，获得战略转移后的首仗胜利。

1949年7月下旬，在永泰洋尾寨，降服徐钦发、击溃徐国财顽匪。随后在霞拔村逼降顽匪徐三一。吴秉熙被闽中支队司令部称为"常胜将军"。

1949年8月12日，指挥安平寨保卫战获胜，闽中地委和支队司令部给吴秉熙记一等功，授予"钢铁战士"称号。

1949年8月17日，吴秉熙率闽中支队第六中队随解放大军，解放福州城。随后改编为第四军分区独立特务连，吴秉熙任连长。

1949年10月后，吴秉熙率兵剿匪七战七捷，有功，获"剿匪英雄"称号。

1950年12月28日，闽侯军分区党委批准吴秉熙重新入党。

1951年5月15日，吴秉熙调离特务连到司令部情报科任参谋兼行动组组长，因反特连连得手，被誉为"反特高手"。

1952年10月下旬，在"三反"中错受开除党籍和降职处分。

1954年6月，吴秉熙复员返乡。

1955年12月，复员返乡的吴秉熙在建设社会主义新农村中成绩突出，被评为"模范复员军人"。

1956年9月，吴秉熙调到县交通局当科员，负责指挥抢修县内8条战备公路。

1957 年 3 月，福州军区为吴秉熙在"三反"中被错误处分平反，恢复党籍、公籍，担任平潭县老区办主任。

1958 年 1 月，吴秉熙被错划为"极右分子"开除党籍、公职，逮捕入狱。并于当年 7 月 29 日，被错判死刑。后经申诉，于 1959 年 3 月改判有期徒刑 15 年，送往江西某监狱劳改。

1964 年 2 月，改判无罪，释放回县，恢复党籍、公职和工资级别，再次担任县老区办主任。

1972 年 5 月，吴秉熙被任命为县卫生局副局长，主持工作。不久，他主动请缨下乡扶贫，帮助正旺大队建成蓄水量达 50 万立方米的大水库，使数百亩旱田得到灌溉。

1976 年 12 月，县委召开"揭、批、查"学习班，由于清查扩大化，吴秉熙又成为重点对象，并被开除党籍、公职，判处有期徒刑 8 年，送往崇安监狱劳改。直至 1981 年 8 月获平反释放，恢复党籍、公职。平反后，再次担任县老区办主任，为老区人民办了许多好事，其中为国彩村建电影院，为玉屿村建小学校等。

1983 年 2 月，离休；3 月，主动开发大嵩山。

1996 年 6 月 28 日，因过度劳累，不幸病逝，享年 80 岁。

附四 参考资料

1. 吴秉熙:《革命的生涯，难忘的岁月》

（回忆录，写于 1967 年，打印稿）

2. 林惠:《吴秉熙生平故事》

（吴金泰整理，打印稿）

3. 高扬龙:《吴秉熙同志悼词》（1996 年 8 月）

4. 何可澎:《吴秉熙同志传路》

（平潭党史研究室:《平潭党史资料》，2002 年第 8 辑）

5. 吴金泰:《闪光的脚印——记离休老干部吴秉熙同志》（1989 年 8 月）

6. 高煜杰:《跟随吴秉熙同志开发大嵩岛纪事》（2020 年 6 月）

7. 高飞，吴兆英:《忆平潭游击支队解放平潭县城》

（2004 年 4 月《峥嵘岁月》）

8. 吴兆英:《福清菜安阻击战》

（2004 年 4 月《峥嵘岁月》）

9. 吴秉熙:《降服永泰"三徐"的战斗》

（2004 年 4 月《峥嵘岁月》）

10. 蒋美珠，阮邦恩等:《护送病伤员转移记》（2004 年 4 月《峥嵘岁月》）

11. 池传镈主编:《中共闽浙赣区（省）委城工部组织史概要》

（福建人民出版社，2008 年 4 月版）

12.何可澎主编：《平潭革命史》

（平潭党史研究室，1995 年 12 月）

13.《平潭县志》(方志出版社，2000 年 10 月版）

14.延陵：《平潭吴氏总谱》（续谱）